spring《スプリング》

恩田陸

筑摩書房

spring

spring　目次

ブックデザイン　鈴木成一デザイン室

I　跳ねる

『2001年宇宙の旅』だよ。だから「U」はなし。

これ、綴《つづ》り間違ってるよ、「HALU」もしくは「HARU」じゃないの、と名札を見て指摘したら、ヤツはいきなりそう答えたのだ。

「へ?」

何を言われたのか、とっさには理解できなかった。

「映画のタイトルだよ」

ヤツは慣れた様子で続けた。

映画の中に出てくる、宇宙船で人間と敵対するコンピューターの名前から貰《もら》ったから、HAL。当時世界最大のコンピューター会社だったIBMの名から、一字ずつアルファベットをずらして命名したって噂《うわさ》は、有名な話らしいよ。

事実、後からパスポートを見せてもらったことがあるが、やはりそこにも「HAL」と「U」のない名前の綴りがあった。

それをいうなら、ヤツは苗字も変わっていた。

最初にワークショップの名簿で「萬春」という文字を見た時は、「中国系なのかな?」と思ったが、自己紹介で「よろず・はる、です」と名乗るのを聞いて、ようやく文字と名前とが一致した。

どういう意味か尋ねたゲスト講師のエリックに（彼はいつもみんなに名前の意味を聞くのだ）、ヤツは「ten thousand springs」と答えた。エリックは目を丸くして、「そいつは素敵な名前だね」とウケていたっけ。

みんなが気安くヤツの名を呼ぶ。慣れるとなかなか呼び心地のいい名前なのだ。

エリックは「ＨＡＬ」と呼ぶ。むろん、彼の頭の中にあるのはアルファベットの「ＨＡＬ」だ。リシャールはフランス人なので、Ｈの発音が苦手らしく「アルゥ」。みんなは「はるー」と平仮名で呼ぶ。そして、俺がヤツを呼ぶ時は「ハル」。俺の中では、ヤツはカタカナの「ハル」である。

そう、人間にはせいぜい百の春しか訪れないのに、ヤツはその名に一万もの春を持っているのだった。そして、名前以外にヤツが持っているものに気付いたのは、ヤツにバレエを教えた先生はともかく、外部の人間ではたぶん俺が最初ではなかろうか。

もちろん、すぐにワークショップの先生方も気付いただろうが、俺は先生方よりも先にヤツに会っているのだから、発見者の称号を貰ってもいいだろう。

他の連中はヤツのことを「目立たなかった」と言っているのだけれど、俺は最初からヤツが目に留まっていた。

ワークショップと言いながらも、事実上のオーディションである。めぼしい生徒はここから一本釣りされて、ダイレクトに海外のバレエ・スクールに留学できる（こともある）。過去に、そういう生徒が何人か続けてスターになったというのもあって、以前は誰でも参加できたのに、近年はこのワークショップに参加するためだけのレッスン（イコール、これまた実のところはオーディションだ）があるほどだ。

大きなコンクールに入賞して海外の名門バレエ・スクールに入学許可を貰う、というパターンがすっかり有名になったけれど、常にスターの原石を探している世界中のバレエ団は、他にもいろいろなルートでダンサーをスカウトしている。

密かに俺もそれを狙っていた。確かにコンクールは勉強になるし、いい経験になるかもしれないが、そもそも海外のバレエ団に入ることが目的ならば、最短のルートでいいバレエ学校に入ってプロを目指したい、というのが正直なところだ。

ダンサーが舞台の上にいられる時間は短い。それは両親をはじめ先生方からもつねづね言われていることだし、俺も小さい頃から先輩方を見てきてシビアに感じていた。

実は、俺はもうワークショップの本体のほうに推薦で参加できることが決まっていたのだが、志願して、プレ・オーディションであるレッスンにも参加させてもらうことにした。全国から集まる他の生徒（の裾野《すその》）がどのくらいのレベルなのか見てみたかったし、プレ・オーディションも突破できないようではワークショップでスカウトされるどころではない。

というわけで、レッスン参加者はかなりの人数だった。近年、男子のバレエ人口が増えていることを実感させられる。まだ成長期の入口の子供もいたが、明らかにプロ志向と思われる参加者も結構な割合で見受けられた。

プロを目指している連中は、すぐに分かる。

なぜならば、皆、じろじろと他の参加者たちを見ているからだ。そのまなざしから、彼らが何を読み取ろうとしているか、何を得ようとしているかが窺《うかが》える。

ダンサーとしての力量。ダンサーとしての可能性。おのれのライバルとなるや否や。

見ることは、ダンサーの習性であり、仕事みたいなものだ。幼い頃から毎日隅々まで見つめてきた鏡の中のおのれの姿。先生の指先、爪先《つまさき》、表情。振付師のポーズ。そして、他のダンサー。

見る。見つめる。見透《みす》かす、見極める。

それなりのダンサーであれば、ほんの少しの動きで、どのくらいの力量かすぐに分かる。戦いはもう始まっているし、それぞれの中に、マークすべきダンサーが誰か、たちまちリストが出来上がっていく。上手で振付の覚えが早い子がいれば、さりげなく視界の隅に置く。綺麗な動き、お手本のようなポーズができる子を目にしながら踊ると、自分との差も分かるし、よりよいイメージに引っ張られるというものだ。

ははあ、あいつもこいつもプロ志望か。

そう思いながら、頭の中でチェックしていた時である。

うん？

突然、視界の隅に違和感を覚えた。左後方にいる何か。

なんだ？

その違和感は、うまく言い表せなかった。

何か違う質感を持ったもの。何かが周囲と異なるもの。そんな存在を左斜め後ろに感じたのである。

俺は振り向いた。

と、そこにヤツはいた。

不思議なもので、他にもうじゃうじゃ参加者がいたのに、俺は一目で会場のいちばん後ろに立っていたヤツを探し当てたのだ。

パッとその姿が目に飛び込んできたのは、なぜか周囲よりも色が濃く見えたからだ。後から何度もその時の記憶を反芻《はんすう》してみたのだが、確かにあの時、周りの連中はいささかグレイがかった淡い色に見えたのに、ヤツだけが黒っぽく、炭で描き殴ったデッサンみたいに輪郭がはっきりして見えた。

ひょろっとした印象だった。

けれど、華奢《きゃしゃ》ではなく、骨は太い。その立ち姿は、しなやかなバネを感じさせた。まだ成長の途上だが、その歳なり、その時点の身体なりにベストの状態に鍛えている。そう思った。

頭が小さく、首と腕、膝下が長く、バランスがいい。恵まれた身体だ。上背《うわぜい》もある。俺よりも少し小さいくらい。一七七、八センチというところか。いや、小顔でそう見えるだけで、もう少しあるかも。

もうちょっと伸びそうだな、と思った。俺も既に一八〇センチを超えていたが、まだ伸びていたからだ。

たぶん、同い年。違ったとしても、せいぜいプラマイ一歳の範囲内。

さらっとした真っ黒な髪。伸びたのか伸ばしているのか、少し長め。涼しげで綺麗な横顔。

だが、そういったヤツの全体像は後から見て取ったもので、俺が最初にヤツを発見して強烈な印象を受けたのはそんなところではなかった。

俺に違和感を抱かせ、振り向かせたのは、別の点だった。

それは、ヤツの目だ。

ヤツも、見ていた。

じいっと目を凝らして、目の前にいる、大勢のダンサーの卵たちを見ていた。

その目を見た時、なぜか俺はひどく動揺した。ゾッとした、と言ってもいい。

同時に、ヤツが見ているのは、このダンサーたちではない、と直感した。

確かにヤツはダンサーたちに視線を向けている——視界に彼らを捉えている。だが、それでいてその視線は彼らではなく、彼らを通り越し何か別のものを見ている。そう感じたのだ。

ヤツの奇妙な視線を、どう説明すればよいのだろう。

これまでも、ヤツについて聞かれる度に何度も言語化しようとしてきたのだが、未《いま》だに躊躇《ちゅうちょ》し、「うーん」と考えこんでしまう。

例えば、俺が他のダンサーを観察するとする。当然、注目するダンサーは一人きりだ。その彼だか彼女だかの動きを読み、細部を見て踊りの技量や踊りのタイプを推察しようとするはずだ。パートナーとなる相手ならば、更にその観察は細かくなる。ポーズのタメの息の長さ、フレージングの間合い、ムーブメントの癖、などなど、相手の持つ踊りのテンポやリズムの特徴をつかもうとする。

とにかく、視線は一人に集中し、ずっとその一人にまとわりつく。

だが、ヤツは違う。

視線はあまり動かない。たまに、ふと誰かを目で追うこともあるのだが、基本、ただじいっと周り全体を見ている。いや、あれを「見ている」というのか——どちらかといえば、全体を「感じている」という雰囲気なのだ。

しかも、考えている。

じっと周りを見ながらも、ひたすら沈思黙考している、という感じ。

なんだかヘンなヤツだな。

俺は、そう思った。

その後、言葉を交わすようになり、少し親しくなってきたなと思った時に、俺が真っ先に尋ねたのもそのことだった。

オマエさ、いつも何見てんの？

「えっ？」

ヤツはえらく驚いた顔をした。どぎまぎした、と言ってもいい。ヤツがあんなに動揺した顔を見たのは、あれが最初で最後だったような気がする。

「いや、別に、何をってわけじゃ」

そう言って、ヤツはもごもごと言葉を呑み込んだ。

なんか、違うんだよな。

俺は続けた。

いつもいつも、じいっとヘンな目付きで何か見てるだろ。なんだか、俺たちと違うもん見てる気がする。

すると、ヤツはハッとしたような顔になって黙り込んだ。

俺は畳み掛けた。

つうか、何考えてんの？　じいっと何か見ながら、いっつも考え込んでるよね。

俺はどうしても返事が欲しかった。ヤツに興味を覚えていたからだ。

「参ったな」

ヤツはくしゃっと頭を掻いた。俺は、ふとその手に見とれた。すげーキレイな指。髪を掻く仕草も、何かのマイムのようだった。

「そんなこと訊かれたの、初めてだ」

目を宙に泳がせる。

「どうだろうな。確かに、見てるのかもしれない——」

ヤツは俺を見て、困惑したような表情で口を開いた。


バーレッスンが始まると、すぐにそれぞれの力量、度量が浮き上がってくる。

文字通り、内側から何かが輝き出し、そこだけ光っているように見えてくる。

俺は、あの「ヘンなヤツ」が視界に入る位置を押さえた。

そして、ヤツもプロ志望であることをすぐに理解した。ヤツが高い身体能力と技術を持っていることは、その動きのはしばしに見て取れたからだ。

しかし、そのいっぽうで、やはり何かがヘンだった。

しばしば、ヤツはほんの少し首をかしげる。何か納得のいかない動きでもあったのだろうかと思うが、軸はぶれていないし、肩も膝も柔らかく、傍《はた》から見る限り、ほれぼれするくらい申し分のないポーズだ。

あるいは、たまにふとヤツはあらぬ方向に目をやるのだった。天井のほうとか、真横とか。それがあまりに唐突なので、ヤツを見ていた講師がつられて視線を動かすこともあった。

決して注意力散漫、というわけではない。むしろその逆だ。

踊りに集中している者は、そこだけぎゅっと沈みこんでいくように見える。動きが重たいというのではなく、そこに求心力があって、周りの空気中のエネルギーが集まり、質量が増すように感じるのだ。

ヤツにはその求心力があった。

ゆっくりと身体を動かしているだけで、ヤツに目が引き寄せられ、ヤツの中に空気がどんどん吸い込まれていく。

講師も、ヤツが気になっているのが分かった。

エリックが不思議そうな顔をして、ヤツの脇に立ち、何事か声を掛けた。

ヤツは頷《うなず》いて、いっそう深く腰を落とす。

エリックはヤツの背中に添えるように手を置き、また何事か声を掛けていたが、ちょっと首をかしげ、ふわりと笑うのが見えた。

俺には、その時エリックの声が聞こえたような気がした。

面白い子だな。

そうですよねえ、と俺は内心エリックの心の声に同意していた。

そいつ、なんだかヘンですよね。

むろん、俺は自分の動きに集中してもいた。なにしろ、ワークショップに行かなければならないし、ワークショップから一足飛びに向こうのバレエ学校に入れてもらわなければならないのだ。

準備にぬかりはない。ここまで愚直に、それでいてしたたかに、長期計画を立てて努力してきたのだ。恵まれた条件を十二分に活《い》かすべく、俺は全身をコントロールしていた。

分かってるよ、というようにエリックがニッコリ笑い、すぐそばに来て「ＪＵＮ、ｇｏｏｄ」と声を掛けてくれる。

しかし、その笑顔はすぐに鋭い目に変わる。

俺のダンサーとしての可能性を値踏みするように、その目が俺の全身を上から下までスキャンする。

お願いします、入りたいんです、あなたのいるバレエ学校に。そして、バレエ団に。

俺は心の中で、そうエリックに懇願する。

実は、エリックとは初対面ではない。うちの両親と知り合いで、以前、うちのバレエ教室にも教えに来てくれた。前に会ったのはずいぶん小さい頃だったが、あの時も「名前の意味は？」と聞かれたっけ。俺はたどたどしい英語で「ｐｕｒｅ」と答えたはずだ。

レッスンは粛々と進み、ひたすら基本に終始した。

いったいあの会場に何人いたのか。ボーイズクラスだけでも一日二回に分けられていたから、男子だけでも八十人近くいたのではないか。

他にもめぼしい生徒は何人もいたけれど、やはりいちばん印象に残ったのはヤツだった。

もちろん、ワークショップにはヤツも残った。

当然、俺も。

今でも時折思い出す。

あの時の、どぎまぎしたヤツの顔を。くしゃっと頭を掻いた時の美しい手を。

「どうだろうな。確かに、見てるのかもしれない――」

そう言って、真正面から俺を見たヤツの目を。

そこで俺は初めて気付いた。

ヤツの目が、ちょっと不思議な色をしていることに。

何を見てるんだ？

ぽかんと口を開いたまま、なかなかヤツが続きを言わなかったので、俺は痺《しび》れを切らし、少しイラついた声を出してしまった。

すると、ヤツはかすかに首をかしげて無邪気に答えた。

この世のカタチ、かな。


ヤツは写生が趣味だった。

いつも小さな灰色のクロッキーノートを持っていて、休憩時間や自由時間に、鼻歌混じりで鉛筆を走らせていたのを覚えている。

はるー、何描いてんの？

当然、みんなが興味を持ってヤツの肩越しにノートを覗《のぞ》き込む。

しかし、次の瞬間、みんな「？・」という表情になる。

ヤツは何度も顔を上げ、何かを「見て、描く」という「写生」をしているふうなのは確かなのだが、その癖ヤツのノートには目の前の景色とは似ても似つかないものが描かれているので、誰もが戸惑うのだ。

　俺だって絵は嫌いじゃない。「美的感性を養いなさい」「教養を広げなさい」などと言われる前から美術の授業は好きだったし、展覧会とか、ファッションショーとか、映画とか、お芝居にも魅せられた。だけど、アレだけは苦手だった。その——いわゆる抽象画ってやつが。

　初めてピカソの絵を見た時は、何、このヘタクソ、と思ったものである。

「ゲルニカ」もちんぷんかんぷんだったし、「泣く女」とか、ホント意味不明。

　でも、今ならば分かる。あの「泣く女」が、実は抽象どころかひじょうに「写実的」な描写であるということが。最初は男に見せつけるためにあてつけで泣き始めたのが、そのうち泣いている自分に酔ってしまい、やがては身も蓋もなくただ泣き喚《わめ》くこと自体が目的になっちゃった女、というモデルの心情の変化と時間経過までもがあの一枚の中に描きこまれていて、やっぱピカソ天才、と感心する。

　だけど当時はああいう絵が苦手だったので、ヤツのクロッキーノートを見た時もギョッとした。

　なにしろ、線とか図形みたいなものしか描かれていないのだ。

　ある一枚にはいろんな方向を向いた大小たくさんの矢印しか描かれていなかったし、別の一枚には三角やら四角やらがごちゃごちゃ重なり合って描かれていた。たまに木の枝とかビルの窓とか「写実的」なものもあったが（それはそれで、とても緻密《ちみつ》かつ正確に描かれていた）、アメーバみたいな模様とか、渦巻きが塗り潰してあったりとか、あるいは数字とか文章とか、ちっとも「写実的」ではないものがほとんどだった。

どうせ説明を求めても大した返事は戻ってこないし、聞いても意味が分からないので、じきに「またハルがヘンなもん描いてる」としか思わなくなった。

子供に絵を描かせると、興味があるものを大きく描く。他のものとのバランスなんか気にしない。実際、子供にはその大きさに見えているのだろう。

いつも驚くのは、月が綺麗だなと思って写真に撮ると、写真の中の月が自分が目視していたものよりも遥《はる》かに小さいことだ。周りの風景は自分が見ているものと同じ大きさなのに、月だけがめちゃめちゃ小さい。

人は見たいものだけを見て、興味があるものはおのずと強調している。

だから、ヤツが描いていた「ヘンなもの」はヤツが本当に見ていたものなのだろう。

そこから思い起こすと、ヤツが口にした「この世のカタチ」という答えは、決して嘘でもでまかせでもなかったのだと思う。たかだか十四、五のガキが口にするような台詞《せりふ》とはとうてい思えなかったが、ヤツは俺の質問に正直に答えたのだ。

ワークショップは五日間。

たった五日間、ともいえるし、五日間もある、ともいえる。

ただひとつ分かっているのは、五日間あれば、講師にとっては生徒たちの実力と可能性を見極めるのにはじゅうぶんだ、ということだ。

ワークショップの男子クラスには二十三人が参加していた。十三歳から十八歳の、文字通りの精鋭。エリックたちが、彼らのバレエ学校に入れる可能性があると認めた二十三人だ。

参加している面子《メンツ》を見てちょっと意外だったのは、テクニックがあり明らかに「プロ志向だな」と感じた子が何人も消えていたことだ。中には、国内のコンクールで賞を獲《と》っていて、名前を知っている子もいた。

参加を許されたのになんらかの事情で辞退した可能性もあるが、先生方はどこに注目しているのだろうとちょっと不安になる。あれだけの技術があっても、必ずしも選ばれるわけではないのだ。

残った面子には、もちろん驚くほど上手な子もいたけれど、どちらかといえばまだ危なっかしいような荒削りな子も多かった。

キチンと育っていれば、それでいいじゃん。別に僕が教えなくても。

ずいぶん後になってから、あのワークショップはどういう基準で選んだのかとエリックに尋ねたら、彼はあっけらかんとそう答えた。

えっ、じゃあ俺はキチンと育ってなかったってことですか？

そう聞き返すと「違う違う」とエリックは苦笑して手を振った。

ゴメン、はっきり言って、僕は僕のためにオーディションしてるからさ。僕が育てたいと思うか、僕がこの子育てて楽しいか、面白いかってことしか考えてないもん。この子には僕が口出すところなくてつまんないなーと思ったら、そりゃ選ばないよ。明快な説明であるが、考えようによっては恐ろしい。

じゃあ、リシャールは？

そう尋ねると、エリックはまた苦笑して手を振った。

あいつは、全然違うの。ちゃんとバレエ団の将来を考えてるし、これから十年先のレパートリーまで念頭に置いてるから、バレエ団に必要となるダンサーのイメージのリストが常に頭の中にあるわけ。そこから逆算して、そういうダンサーに育ちそうな子を選んでるんだよね。だから、僕と彼のあいだにもそれなりにせめぎあいがあって、双方の希望する子をすりあわせるのが大変だったりしてさ。

それもまた凄いですね。俺は感心する。

大リーグみたいなもんだよ、とアメリカ人らしくエリックは付け加えた。

補充と補強は違うの。馬鹿高い契約金でよそのスターを引っ張ってくるのは補充。イチローみたいに、長い目で見て真にチームに貢献する人材を呼んでくるのが補強。リシャールは、常に補強第一なわけ。

なるほど、と俺は大きく頷いた。

気さくでコミュニケーション能力が高く、生徒たちに兄貴分と慕われるエリックと、常に彼から一歩引いてじっとすべてを俯瞰《ふかん》し、ピクリとも笑顔を見せずに淡々と彼に助言をするリシャールは、まるでドラマに出てくる「良い警官と悪い警官」みたいだ。

エリックがとことん「誉めて伸ばす」タイプならば、リシャールは理詰めで厳しく欠点及び改善点を指摘するタイプ。リシャールには、めったに、いや、正直言って一度も誉められたことがない。

あ、いや、一度だけあった。

あれはバレエ学校の卒業公演の時か。

君は、何をやってもすべてを君の魅力にしてしまえるところがあるね。

リハーサルの後だったか、リシャールが独り言のようにボソリと呟いたのだ。

俺はハッと足を止め、リシャールの顔を覗き込んだ。

えっ、今、誉めてくれました？　リシャール、今、俺のこと誉めてくれた？　ねっねっ、それって誉めてくれたんだよね？

俺が興奮してはしゃいでいると、リシャールは一瞬「しまった」という顔をして、いつものいかめしい無表情に戻って言った。

ＪＵＮ、君の明るさとしたたかさは美点だが、たまにそのように馬鹿丸出しで幼稚になるところはいかがなものか。

「馬鹿丸出し」だなんて、うちの親にも言われたことがないのに。ひどい。

とにかく、あの年は面白かったなー。

エリックは思い出すように目を細めた。

ＪＵＮとＨＡＬがいたんだもんねえ。でも、不思議とああいうのって、単独じゃなくって同時に現われるんだよね。

ああいうのって、どういうのですか？

俺が聞き返すと、エリックは「面白い子」と言って目をぐるりと回した。

巡り合わせ？　運命？　言葉はなんでもいい。たぶん、君らは別々でもいつかは出てきたと思うけど、二人で同時に出てきたってところに意味がある。

意味？

俺は首をかしげた。たまたま同い年で同じワークショップを受け、同じバレエ学校に入っただけなのに、意味なんてあるのだろうか。

エリックは両手の人差し指を合わせた。

二人がそこに居合わせたってことは、二人が意識するしないにかかわらず、互いになんらかの力が働く。だって、目の前にいるんだから無視できないでしょ。用意された補完関係にある、というか。

補完関係ねえ。ライバルとは違うんですか？

俺は不満の声を上げた。

うん、君らはライバルっていう感じじゃないね。補完関係っていう言葉も、今たまたま頭に浮かんだだけで、他にもっとふさわしい言葉があるような気がする。対《つい》になる、でもないしなあ。

エリックは天を仰いだ。

別に俺、ハルとパートナーを組んだわけでもないのに。

エリックが人差し指を振る。

いや、一度踊ったでしょ、「ヤヌス」。

不意に、暗い舞台の上にいた時の感覚が目の前に蘇《よみがえ》った。常に背後にある、静かで不穏で濃密な気配。ずっとぴったりと後ろにいる——

あ、そうか。でもあれだけですよ。

俺は我に返り、慌てて答えた。

「ヤヌス」。

ヤツが振付して、俺と二人で踊った演目。

前と後ろで二つの顔を持つという、ローマ神話の扉の守護神。それにならって、一度も向かい合わせになることなく、互いの顔を見ずに踊り続けるという難しい踊りだった。

ずっとぴったりと後ろにいる——

「よろず・はる、です」

日本人だったのか。珍しい苗字だなあ。

ワークショップ初日の自己紹介で、ヤツの顔と名前が一致した。

名札にも「HAL」とあって、あれ、綴り間違いじゃないのと思ったし、「ten thousand springs」でエリックにウケるところも聞いていたけれど、意識は次の自己紹介に行っていた。

「たなだ・まこと、です」

本当のところ、ライバル心が湧いてくるのは、ヤツみたいなのじゃなくて自分とタイプがかぶるダンサーだ。

つまり、棚田誠《たなだまこと》みたいな。

彼のことも、知っていた。うちの両親と、彼の両親が知り合いだからだ。

大阪の大きなバレエ教室の、ひとつ年上の子だ。やはり両親がバレエ教室を主宰していて、子供の頃からバレエ一筋。才能と努力のバランスが取れていて、容姿も長身で見目麗しく、正統派王子タイプ。つまり、俺と同じカテゴリーで勝負するであろうダンサーである。

　俺とかぶらないのは、生真面目で性格がいいところか。さぞかし苦悩する王子が似合いそうだ。いや、俺だって悩み多きティーンエイジャーだったんだが。

「マコト、君の名前の意味は？」

　エリックが尋ねる。

「ｈｏｎｅｓｔｙ」

　誠がやや恥じらいつつ答える。

　たちまちビリー・ジョエルの曲が頭をかすめた。

「such a lonely word」を恥じらいつつ答えるところに、彼の性格の良さが滲《にじ》み出ている。

　エリックも同じ突っ込みを入れたかっただろうが、誠の「ｈｏｎｅｓｔｙ」に敬意を表してか、ニコニコして頷いただけだった。

　リシャールは、こんな時もピクリとも笑みを浮かべず、エリックの隣で腕組みをしてみんなを見ている。

　みんなもリシャールの存在感と圧迫感を気にしているが、ともかくエリックと自己紹介に集中していた。

　淡々と自己紹介が続く。

　今にしてみると、確かにこの年のワークショップの参加者は、エリックではないが「面白かった」。

この年にエリックのいるバレエ学校に行けたのは俺とヤツだけだったが、誠や高志《たかし》はその後ローザンヌで賞を獲ったし、他にも内外でプロになった者がたくさんいる。

高志はこの時まだ十四歳になったばかりで、小柄だった。

目がくりくりしていて愛嬌があったが、何より印象的なのは、そのつんつんした髪で、ヤマアラシのようでもあり、タワシのようでもあり、ホラー映画を観て悲鳴を上げているかのような、逆立ったヘンな髪型だった。

タカシ、その頭いったいどうなってるの？

いつもなんて言って美容院で切ってもらってんの？

俺やヤツは不思議に思って彼の頭に触らせてもらったが、整髪剤も何もつけていないのにごわごわしてめちゃめちゃ硬く、思わず手を引っ込めてしまった。

あの剛毛には、今もなお悩まされているらしい。

それよりも、高志が印象に残っているのは、その強烈な自己紹介のせいだった。

「まつなが・たかし、ですっ」

直立不動、まるで応援団長のように高志は声を張り上げた。身体は小さいのに、声はえらくでかい。この体育会系のノリは（実際、中学校の応援団にも入っていたらしい）バレエの世界では珍しい。

「元気がいいね」

エリックがニコニコ笑う。

「君の名前の意味は？」

高志は直立不動のまま、真顔で言い放った。

「ぼーいず・びー・あんびしゃすっ、です」

「え？」

皆の目が点になった。

後から聞いたところによると、エリックが英語での名前の意味を尋ねるというのは広く知られていたので、高志は高志なりに前もって一生懸命考えたらしい。

彼は札幌から来ていた。なので、自分の名前であるところの「高き志」から、旧札幌農学校の、クラーク博士のかの有名な台詞「少年よ大志を抱け」を連想したのは想像に難くない。

しかし、よもやそれをそのまま使うとは。

しかも、彼が宣言したのは「boys be ambitious」ではなく、ひらがなの「ぼーいず・びー・あんびしゃす」だった。

エリックとリシャールが顔を見合わせた。そこに日本語の通訳とレッスンのサポートを兼ねている女性が飛んできて、笑いを噛み殺しながら、エリックとリシャールに通訳及び解説をした。

高志は相変わらず直立不動で、口を一文字に結んでいたが、「もしかすると、おかしなこと言ったかな？」と気付いたらしく、みるみるうちに顔が紅潮していった。

そのさまが大真面目だったのと、あまりにも「ひらがな」な発音だったのとで、俺は思わず大きく噴き出してしまった。

目を丸くして解説を聞いていた二人は、もう一度顔を見合わせた。

俺は、リシャールが笑みを浮かべるのを初めてあの時目撃した。それでも彼はすぐさまこらえ、俺たちに背中を向けたものの、その肩がひくひく動いている。

　エリックのほうは耐え切れなかった。「くっ」と喉の奥からひきつった声を出したあと、大きく身体を折って笑い始めた。腹を抱えて笑う、というのはまさにああいう状態のことだ。

　よく覚えておいて、将来コンテのマイムに使おう、と俺は思った。


　ところで、伝説になるようなダンサーというものには、そのダンサーを象徴するポーズがイメージとして焼き付いているものだ。

　ニジンスキーならば「牧神の午後」の、揃えた指先を前に向けて立つあのポーズ。ジョルジュ・ドンならば「ボレロ」での膝を屈伸するようにゆったりとしならせるポーズ。シルヴィ・ギエムならばシックス・オクロックと呼ばれるアレだ。高級腕時計の広告にも使われた、振り上げた脚と軸足が一八〇度になる文字通り「六時」のポーズ、などなど。

　そんな歴史に名を残すようなダンサーでなくとも、親しいダンサーや、よく知っているダンサーも、思い出す時はなぜかいつも同じポーズだ。

　ヤツの場合、まずはあの「この世のカタチ」と言った時の、少し首をかしげたところが浮かぶ。

　たぶん、あれはヤツの癖なのだろう。あの姿は、その後、ヤツの振付にもしばしば現われた。

　自分の身体を抱くようにして左手を右の鎖骨の上に置き、ややオフバランスで身体を傾

け、ほんの少し反り返り、顎を上げるようにして首をかしげる。

鎖骨に手を置くようになったのは、『去年マリエンバートで』のヒロインのポーズから貰った、と言っていたっけ。自分の名前のせいもあってか、ヤツはけっこうなシネ・フィルでもあった。

もうひとつ、両手で頬を挟み、頬杖を突くようなポーズも印象に残っている。顔を挟んで上下左右に動かす振付は、繰り返し見た。仮面をつけようとしているところにも、外そうとしているところにも見えるあのポーズ。

ヤツのあのポーズでいつもハッとさせられるのは、その長くて綺麗な指先だ。

頬を挟んでいる、白く反ってしなるあの指に目を引き寄せられない者は、まずいないだろう。

初めてヤツが髪をくしゃっとやる仕草に「やられた」のは、指のせいだったといってもいい。

ダンサーにとって指先は非常に重要なアイテムであるが、ヤツの手は大きいのに決してごつくはなく、しなやかで「シラウオのよう」というのはこういうことかと思わせる。

なんといっても爪の形がめちゃ綺麗、とはコスメおたくのうちの妹の言であるが、実際、ヤツの爪は後にフランスの高級ブランドがマニキュアの広告に起用したほどで、最初その広告を目にした時は、すっげー長くて綺麗な指だなあ、だけどどっかで見たことあるなあ、と思ったことを覚えている。

あれ、はるさんだよ、はるさんの爪に目ぇつけるなんて、さすが××××（ブランド名）、と妹が興奮していたっけ。

あのCMはとても評判になったから、今でもネットで見ることができる。エメラルドグリーンの衣装を着けたヤツが踊るシーンが流され（確か「ネプチューン」というコンセプトであり商品だった気がする）、ところどころでその指がストップモーションでアップになる、という趣向になっており、まるで仏像の印相《いんそう》のようだ、神秘的だ、と言われるほどそのひとつひとつの指先が美しく決まっていて、なおかつ寒色のグラデーションに塗られた爪が妖しく輝いていた。

ほんっとにあんなに綺麗な楕円形《だえんけい》した、マニキュアの映える指って女の子でもなかなかいないわあ、と妹はうっとり溜息をついていたものである。

俺だって、と自分の指を見たものの、長くて手がでかいのは同じでもひたすら骨ばってごつく、爪は真四角でその面積がデカ過ぎるのが傍目《はため》にもありありと分かった。さすがに王子キャラの俺でもヤツの指には今でも一目置かざるを得ない。

そう、ヤツには中性的な――もっといえば、両性具有的なところがたぶんにあった。マニキュアの広告モデルを務められたのもそうだし、仏像っぽいと言われるのもそのためだろう（仏像って男でも女でもないんだよな?）。

ついでに言うと、奈良の中宮寺《ちゅうぐうじ》の菩薩半跏思惟《ぼさつはんかしゆい》像を見た時は、雰囲気がハルに似てるな、と真っ先に思った。

ほんの少しだけ前傾姿勢で、柔らかい微笑《ほほえ》みを浮かべたたたずまい。ふわりとした、それこそ春風をまとっているかのような包容力のある感じ。

そもそも、仏像自体が信仰や思念のカタチを具体化したものなのだから、「この世のカタチ」を探しているヤツと共通しているのかもしれない。

とはいうものの、俺のこのイメージは必ずしも他の連中がヤツに抱いているイメージと同じではないらしい。

確かに両性具有的であるということは、どっちの役もできるということで、ヤツは上背もあったしその気になれば野性味と猛々《たけだけ》しさも出すことができた。正統派王子もできればキャラクターダンス的な役もできる、という器用さで、逆に言えばなんでもできるが故にこれという当たり役のないダンサーということもできた。

現にヤツのポーズで覚えているのは、ヤツが本格的に振付を始めて、自ら振付けたものばかりだ。

つまり、今もってヤツのことを考えると必ずあそこに戻ってくる——ワークショップの五日間と、「この世のカタチ」に。

そんなわけで、ワークショップにヤツの姿を見つけた時はホッとしたし、むくむくと競争心のようなものが湧いてきたことを今でも鮮明に覚えている。

自己紹介が終わり（ようやくエリックの爆笑が収まった）、改めてバーレッスンが始まった。

間隔をおいて、何列も並んだバー。

壁に沿って囲むように立っていた生徒たちが動き出す。

俺は棚田誠とヤツが目に入るような場所を探した。マークすべきはこの二人と狙いを定めていたからだ。

面白いもので、人によって好きな場所は異なる。

こういう時は積極的に前に出ろ、前に出ろと教師は言うし、本当はどの場所に立っていてもそこを自分の場所にしてしまえなければいけないのだが、なんとなく立っていて居心地のいい場所というのがあるのだ。

それに、どのみちうまい奴はどこにいても目につくし、踊っているうちにその存在が浮かび上がってくるものである。

棚田誠は、最前列の左端が好きなようだった。彼はこのワークショップ前のオーディションでもその辺りにいた。

そして、ヤツはいつもいちばん後ろの真ん中辺りにいた。初めてヤツに気付いた時から、その後もだいたいそうだ。教師ならば積極性がない、と咎《とが》めるだろう。だが、どうやらヤツはみんなが見渡せるところが好きらしい、と感じた。

実は、俺が好きなのは「どまんなか」だ。背が高いので後ろの奴には悪いと思うけれど、とにかく真ん中が好きだし、どこから見ても真ん中、というのが落ち着く。

棚田誠はいいとして、真ん中好きの俺としては、ヤツの姿が見えないのは困った。むろん、前面にある鏡を見ればヤツが目に入るのだが、俺としては鏡の中ではなく、視界の内に二人を収めたかったのだ。

初日に立った場所に、えてして最後まで落ち着いてしまいがちなので、俺は迷っていたが、ヤツがいちばん後ろにいるならば、どちらにしろ並ぶのが精一杯でヤツは見えないと思い、好きな真ん中を取る。ヤツはいちばん後ろでも真ん中よりは少しずれていたので、鏡の中で踊っているのを見ることができる。

むろん、人の踊りを見ていないで自分の踊りに集中すべきなのは重々承知しているが、俺は人の踊りを見るのが単純に好きなのである。特に、自分と違うタイプの踊りや、魅力的なムーブメントを持っているダンサーの踊りが。

ダンサーの魅力。

俺は、踊り始めた時からそのことについてずっと考え続けていた。

容姿もすばらしいし、テクニックもじゅうぶんなのに、目を惹《ひ》き付けられないのはなぜか。

その逆に、大したテクニックもなく、決して容姿が恵まれているとは思えないのに、目を離せないのはなぜか。

踊りの何が人を魅了し、目を釘付けにさせるのか。

子供の頃から両親の教室でさまざまな生徒を見てきて、自分がロクに踊れない頃から、その疑問がいつも頭を占めていた。

俺は、とにかく真似をした。自分が魅力的だと思うダンサーのムーブメントを研究した。ご承知のとおり、人の真似をするにはそれなりの技術と観察力が必要である。その点では、俺は天才的だった（と言ったのは俺ではないので、これは決してうぬぼれではない。そう言ったのは先生方である。念のため）。

割と最初から踊れてしまったし、真似ができてしまったのである。

両親は、そのことをひどく警戒した。踊れてしまう子は飽きやすいし、基礎を疎《おろそ》かにしがちだからだ。

なので、彼らは誉める時は誉めてくれたものの、アメとムチよろしく、たいへん厳しくしつこいくらいに基礎を叩き込まれた。アンタは能天気でお調子者のところがあるから気を付けなさい、と性格と心構えについてもさんざん言われた。

そう、リシャールにも言われたとおり、確かに俺はお調子者のところもあるが、実のところはけっこう用心深いし細心なのである。お調子者の部分は、自分がリラックスするため、あるいはおのれを鼓舞《こぶ》するために、半ばそう演じていることを小さい頃から自覚していた。そういう部分を誇張してみせることで、自分を大きく、親しみやすく見せられることを知っていたのだ。

そこんところを本当は両親と先生も見抜いていたが、あえて俺の演技に「乗っかって」くれていることも互いに承知していた。

なので、ワークショップ初日、俺はとても幸せだった。周りにいろいろなタイプの、いろいろな魅力を持った同年代のダンサーがいて、とても楽しかったのだ。

そのいっぽうで、会場は緊張、不安、闘志、興奮で抑えた熱気が皆の全身から溢《あふ》れ出していて、ピリピリしているのと、ワクワクしているのと、いろんな空気ではちきれそうだった。

その熱気を、エリックとリシャールは涼しい顔で受け止めている。

静かに始まるバーレッスン。

立つ。呼吸する。伸びる。伸ばす。

この瞬間が好きだ。身体の中にぴんと糸が張ったように感じる、静かな光に満たされたように感じるこの時が。

そして、見られることも好きだ。自分が見られる存在になっていること。見られることの中に自分が存在していること。自分を取り巻く世界が反転し、俺の内臓がぐるりと裏返って世界を包み込んでいるような感覚になる瞬間が好きだ。

そんな時、いつも俺は幸福を感じる。

集中し、幸福を感じつつも、俺は周りのダンサーを見る。

これもまたレッスンだ。舞台は一人だけではない。一緒に踊る者の動きや距離感を常に感じていなければならない。

やはり、目に飛び込んでくるのは棚田誠だ。

この男は、緊張と自信がいい感じにつりあっている。しかも、時間が経つにつれて静かな自信のほうが勝ってくるのが分かる。

見ていると、ぶれない軸の強さと、基礎に裏打ちされたひとつひとつのポーズの美しさが際立ってくる。

ううむ、さすが、と内心唸る。

もう一人、目に飛び込んできたのは松永高志、「ぼーいず・びー・あんびしゃす」の彼だ。

彼は俺の斜め前にいた。

ほほう、こいつは運動神経抜群だな、と思った。

動きがシャープでとにかくバネがある。だから輪郭がとてもくっきりしている。たぶん、足も速いしジャンプも高そうだ。

なるほど、「大志を抱く」のも伊達ではないな。こいつも要チェック、と自分に言い聞かせる。

そして――俺は、またしても肩の辺りに奇妙な違和感を覚えた。

覚えのある違和感。前回のオーディションで感じたもの。

何かヘンなものが後ろにいる、あるいはある――

俺は鏡の中の自分の後ろに目をやった。

と、そこで目が合った。

予期していたものの、それはやはりヤツの目だった。

目が合った、で済ませていいのかどうか分からない。

俺の記憶の中のヤツの目は、離れているのにとても大きく見えたのだ。

俺はギクリとして、思わず振り向いてしまった。

が、その時にはもうヤツは俺を見ていなかったし、ゆっくりと前屈する途中だった。

エリックが俺の視線に気付き、彼もまたヤツを見た。

俺は慌てて前を向く。

なんだあの目。

俺はやや動揺しつつ考えた。

前回の時も思ったけど、やはりあの視線というかあの目は独特だ。何かが違う。何かがひどく気にかかる。

さっきは本当に目が合ったのだろうか。ヤツは、本当に俺のことを見ていたのだろうか。

その疑問は、バーを寄せてセンターのレッスンが始まった時に再び浮上した。

違和感と渾然一体《こんぜんいったい》となった存在感。

俺はどうしてもヤツに目をやってしまうのだ。

そして、あの奇妙な印象を与える目を目撃する。

見られているのか、いないのか。なぜこんなにも気にかかるのか。それがよく分からなくて、俺はモヤモヤしたものを感じていた。いかんいかん、とセンターレッスンに集中する。

案の定、松永高志のジャンプ力はひときわ素晴らしかった。二十センチ近く身長が異なる奴とも、ほぼ同じかそれ以上の高さで跳んでいるのを見て、思わず「うわっ」と歓声が上がった。

あのジャンプの安定感とピタリとした着地からいって、きっと、回るのも得意なんだろうな。

そんなことを思いながら見ていると、またしても何か異様なものがふっと跳んでくるのが見えた。

異様と感じたのは、俺だけではなかったに違いない。

その時上がったのは、高志の時のような歓声ではなく、「えっ？」というどこかひきつった呟きだったからである。

それはヤツだった。

皆があっけに取られて宙を見た。

一列に並んで一斉に跳んでいたのに、ヤツだけが宙に残っていた。

ヤツのジャンプは、高さがあるのと同時に恐ろしくゆっくりで、そこだけスローモーションみたいだった。本当に、コマ落としのごとく一瞬一瞬宙で止まっているように見え、そしてひと呼吸遅れて、やけに静かに着地したのだ。

皆が顔を見合わせる。エリックとリシャールもぽかんとしていた。

だが、俺が異様に感じたのは、ヤツの滞空時間の長さよりもやはりヤツの目だった。

あの目。いろんな色に見えて、そこだけかすかにけぶっているような目。

それに似たものを目にして、ヤツのことを思い出したのは、ずいぶん後になってからだった。

京都のどこかの寺に行き、天井画に巨大な龍が描かれているのを見上げ、その説明を聞いた時のことである。

あの龍の目は、このお堂のどこから見ても自分が見られている、自分と目が合っていると感じるように描かれているんですよ。

俺は衝撃を受けた。

あれだ。

背筋に冷や汗を感じる。

あれは、まさしくヤツの目だ。ヤツの目はどこにいてもすべてを見ていて、ヤツを見るすべての者と目を合わせているのだ、あの目に見られているのではなく、あの目から出ている何かに俺たちは照射されていた。だからあんなふうに異様な感じがしたんだ、と気付いたからだった。

ワークショップには、連日最後にコンテンポラリーのクラスが設けられていた。

今ではコンテンポラリーのクラスは珍しくないが、このワークショップには、ずいぶん前の、まだ日本のバレエ教室ではコンテンポラリーに馴染みのない頃から専用のクラスがあった。エリックらのバレエ団は、先鋭的なコンテンポラリーの名作、新作を数多く生み出してきた伝統があるので、当然といえば当然かもしれない。

今や、プロのバレエダンサーになるにはコンテンポラリーを踊れることが必須条件になっている。コンクールでの比重も年々高くなるばかりだ。

辞書を引けば現代的、同時代的などという言葉が出てくるコンテンポラリー。そのダンスはクラシックバレエと分けて語られるが、実際のところ、定義は難しいし、正直言って俺は今でもよく分からない。

だが、ワークショップの最初のコンテンポラリーのクラスで、エリックはこの点についてもみんなに尋ねるのだった。

クラシックとコンテンポラリーの違いはなんだと思う？

みんなが顔を見合わせ、トウシューズを使わないのがコンテ、とか、二十世紀になる前に出来た作品がクラシック、とか、もごもごと小声で答える。

松永高志は少し首をひねってから、簡潔に答えた。

「クラシック以外がコンテンポラリー」

なぜか、高志が喋るとみんなが笑ってしまう。「ぼーいず・びー・あんびしゃす」の影響は大きく、今回もなごやかな笑いが起き、エリックは「なるほど」と頷いた。

そいつは分かりやすいネ、とニコニコ笑う。

マコトは？

棚田誠のほうに水を向けると、彼は既に考えていたのかはっきりと答えた。

「僕は、コンテンポラリーの振付家が振付けたものがコンテンポラリーだと思います。もっと言うと、振付を依頼する側がコンテンポラリーとして依頼したものがコンテンポラリーなんじゃないかと」

「ほう。そりゃまた明解だね。じゃあ、これはコンテンポラリーじゃないと振付家が言い切ったらコンテンポラリーじゃない？」

「はい。そうだと思います」

「ふんふん。ＪＵＮは？」

エリックは俺に振ってきた。

クラシックとコンテンポラリーの違い。

実は、この問いは俺も幼い頃からたびたび考えてきたことだった。ある時は「こうだ」と思っても、またしばらく経つと「いや、違うんじゃないかな」と思う。俺の中でも定義は定まらず、いつも揺れ動いていた。

「観客に重力を感じさせないバレエがクラシックで、観客に重力を感じさせるバレエがコンテンポラリー」

リシャールが「ほう」という顔をするのが分かった。

ちょっとだけ嬉しかったが、俺の中にはもやもやがある。

「――と、思ってたんですけど」

俺が言いよどむと、リシャールとエリックが「ん」という表情になる。

「思ってたんだけど、何?」とエリックが先を促す。

俺は言葉を探した。

「えーと、最近は、ちょっと違うんじゃないかと思って——観客に重力を感じさせないバレエがクラシック、というのは同じなんですけど、観客じゃなくてダンサーが重力を感じて踊っているのがコンテンポラリーなのかなって」

「それってどう違うの?」

エリックが興味を覗かせ、身を乗り出した。

「今、棚田君が言いましたけど、僕たちダンサーは、これからコンテンポラリー踊ります、って踊る前に定義してから踊りますよね? つまり、僕らが『コンテンポラリーだ』と思って踊るものがコンテンポラリーなんだと思う。で、僕が『コンテンポラリー踊ってる』と思う時にいちばん意識してるのが重力なんです。クラシック踊ってる時はぜんぜん意識しません。むしろ、重力のことは忘れてるし、意識しないようにしてる。とにかく軽く、体重なんてなかったことにして一センチでも天に近付きたいと思ってるし、よく言われるように天から一本の線で吊り上げられてるイメージを大事にしてきたし」

俺は天井を指差した。

「だから、コンテで重力を感じてるのは、むしろダンサーのほうなんじゃないかと」

「なるほど。じゃあさ、『ダンサーが重力を意識しないで踊るのがクラシックで、重力を意識して踊るのがコンテンポラリー』って定義でもいいんじゃない?」

エリックが俺の顔を覗き込む。

「うーん。それもまた違うんですよ」

俺の中のもやもやはまだ晴れない。

俺はがしがしと頭を掻いた。

「クラシックの場合、重力のあるなしを感じる決定権は観客のほうにあるんですよ——そう僕は思ってる。だけど、コンテンポラリーの場合は、その決定権はダンサーのほうにあるんじゃないかなあって気がして」

「へえ。非対称なんだね」

エリックはつかのま考え込んだが、ニッコリ笑った。

「面白い。ＪＵＮはそんなふうに考えてたんだねえ」

むろん、エリックは、正解を求めているわけではないし、正解を教えてくれるわけでもない。ただ、生徒がどんなふうに考えているかを知りたいだけなのだ。

分かってはいたが、答えのないもどかしさはなかなか消えなかった。

エリックは次々と尋ね、そしてヤツの番が来た。

「ＨＡＬは？」

なんとなくみんなが注目する。

ヤツにはなぜか人に期待させるものがあった。何か違うことをやってくれるんじゃないか、という根拠のない期待を。

ヤツは、またしてもちょっとだけ首をかしげた。かすかに身を引き、顎を上げ、斜めになる。

唐突に、歌舞伎の語源が「かぶく（傾く）」だというのを思い出す。

何百年もの伝統と確固たる「型」というものがある。それは文字通り、その世界に「疑いの余地なく正しいもの」として屹立《きつりつ》している。

その、まっすぐでゆるぎないものを「傾ける」のだ。

それは、いわゆる「正統派」とそうでないもののすべてに共通する作為のような気がする。バレエだってそうだ。重力に逆らい、まっすぐに立っているものを、コンテンポラリーはオフバランスにする。傾ける。もっといえば、崩す。潰す。平たくする。

実は、俺はピアノを弾くのも好きなのだが（こちらもそれなりに得意だった。なんにでも才能があって困るね）、クラシックピアノは背筋を伸ばし、指も垂直に鍵盤に下ろすのだが、ジャズピアノになるとなぜか身体をかがめたくなるし、なんとなく指も「平べったく」なるのだ。身体の輪郭も音も「平べったく」なり、世界との境目に唾《つば》をこすりつけて滲ませたくなる。

正統派を「かぶいた」もの。それが新たな世界を切り拓く。

それはさておき、ヤツはなんと答えたか。

少し間を置いて、ヤツは口を開いた。

クラシックバレエは、「花束」ですね。

またしても、みんなの目に「?・」が浮かぶのが分かった。もちろん、俺も含めて。

全く思ってもみなかったベクトルの答えに、エリックとリシャールもきょとんとしている。

「どういう意味?」

やはり少し間を置いてから、エリックが尋ねた。

ヤツはかすかに微笑んだ。

「だって、そうでしょ。花束って、その時いちばん綺麗に咲いている花を中心に——例えば薔薇《ばら》なら薔薇をまんなかにして、その周りに菊とかガーベラを並べて、更にかすみ草なんかでぐるりと囲む。正面から見て、いちばん綺麗に見えるようにして、紙とセロファンで包んで、リボンを結んで、はいと差し出す」

驚くべきことに、ヤツはそれをマイムにしてみせた。

花をちょいちょいとアレンジして、セロファンに包み、リボンを結ぶ。そして、「はいと差し出す」のところでは、本当に大きな花束を差し出されたように錯覚して、俺は思わず目をぱちくりさせてしまった。

「状態のよい切り花をブーケにして、商品にする。立派な花瓶に生けて、鑑賞する。それがクラシックバレエです。で、コンテンポラリーは」

ヤツはつかのま遠くに目をやった。

「木——樹木、ですね。それこそ、彼の話ではないですが(ヤツはチラリと俺を見た)、地面に根を張ってる。まさにどっしりした重力を感じてる。大地を感じてる、樹木」

ふと、ヤツの目が何かを捉えた。

みんなが反射的にヤツの視線の先に目をやる。

そこに、木があるような気がした。空いっぱいに枝を広げた、大きな木が。

「——花束のたとえはよく分かったが」

そう口を挟んだのは、めったに口を出さないリシャールだった。

「樹木のたとえがよく分からないな。もう少しそっちのほうを具体的に説明してくれるかい?」

ヤツは、不思議そうな顔をしてリシャールを見たが、「具体的に」と呟き、またちょっと考え込んだ。

「んーと」と綺麗な眉を少しだけ顰《ひそ》め、左手の人差し指をくるくると回す。

やがて、何か思いついたのか「あ」という顔をした。

「バレエは、花屋なんですよ」

そう言ってリシャールを振り返る。

「かつては、花屋の商品は花束だけだった。あ、一輪挿《いちりんざ》しっていうのもありますね。ソロで踊るのは一輪挿し。全幕ものは、それこそ、薔薇や百合といった綺麗な花をブーケにして売る。花を買う人も、それが花なんだ、綺麗な花束こそが花屋の売り物なんだと思い、薔薇や百合を買いに行く」

ヤツは、再び幻のブーケをさっと抱えてみせた。

ヤツの腕の中で、セロファンがカサコソと音を立て、重い花束がしなるのが見えたような気がした。

「だけど」

ヤツはパッと手を広げた。

あの美しい指の大きな手を。

幻の花束がたちまち消え失せる。

「綺麗なものの定義はどんどん変わっていくし、花屋が扱う商品もどんどん増えていきます。シダ類やコケ類を好んで鑑賞する人もいるし、花のない枝ものだって美しいと思う人がいれば商品になる。やがて、花屋は店の外に出ていく。枯山水《かれさんすい》の庭も、廃墟の庭も、ランドスケープそのものも売り物になる。花屋の扱う範囲が広がったんです。だから、当然樹木もその対象になる。商品になる。そして、この商品の場合、鑑賞の仕方も花束とはちょっと違ってくる」

ヤツは再び宙に目をやった。

幻の大きな木がそびえている、ヤツの視線の先に。

「見ているのは、その枝ぶりだったり、葉の付き方だったりします。更に、その木がどこに生えているか、どう生えているかも見どころになる。ああ、ここは海辺の風の強いところだから、全部の枝が同じ方向を向いているんだとか、ここの土地は痩《や》せていて砂地だからこれ以上は大きくならないんだとか」

「ふふん」

リシャールが小さく鼻を鳴らした。

「つまり、コンテンポラリー作品は、その背景であったり、振付家の出自や思想を鑑賞するものだと?」

「うーん」

ヤツは唸った。

そして、ゆるゆると左右に首を振る。

「そこまで深読みはしてません。ただ、コンテンポラリーは観客が求めるもの、ダンサーに求められるものがクラシックとは違うと思います」

これで話は終わった、というようにヤツは少しだけ立ち位置をずらした。

辺りがしんとした。

リシャールとエリックが顔を見合わせる。

「いやー、驚いたなー」

エリックが目を丸くした。

「HAL、そんなこと、いつから考えてたの?」

ヤツはきょとんとする。

「いつからって――なんとなく、ずっとですけど」

「なんとなく、ずっと、ねえ」

エリックは首を振った。

「クラシックバレエはバレエという花屋の花束、か。しかも、この花束は花屋にとってはスタンダードな看板商品、てなわけだ。うまいこというね。HAL、それ、僕もどこかで使ってもいい?」

エリックは本気のようで、真顔で尋ねた。

ヤツはニコッと無邪気な笑みを浮かべる。

「どうぞ」

「ありがと」

エリックは胸に手を当てて、お辞儀をした。

ここまでのやりとりを、誰もがぽかんと口を開けて聞いていた。

もちろん、俺も含めて。

もしかすると、あれからかなりの歳月を経ているので、記憶が改竄《かいざん》されているかもしれない。はたして、中学三年だったヤツが、あんなに難しい言葉を、大人びた表現を使ったのかどうか。

あの会話が英語だったのか、通訳が入った日本語だったのかどうかもあやふやなのだが、ヤツが理路整然と、コンテンポラリーを樹木にたとえ、クラシックバレエを花束にたとえたことだけははっきりと覚えているのだ。

エリックもあの時の会話はよく覚えているらしく、あとで「あのたとえ、どこかで使ったの？」と尋ねたら、「いや、何度か考えたんだけど、いい歳して十五歳の生徒の受け売りをするなんて、あんまりじゃん？　結局、まだ一度も使ってないよ」と珍しく恥ずかしそうな表情になったのがおかしかった。

だけどね、あの時、もう確信したよ。

エリックはそう打ち明けた。

何を？

薄々感づいてはいたが、俺はそう聞き返す。

この子はうちのバレエ学校に入るだろうって。

ふうん、俺のことはいつ思ったの？

ヤツに何かと張り合うと思われるのは癪《しゃく》だが、聞かずにはいられなかった。エリックは苦笑する。

ＪＵＮは、ワークショップに呼んだ時点で来てもらうつもりでいたから。

それはよかった、と俺は応えた。もしかすると、エリックのリップサービスかもしれないな、とチラッと思ったが。

あと、めったに先の話はしないリシャールが珍しく言ってたんだよね。

エリックが呟いた。

ハルについて？

うん、とエリックが頷く。

あの子は振付家になるね、って。


深津《ふかつ》さんは振付はしないんですか、と聞かれることがある。しませんねえ、とあっさり答えると、「あ、そうですか」と相手もそれ以上は聞いてこないのが常だ。

そう質問してくる人の念頭には、ヤツのことがあるのだろう。世界的な振付家となったヤツと長いこと一緒にいたので、影響を受けたのではないかと思うらしい。

確かに影響はある。エリックが言うように、「居合わせた」意味もあるはずだ。

だが、逆にいうとヤツが近くにいて、ヤツが作品を作るのを見ていたからこそ、「こんなん、俺には向いてないわ」と早々に振付はあきらめた。

本音を言えば、振付に興味はあったのだ。コンテンポラリーを踊るのは好きだったし、振付のクラスも取っていた。自分で作って踊れれば楽しいだろうな、なんて単純に考えていたのである。

振付のクラスで、振付らしきものをやってみる。

ある意味受身の存在であるバレエダンサーにとっては、振付家の思考回路を想像し、それを追体験してみるのは、踊っていく上でも非常にためになる。

だが、それは、例えばピアニストが音大の授業で作曲のクラスも取ってみる、というようなものだった。クラシックのピアニストが、「あなたは作曲はしないんですか？」と聞かれることなどないだろう。そう、それは全くの「別物」なのだ。

振付家は、自分が踊れるもの以上のものは作れないと言われる。だから、それなりの振付家になるには、ダンサーとしてもかなりの技術を持つことが必要とされる。

じゃあ卓越した技術を持ったダンサーなら振付家になれるかというと、必ずしもそうではない。

それは全くの「別物」なのだから。

卓越したダンサー（俺含む）は、踊ることに関しては、振付家以上に振付を理解している。振付けられた以上のものを舞台の上で生み出すことができる。彼らは踊りを通して深く自分を理解し、同時に自分を媒介して踊りを深く理解する。いかに自分と踊りを重ね合わせて深くつきつめるか。それをつきつめられる者が卓越したダンサーと呼ばれるのだと思う。

だが、振付家というのは、そうではない気がする。

彼らは、ダンサーの向こう――踊りの向こうに、何か広い景色を見ている。

ダンサーにとっては、踊ることそのものが「目的」だけれど、振付家にとっては踊ることはあくまで「手段」であって、「目的」はその向こうにある。

たまたま彼にとっては踊りが「手段」だっただけで、別の技術を持っていればそれがまた「手段」となり、「目的」を果たすことだろう。

ワークショップの初日が終わり、元々顔見知りだった俺と棚田誠がなんとなく連れ立って最寄り駅に向かっていると、「大阪の棚田誠さんですよね？　福岡のバレコンで二位だった」と松永高志が声を掛けてきた。

見ると、高志の隣には萬春がいて、穏やかな顔でこちらを見ている。

と、突然「深津、ちょっといい？」とヤツがすたすたと俺に向かって歩いてくると、まん前に立った。

「え？」

真正面から目を合わせてきたので、どぎまぎする。

切れ長と思いきや、近くから見ると意外に大きな目で、青みがかった白眼と真っ黒な黒目がそこにあった。

俺よりも少し低いかと思ってたけど、ほぼ同じくらいの身長だな、と思ったら、ヤツは俺の肩をぽんぽんと叩き、ちょっと引くようにして俺の顔を眺め、俺の首すじや背中をしげしげと覗き込む。

「何してんだよ、ハル」

その様子があまりにも気さくで自然だったので、こちらも思わず呼び捨てになる。

「いや、ちょっと。ふうん。ありがと」

そう言って、ヤツはきょとんとしている誠と高志に会釈し、一緒に歩き出した。

ヘンなヤツ。

「ホントにバリバリコンテやるんですね。自分、きちんとしたコンテのクラス受けるの初めてです」

高志は話し方もどこか体育会系だった（どうでもいいことだが、「じぶん」という呼び方が東日本では一人称で、西日本では二人称だということを、俺はこのワークショップで高志と誠から聞いて初めて知った）。

「僕も」

棚田誠が頷く。

「『コンテっぽい』のはうちのレッスンでも少しはやってたけど、世界レベルのプロから教えてもらうのって、全然違うなあ」

「ハルはどっから来てんの？　東京の人？」

俺が尋ねると、ヤツは「長野」と答えた。

言われてみるとなんとなくそんな感じがするから不思議だ。

「ひょっとして、親がバレエ教室やってるとか？　俺と誠はそうなんだけどさ」

ヤツはゆるゆると首を振った。

「ううん。うちは違う」

「じゃあ、どうしてバレエ始めたの？」

男子がバレエを始めるきっかけのほとんどは、女のきょうだいが始めたから、か、家がバレエ教室をやってたから、だ。

ヤツは一瞬困ったような顔になった。

「どうして？　うーん、どうしてだろうな」

「そこ、悩むとこかよ」

俺はあきれた。

「カタチが面白かったからかなー」

「なにそれ、カタチって」

誠が不思議そうに尋ねる。

「え、だって面白いでしょ？　バレエで人体が作るカタチってよくできてるし、綺麗だし」

みんなの顔に「？」が浮かぶ。が、ヤツの言うことは常に独特なので、やがてみんなも慣れてしまい、聞き流すようになる。

「それより、いきなり作品作れって言われても、どうしたらいいのか自分、全然分からないです」

高志が不安そうな声を出した。

初日のコンテのクラスの最後に、エリックがニコニコしながら言ったのだ。

最終日のクラスで一分間、それぞれテーマを決めて自由に踊ってみて。全員に発表してもらうからね。

一分間。きちんと踊り切るには、じゅうぶんに長い時間だ。

「自分が得意なテクニック使えばいいんじゃねえ？　きっと、回るの得意な奴は『コマ』とかやるぜ」

俺がそう言うと、高志はギョッとした顔になり、それから赤くなった。

「ゲッ、今、自分、それ考えてました」

「『自由に踊る』って、口で言うのは簡単だけど、いちばん難しいよね」

誠が溜息をつく。

と、ヤツがピタリと足を止めたので、俺は面喰らった。

振り返ると、ヤツはじっと何かを注視している。

視線の先を見ると、街路樹の葉が一枚、ゆっくりと落ちていくところだった。

空中に、右に左に揺れて徐々に大きな弧《こ》を描き、それを繰り返して地面に落ちた。

すると、ヤツは腕を振り始めた。

右に、左に、徐々に大きな弧を描く。

今落ちた葉っぱの動きをトレースしているのだと気付く。

ゆったりと、大きく振った腕をピタリと止める。その指先は、小指と薬指、中指と人差し指をくっつけて、綺麗に伸びてビシッと決まっていた。

「あ、ごめん」

不意に自分だけ遅れていることに気付いたらしく、ヤツを振り向いている俺たち三人の方に向かって小走りにやってくる。

「はるさんて、面白い人ですねー」

高志が呟いた。

「面白いっつうか、ヘン?」

俺が呟く。

「なんか、僕らと違うもの見てるよね」

誠がまとめた。

ワークショップ最終日の発表会。

案の定、テクニック自慢の男子が考えることはだいたい同じだ。宇宙ゴマだの、風力発電だの、ジェットコースターだの、嵐だの、稲妻だの、回転とスピードを生かした演目がほとんどだった。

高志は「紙飛行機」。

紙飛行機を手に持って飛ばすところから始め、すぐに紙飛行機になりきってぐるりぐるりとジャンプする。ぱたりと落ちたり、また舞い上がったり。不安がっていたわりには、マイムも綺麗で動きにヴァリエーションがあり、なかなかの出来だったのではないかと思う。

誠は「試験」。

試験の前から始まって、カレンダーを気にしながらがむしゃらに勉強する。間に合わないのではないかという不安、焦り、疲労。そして本番。つかのまの解放感、結果を待つあいだのやきもき、発表に対する落胆、後悔、などなど。めまぐるしく変化する感情を綺麗な動きで表現していた。

やはり誠は苦悩する王子が似合うし、ドラマティックなバレエが好きなんだなと感じた。本人も自分の好みを考え、感情表現中心のものにしたのだろう。

俺がやったのは「うちの猫」だ。

我が家ではメスのロシアンブルーを飼っている。名前は「まど」。

完璧な家猫なので、外には出したことがない。うちにやってきた日から、リビングの張り出し窓のところにちょこんと座って外を見るのが好きだったので、自然と名前が「まど」になったのだ。

猫の動きというのは面白い。

あくびしたり、顔を洗ったり、毛を逆立てたり、ごろんと伸びたり。

「まど」の真似をするのは前から好きだったので、今回それを踊りとして披露してみることにしたのだ。

ロシアンブルーのちょっと気取った、しゃなりしゃなりとした歩き方。

餌《えさ》をねだったり、ツンデレしたり。

身体を弓なりにして威嚇《いかく》したり、不満を表明したり。

なかなか迫真の動きができたと思う。

みんなのあいだに笑いも起きて、受けたのも嬉しかった。まあ、ダンスとして、作品としてどうかと言われれば稚拙だろうけれど。

そして、ヤツの順番が来た。

「ＨＡＬのテーマは？」

エリックが尋ねる。

「冬の木です」

つくづく自然が好きなヤツだな、と思った。

と、ヤツがパッと俺を見た。

「深津、ちょっといい？」

「え？」

俺はきょとんとした。

「手伝って」

ヤツは俺を手招きした。

「いいですよね、彼に手伝ってもらっても」

ヤツがエリックに聞くと、エリックも目をぱちくりさせていたが、「ああ、いいよ」と頷いた。

手伝うって？　いきなり何を？　なんの打ち合わせもしてないのに？

おっかなびっくり、センターに出ていくと、「ここに、鏡に向かって四番ポジションで立ってて」と指示された。

「手はこう」と、斜め下に両腕の掌《てのひら》を向けさせられる。

「このまま、じっと動かないで。俺が絡んだり、しがみついたりするから、とにかくずっと踏ん張っててくれる？」

頷くしかない。

「始めます」

ヤツは静かにそう言って、俺の首に手を回し、肩に額を付けてもたれかかった。

辺りがしんと静まり返る。

ゆっくりとヤツが動き出す。

俺は正面の鏡の中に自分の顔を見ながら、同時にヤツの動きとみんなの反応を感じていた。

ヤツの腕が、脚が、美しく、大きくしなる。

その指先に、爪先に、皆の目が引き寄せられるのが分かった。

ヤツの動きが、時に直線、時に曲線を宙に描き出してゆく。

なるほど、俺は木の幹なのだ、と気付いた。

俺を木の幹に見立て、ヤツは木の枝と、木をめぐる気象を表現している。

葉を落とし、裸になった冬の木。寒風にさらされ、みぞれや雪が降りかかり、ひたすらじっと耐える冬の木。

ふと、初日に一緒に帰った時の、ヤツの手がトレースする木の葉の動きが脳裏に蘇った。

そして、あの時既にこの演目の構想がヤツの中にあったのだと気付く。

いきなり俺の前に来て、ジロジロ俺の身体を見ていたのも、もうあの時には俺の身体を使うことを考えていたからに違いない。

なんてヤツだ。

俺は、冷や汗を感じた。

実はね、あの時「ヤヌス」を思いついたんだ。

ずいぶん後になってから、ヤツが俺に言った。

深津が背中を向けて立ってて、そこにもたれかかった瞬間に、「ヤヌス」のタネみたいなものがぷかっとどこかに浮かんだんだ。あの時からずうっと温めてた。「ヤヌス」は深津がいたから出来たんだよね。あと、「森は生きている」も、あの日踊ってる時に閃《ひらめ》いた。

「森は生きている」はヤツが子供向けに作ったバレエで、見ていても踊っても楽しい、よくできた作品だ。広く上演されているので、ヤツの作品の中でも知名度は高いのではないか。あの作品の原型も、あの発表会で踊っている時に浮かんだというのだから、本当にとんでもないヤツだ。そのことをあの時に知っていたら、もう俺は最初から振付のクラスなんか取らなかっただろう。

とにかく、この時の俺は、冷や汗をかきながら、俺に体重を掛けたり腕をからめたりするヤツの身体を感じていた。

鏡の中のヤツの動きは美しかった。何より、それが「踊り」であり、ひとつの作品になっていると感じた。

皆が息を呑み、魅入られたようにヤツの動きを眺めている。

たったの一分間、皆と同じ一分間のはずなのに、全く違う、濃密な一分間だった。

ふっ、とヤツの身体から力が抜け、一度も離れることのなかった「木の枝」が離れた。

ヤツがお辞儀をし、一斉に拍手が起きる。

エリックとリシャールが、どことなく青ざめた顔をして拍手をしているのが目に入った。

「ありがとう、深津」

そう声を掛けられて、ようやく我に返る。

ヤツは俺の手を取り、振り上げた。

俺は慌ててヤツと一緒に、もう一度みんなに向かって深々と頭を下げたのだった。

いやー、二人とも、ローザンヌとかYAGPとか行かないで、あの時うちのワークショップに来てくれて、ホントにホントにラッキーだったよ。あんなとこ行かれてたら、絶対どこかがさらってっちゃったに決まってるもん。

　エリックは今でも胸を撫でおろすし、俺も今ならば分かる。

　十五歳やそこらで、「作品」になるような振付をできるダンサーなんて、めったにいない。ましてや、世界中で血眼になって次のコレオグラファーを探している時代だ。自分のバレエ団にそういう有望なダンサーを抱えることは、ひじょうに大きなメリットになる。

　とにかく、バレエ学校時代は、いつも誰かがヤツを探していたことを覚えている。

　というのも、ヤツはバレエ学校に入った年からいろいろな生徒に振付をしていたからで、徐々に周囲に認知されて、ヤツの振付が評判になると、生徒のほうから振付してくれと頼みに来るようになったのだ。

　中でも印象に残っているのはヴァネッサ・ガルブレイスという一年先輩の女子だ。見事な赤毛にグリーンの瞳という、リタ・ヘイワースを今ふうにバージョンアップしたようなゴージャスなアメリカ美女で、身体もでかいが存在感もでかい。見た目も中身も絵に描いたような女王様キャラで、バレエ学校在学中にＹＡＧＰでグランプリを獲った女だ。

「ねえ、ＨＡＬは？」

と、まるで自分の使用人を呼ぶみたいにいつもやってくる（実際、彼女のうちは大金持ちで、使用人が何人もいるような馬鹿でかい家で育ったらしい）。

俺はヤツと寮で同室だったので、しょっちゅう誰かがやってきて「ＨＡＬは？」と聞かれては、マネージャーじゃねーから知らねーよ、と答えていた。

　彼女は自分の卒業公演でヤツに振付を頼んでいた。

ヤツが作った演目は「パニュキス」。

フランスの詩人アンドレ・シェニエの、同い年の男女のいとこをテーマにした詩をモチーフに、ショパンの「即興曲第三番」を使った、六分ほどの作品だ。

曲の始まりとともに、暗い舞台の奥から手を繋《つな》いだ男女が、絵本を抱えて現われる。

床にぺたんと座り、寝そべり、頬杖をついて、一緒に絵本を読む二人。

仲のよい同い年のいとこ、他愛のない遊び、子犬のようなじゃれあい。

やがて幼児期を脱した二人は膝立ちになり、徐々に行動範囲が広がってゆく。

いつしか、絵本は開いたまま舞台の隅に放置される。

あまり自他の区別のない、いとこという同質感。

ヤツとヴァネッサでは見た目も人種も全然異なるのに実に自然で、舞台の上では本当に血縁者のような同質感があった。彼女が長身で、ヤツと背丈が近いのもその印象に一役買っていた。

二人はすくすくと成長し、立ち上がって踊るようになる。

今日も仲良く一緒に踊る。見事にシンクロした動き。どんどん踊りは難しく、パワフルになる。

が、やがて年頃になり、二人は互いの性を意識するようになる。

少しずつ距離を置く二人。

一緒に踊っていても、シンクロしていた動きは影を潜め、ばらばらになっていく。どこかにためらいが、逡巡《しゅんじゅん》が、遠慮が増えていく。

やがて二人は離れる。

道は分かれ、それぞれの人生を歩むことになったのだ。

舞台の上の離れた場所で、それぞれの異なるソロを踊る。

長い歳月ののち、晩年の二人は再び出会う。

互いの中に幼い日々を見いだし、二人はしっとりと、いたわりを込めて、かつての踊りを一緒に踊る。

遠い日々を重ね合わせて、懐かしい信頼感と同質感を噛み締める。

そして、最後に二人は手を繋いでゆっくりと、舞台の端に開いたままだった絵本のところに戻ってくる。

ヤツがそっと絵本を閉じ、取り上げて脇に抱える。

二人は手を繋いだまま、冒頭とは逆に、闇の中に消え去ってゆく——

不思議な懐かしさと多幸感、そしてほろにがさのある演目だった。

見ていて、俺ですらホロリとしてしまったほどだ（ずいぶん経ってから、俺が日本のバレエ団で客演した際、そこに入った妹と「パニュキス」を踊った時は感無量だった）。

万雷の拍手。二人が手を繋いだまま舞台に戻ってきて、深々と頭を下げた。

ヴァネッサが感極まって、ヤツの顔に熱烈なキスの雨を降らせていたっけ。ヤツのほうはひたすら面喰らっていたが。

「パニュキス」は大評判になった。

どれくらい評判になったかというと、バレエ学校の公演を観ていたバレエ団のプリンシパルが、「あれ、踊りたい」と芸術監督に直訴《じきそ》したので、バレエ団の正式な演目になってしまったのである。ヤツにとっては、「パニュキス」が初めて振付料を貰った作品になったはずだ。

次のシーズンで、よりブラッシュアップされた「パニュキス」が「初演」されて、これまた評判になった。ヤツがコレオグラファー「ＨＡＬ ＹＯＲＯＺＵ」としてクレジットされた最初の作品だ。

ヴァネッサが悔しがるのなんの。なぜか俺が八つ当たりされた。

公演を観終わったヴァネッサが「ＪＵＮ～」と俺のところに駆け寄ってきたかと思うと、いきなりゲンコツでぽかぽかあちこち俺の身体を殴り出した。マジ痛いので、苦情を言おうと思ったが、見ると悔し涙を浮かべている。

「本当の初演はあたしとＨＡＬよ。あれはＨＡＬがあたしのために振付けてくれた作品なのにっ」

バレエ団の公演の「初演」の文字が、よほど悔しかったらしい。

しかも、当然ながら、プロの先輩方の踊りは、作品を深く表現していて段違いに素晴らしかった。

「将来、自慢できるさ」

俺は早く解放されたいので女王様を慰めることにした。

「それに、きっと『パニュキス』は、いずれはヴァネッサ・ガルブレイスに振付けられた作品として残るようになるよ」

実際、そうなった。この数年後には、彼女はバレエ団のヤツの新作「アグニ」で主役に抜擢《ばってき》され、一躍世界に名を馳せることになるのだから。

ヴァネッサが驚いたように顔を上げ、しげしげと俺の顔を見る。

「ＪＵＮ、あんたってば、無神経でがさつなようでいて、実は思ったよりもずっといい奴なのね」

「無神経」と「がさつ」と「思ったよりも」は余計だと思う。


ハッサン・サニエというのもいたっけ。

「おいコラ、ＨＡＬ、てめえ、ふざけんな、こんなクソ難しい振付、マトモな人間にできるかよっ」

いつもこんな悪態をつきながら部屋に飛び込んでくるので騒々しいことはなはだしい。しかも、ヤツがいないと俺にえんえんと当たる。

どうやら、ヤツの振付を復習してさらっているうちに、うまくできなくて腹が立ってくるようで、都度そのうっぷんを晴らすために駆け込んでくる、ということらしい。

「どこが難しいの」

ハッサンの悪態にすっかり慣れっこになっているヤツは、涼しい顔でそう尋ねる。

「ここがこうで次にこれはないだろ」

ハッサンはいきなり身体を動かし始める。

彼は同学年だが、凄まじい身体能力を持つ男だった。

フランス国籍で、不思議な肌の色をしている。黒と言い切れない、茶色でもない、銀色、褐色、どれもしっくりこない。ヤツは「ビロードの肌」と呼んでいた。ギョロ目で、彫りが深く、睫毛《まつげ》がマスカラをつけているみたいにバッシバシに長い。

ハッサンが踊るのを見ていると、同じ生き物とは思えない。まるで麒麟《きりん》とかグリフォンとか、何かいろんなものが合体した不思議な生き物を目にしているような錯覚に陥る。

そういえば、ヤツは時々「豹《ひょう》に振付してみたいなあ」なんて言っていた。「人間にも尻《しっ》尾《ぽ》があったら、きっと『パ』も変わったよね？　尻尾の先の位置とか、高さとか、尻尾も含めた『パ』ができてたかも。振付も変わるだろうなあ」と結構本気で「尻尾のある人間」に振付しているふうがあって、皆があきれていたっけ。

ヤツはバレエ学校に入った時から、個人的なライフワークとして、バッハのインヴェンションを一番から順番に、「トルソ」シリーズとして振付していた。トルソという、美術の素描に使う人体のパーツをタイトルにしたことからも分かるように、徹底的に人体のビジュアルと動きを研究し、それを踊りにした、抽象バレエである。江戸時代の「判じ絵」を参考にして、絡み合う人体を「絵」に見立てたものもあった。

ヤツは、バレエ学校の生徒を隅々までチェックし、観察していた。その中から特に身体能力の高い、振付けたいと思う生徒をピックアップしていたのだ。ヴァネッサといい、ハッサンといい、ヤツが学校時代に振付けた生徒は皆大出世した。

ハッサンは、ヤツが最初に声を掛けた生徒で、「トルソ」シリーズの初期から参加していた。

「あ、そこは違うよ。ここでいったん止めて、それからこう回す」

「そうか。じゃあここは」

「うん、まだアン・ドゥダンで」

「なるほど」

二人でいろんなポーズを試しているのを見ると、ためになった。

ハッサンの筋肉の使い方を見ていると、人間という生き物には限界がないような気がしてくる。

二人でやりとりしているうちに、みるみるハッサンの動きが洗練されていき、踊りが完成されていく。

「ね。ハッサンならできるでしょ」

納得したハッサンに、ヤツはいつも穏やかにそう言う。

「俺は、その人ができないものは振付しないから」

すると、ハッサンは子供のようにこっくりと頷き、ホッとしたような顔をして帰っていくのだった。

ハッサンは両親の顔を知らず、とても過酷な環境で生まれ育ったので、根っこのところで常に自信のなさと強烈な承認欲求を抱えていた。

ストリートサッカーをしている彼をたまたま近所に来ていたバレエ教師が見て、その身体能力の高さと素晴らしい手足に惚れこみ、奨学金を出してバレエ学校に入れた、というシンデレラ・ストーリーの持ち主だったが、いつも見放されたらどうしよう、捨てられたらどうしよう、という恐怖心があったのだと思う。ヤツはバレエ学校時代のハッサンにとって、精神安定剤のような役目を果たしていた。

その彼も、今や世界のトップダンサーの一人だ。ヤツの全幕バレエ、『アサシン』でも暗殺者たちを率いる古《いにしえ》の教団の首領という、難しくてしかもメチャカッコいいカリスマ的な役を務め、当たり役となる。

とはいえ、これまでにヤツの実験台になったダンサーで、その回数が多いのはダントツで俺だろう。

寮の部屋にいて、ヤツが音楽を聴いたり、スケッチしたり、本とか雑誌とかを読んでいる。

突然パタリとそれを置き、じっと考え込む。

すると大抵その二十分後くらいに、パッと俺を見てこういうのだ。

「深津、ちょっといい？」

考えてみれば、最初にヤツと交わした言葉もこれだった。

正直、たるい時もあったが、ヤツに手招きされると、結局は「はいはい、いいですよ」と立ち上がる羽目になる。本当は、レッスン以外の稽古は厳しく制限されているのだが、つい動いてしまう。

ヤツはいきなり先に立って振付する時もあったし、「こういうポーズやってみて」と言葉で指示する時もあった。

あと、「これ、やってみせてよ」と、手にした本や雑誌の写真を突きつける、というパターンもあった。

そりゃ、やれないことはない。

木に絡みついたニシキヘビとか、草原を駆けるガゼルとか、カナダの先住民族のトーテムポールくらいなら。

だが、ハイブランドの三連ネックレスとか、最新型のコードレス掃除機とか、無生物はちょっと。

ある時など、「これ、やってみせてよ」と俺の前に差し出した写真を見て、思わず絶句してしまった。

「これ?」

「そう、これ」

「俺には、これがクライスラー・ビルに見えるんだが」

「そう。マンハッタンにあるやつ」

建造物とは、無茶ぶりにもほどがある。

が、ヤツは涼しい顔だ。

「ダメかな? 摩《ま》天楼《てんろう》の歴史と興亡、みたいなの、バレエにならないかと思ったんだけどさ」

俺はあっけに取られた。本当に、ヘンなことを考える男だ。

「ビルを擬人化するわけ?」

「うん」

「じゃあ、さしずめエンパイア・ステート・ビルはヴァネッサだな」

ヤツはクスッと笑った。

「きっと、ヴァネッサはそれ以外の役は引き受けてくれないだろうね」

仁王立ちするヴァネッサが目に浮かんだ。マンハッタン一の高層ビル。下々の者を見下ろすのは、やはり女王様だろう。「ふん、当然でしょ」という彼女の声まで聞こえてきたような気がした。

「クライスラー・ビルはハッサンにやらせればいいんじゃねえ? 曲線の模様がなんとな

くハッサンっぽいし」

ビルのてっぺんの、魚のウロコのような特徴的なデザインの衣装を着けたハッサンを思い浮かべる。

「となると、俺たち二人がツイン・タワーか。設計者、日系人だし」

「9・11で無くなっちゃうけど」

「タイムズ・スクエアは群舞で表現、だな」

「自由の女神は?」

「あ、そうか忘れてた。ヴァネッサは自由の女神でもいいか」

「まんま、立ってるだけでできそうだな」

そんな馬鹿話、与太話《よたばなし》みたいなものもずいぶんした。

ヤツが構想している作品は当時からずいぶんあったけれど、その後、実現したものもあればしなかったものもある(ちなみに、「摩天楼の歴史と興亡」は、今のところまだ実現していない)。

ヤツに言わせると、「振付するダンサーが決まっていない時に、頭に思い浮かべるのは深津」なのだそうだ。

ワークショップで最初に見た時から、いつもなんとなく深津をイメージして振付してたような気がする。

「冬の木」で、鏡の前に四番ポジションで立った深津に、斜め下に両腕の掌を向けてもらった——あれが、俺が他人にした初めての「振付」なんだ。

それはたぶん、とても光栄なことなのだろう。なんとなくヤツと俺がセットに見られるのも、ヤツが俺をイメージして振付をしていたせいもあるのではないか。

かといって、実際にヤツが俺に振付けてくれたのは「ヤヌス」だけなのだが。

今でも時々、ヤツの声が聞こえるような気がする時がある。

何かに迷っている時。何か足踏みをしていて、前に進めないような気がする時。

そんな時、ふと、ヤツの声がする。

深津、ちょっといい？


そうねえ、ＪＵＮもＨＡＬもサポートはすごくうまいわね。とにかく、どっちも踊りやすいし、組んでて安心。余計なストレスがないのはホントにありがたいわ。

いるよねー、微妙にストレス感じる相手。あの、踊ってるあいだじゅうどこかで常にイラッとしてる感じ、いやだよね。それも、わざわざ口に出して言うほどじゃないっていうのがいちばんストレス溜まる。

なぜだかやりづらい相手って、いるいる。

あれって、技術だけの問題じゃないような気がする。波長が合わないというか、気持ちの高さが合わないというか。

サポートがいいと、こっちまで上手くなったような気がするし、ほんとはあんまり調子が良くないなと思ってた時でも、気持ちが上がっちゃったりするもんね。で、踊ったあとに本調子に戻ってたりして。

ＪＵＮはそこにいるだけで明るいから、一緒に踊ると引っ張られて気持ち上がるねー。

ＨＡＬは鎮静効果？　ホッとするというか、癒し系というか。

そこまで元気にぽんぽん語っていた女子たちは、ふと、少し戸惑った顔になる。

ただ——二人のタイプは全然違うわよね。

ねえ、と顔を見合わせる女子たち。

どう違うんだよ？　うまいサポートなら結果はおんなじじゃねえ？

俺が尋ねると、皆、一様に言語化しようとして「んー」と考える。

男性バレエダンサーは、女の子に慣れっこのタイプと、全くそうでないタイプと二つに分かれる。前者は、えてして女性のきょうだいがいるからだし、後者はきょうだいがいない上に、パートナーの女子を姫として扱うことしか教えられていないからだ。

俺は当然前者で、女の子とわいわい話をすることに慣れている。女子にも慣れていることが伝わるのか、俺のあっけらかんとした性格もあって、女の子たちは俺には気さくになんでも話してくれることが多い。

あのねえ、ＪＵＮは「パートナー」って感じなのよ。

誰かがそう言ったので、俺は「ええ？」と聞き返した。「そりゃそうだろ、パートナーなんだもん」と呟くと、そいつは首を振った。

ＪＵＮと踊ってると、あたしは今ＪＵＮと踊ってる、サポートの上手なＪＵＮと踊ってる、相手がＪＵＮでラッキーだったわってずっとどこかで感じてる。だけど、ＨＡＬはそうじゃないのよ。なんというか——分身？

そう！　と同意の声が上がった。

そうなの、まるで自分と踊ってるみたいなのよ。ううん待って、それもちょっと違うな。

ええとね、ＨＡＬと踊ってると、自分が拡張されたような——自分がＨＡＬの身体まで広がっちゃって、二人ともあたしになっちゃったみたいな？

うん。身体の細胞が非自己と認識してない、っていうの？　ＨＡＬも自分、みたいな感覚なんだよねえ。だから、サポートしてるのもあたしなら、サポートされてるのもあたし、って感じ。

あの感覚、不思議だよねー。あれ、あたし今誰と踊ってるんだっけ？　なんて考える瞬間がある。

でも、ＨＡＬ本人は、全然憑依《ひょうい》タイプでもなければ、相手にとことん感情移入するタイプでもないじゃない？

うん、ものすごくマイペースだし、むしろシビアな人だと思うのよ。

とても優しいのにとてもクール。そりゃあ、みんな王子様やってるんだから、紳士的というのは当たり前じゃない？　彼はそういうポーズだけじゃなくて、ホントにパートナーのことをよく考えてくれてるのに、同時にすごく突き放したところもある。

我の強いところが全然ないのに、個性的だし。

こうやって口に出してみるといろんな意味で矛盾してるのに、ＨＡＬその人トータルで見ると矛盾してないんだよね。

彼女たちのもどかしげな表情と、言いたいことは分かるような気がした。

ヤツは自分にパートナーの踊りを引き寄せるタイプではないし、強烈なキャラクターで他人を自分の色に染めるというタイプでもない。今そこにある素材で最高の料理を作る、とでもいうのだろうか。もちろん、いい素材を吟味《ぎんみ》はするのだが、べったりＨＡＬ印のソースを掛けるようなことはしないのだ。

いや、俺はヤツのクラシックバレエについての話をしたいのである。だが、彼女たち同様、うまく説明できる気がしないし、どうにももどかしい。

ヤツのクラシックは素晴らしかった――技術も卓越していて、たぶん身体能力でいえばハッサンと比べても遜色《そんしょく》がなかったのではないだろうか。

だが、ヤツに関して、その超絶技巧について言及する人は少ないような気がする。ワークショップの時点でも、既にジャンプでもピルエットでも抜きん出ていたことは確かなのに、それよりもヤツの踊りそのもののほうが印象的だったので、あまり技術についての話題にならなかったのだ。

これは、驚くべきことでもある。若いダンサーは何かと技巧ばかりが注目されるし、実際そこばかりが目立つ。しかし、ヤツは最初からヤツらしいムーブメントやニュアンスのほうが目立っていて、既にヤツ「らしい」踊りをしていた。かといって、癖があるとか、基礎から外れているわけではなく、とにかく目が引き寄せられてしまう独特の雰囲気が自然に備わっていたのだ。

俺とヤツはバレエ学校の公演で、『眠れる森の美女』のブルー・バードをやったことがある。この時は、日替わりでハッサン（こんなのと同じ役をやらされるのはたまらん）もいて、卒業生のゲストで来ていたフランツ（こんなザ・王子とも比べられたくない。こいつについては後でまた）と一緒の舞台で踊った。

周知のとおり、『眠れる～』のブルー・バードといえば、売り出し中の若手男子ダンサーの登竜門的なキャストである。

俺の見たところ、いちばん高く跳んでいたのは実はヤツだと思うのだが、どうも観客にはそういう印象を残していないようなのだ。

正直、バレエにはハッタリも必要だ。高く跳んでいるように見せる、凄いことをやっているように見せる、そういうコツがある。

ハッサンや俺には元々の身体能力と技術プラスそれがある。

しかし、ヤツにはそういうところ——というか、そういう意識がないのだろう。あまりにナチュラルにやってのけているので、あまりテクニックのありがたみが目立たないとでもいおうか。

だから、ヤツ以外の三人は「すごい」「身体能力ハンパない」などという驚嘆の声を貰ったのに、ヤツに対しては「素敵」とか「綺麗」とか「好きな踊り」といった声が上がるのである。

ヤツについては、いつもリシャールが不思議そうな顔をしていたことを覚えている。ＨＡＬ（例によってリシャールはＨがあまり発音できない）は、いったいどういう解釈でこれを踊ってるんだ？

ブルー・バードの時も、心底不思議そうに尋ねていたっけ。

えっと——鳥になったつもりですけど。

ヤツの答えは至ってシンプル。

しっかし、跳ぶねえ、ＨＡＬは。滞空時間、長すぎ。ホントに青い鳥が飛んでるみたいだよ。

エリックが半ばあきれていた。

すると、ヤツのほうが不思議そうな顔になる。

えっ——だって、鳥なんですから、高く飛ぶのは当たり前ですよねえ？

その返事、やっぱりＨＡＬだねえ、とエリックが苦笑していた。

つまり、ヤツは「ブルー・バード」という王子役を演じているのではなく、「鳥」そのものを演《や》っている、ということらしいのだ。

フロリナ姫の役をやっていた女子も、「ＨＡＬとやってると異常に高く跳べちゃうの」と不思議がっていた。

あたしたち、鳥なんだって思っちゃう。


ヤツが『ジゼル』のアルブレヒトをやった時もリシャールは不思議そうにしていた。

そう、ヤツのアルブレヒトもまた独特だった。

第二幕での、ジゼルを失った嘆きの表現が、ひどく静かで、嘆きよりも虚無感が勝っていたのである。

俺も思わず聞いてしまった。

あのアルブレヒトは何を考えてんの？

ヤツは「何をって？」と俺を見た。

なんか、不思議なアルブレヒトだった——まるで、アルブレヒトのほうが亡霊みたいだった。

俺がそう言うと、ヤツは少し思い出すような表情になって、こう言った。

アルブレヒトは、ジゼルが死んだことで初めてジゼルを愛し始めたんだと思う。それまでは、ただ「可愛いから会いたい」とか「一緒にいて楽しい」とか、その程度のことしか考えてなかった。

だけど、彼女を失ってみて、自分が彼女を愛し始めたことに気付く。彼は、失わないと理解できないものがあるんだということを知り、そのことに絶望する。それは彼の無垢《むく》さだったり、無邪気さだったり、初恋そのものだったり、失われて初めてそうと気付く、取り返しのつかないものばかりだということも。

だから、彼が第二幕で嘆いているのは、ジゼルそのものの喪失ではなくて、そういったすべてをひっくるめたものを失ったことに対してだと思う。彼はジゼルに自分を見ている。愛を失ったことにではなく、おのれの無垢な時代との訣別を嘆いているんだ。ゆえに、絶望と虚無が深くなる。逆にいえば、アルブレヒトはとことん自己愛の強い男で、最後まで自分のことしか考えてない。タイトルは「ジゼル」だけれど、これは徹頭徹尾アルブレヒトの話だよ。

ヤツらしい解釈だと思った。

クラシックに対しても、ヤツの見方は独特で、かつてクラシックを「花束」にたとえ、コンテンポラリーを「樹木」にたとえはしたものの、「この世のカタチ」を表現あるいは再現するというヤツのバレエに対する目的からいえば、ヤツの中ではあまり区別はないのではないかという気がする。

ヤツには全くハッタリがなく、自分をうまく見せることには興味がなかったものの、「カタチ」を見せることに関してはものすごくこだわりがあった。

それが最もよく顕《あらわ》れている作品が、のちの名作、「KA・NON」だと思う。

俺は、ヤツの作品の中では「KA・NON」が一、二を争うくらいに好きだ。タイトルは使用曲である「パッヘルベルのカノン（CANON）」と千手観音《せんじゅかんのん》（KANNON）を掛けたもの。

ゆったりした曲に合わせて、一列に並んだ十人がゆったりと踊る。ただそれだけのシンプルな踊りだ。ジャンプもピルエットもひとつもなく、ゆっくりとした動きで舞台上を進んでゆく。

ダンサーの並びは最後まで変わらずそれぞれの衣装は色がグラデーションになっている。僧服に似た、右肩から腕を出した衣装。

先頭のダンサーは鮮やかな朱色の衣装で、以下、色は少しずつ真紅に近付いてゆき、最後の十人目の衣装は濃い紫になっている（衣装については、グラデーションにするということだけが指定されていて、のちの公演では白基調とかパステルカラーとかいろんなグラデーションで踊られることになる）。

曲の始まりとともに、ゆっくりと横向き一列にダンサーが舞台に進み出てくる。ぐるりと舞台を一周し、やがて中央を正面を向いて進んでくる。

ゆっくりと角度をずらして十人のダンサーが舞台を歩き回りつつ、腕を回していく。

それを先頭から見ると、本当に千手観音を目にしているようなのだ。腕の動きはシンプルながら本当に美しく、衣装の色彩のグラデーションが残像のような効果を生み出し、見ているとだんだんトランス状態に陥っていくような錯覚を感じる。

舞台から見ていると、決まって次第に観客に喜悦の表情が浮かんでくるのが面白いし、踊っているほうもなんだか気持ちよくなってしまう。そのいっぽうで、バレエの基礎がむきだしになったような踊りなので、ある意味ものすごく難しい。スローテンポなのも、ポーズをキープし続けるのがきつい。

基礎のない者、動きの美しくない者がやると全く間が保てず、どんくさい行列がたらたら動いているようにしか見えないのだ。

「KA・NON」には男性十人のバージョンと女性十人のバージョンがあって、これまでに俺も何度も踊ったし、先頭を踊ったこともある。

踊りの性質上、先頭の役がいちばん重要なのは明らかだ。
だけど、俺がいちばんいいと思うバージョンは、初演の時の、ヤツが先頭であとの九人は女性、というバージョンである。これは今のところヤツ以外は踊っていないのだが、ヤツの中性的な魅力が最も発揮された役だと思うし、後はみな女性というのも観音様的にはピッタリでなんともいえぬ官能的な美しさがあった。

初演の時に、ヤツをはじめ、長身の女性陣がゆっくりと腕を回していく動きに、観客から溜息のような歓声が上がったのをよく覚えている。

まさにこの世に現われた千手観音。

これもヤツの見せたい「この世のカタチ」のひとつなんだな、と思ったっけ。

「KA・NON」の初演といえば、男性十人バージョンの初演は誰が先頭役をやるかで揉めたことも覚えている。

ヤツの初演を観たハッサンとフランツが、どちらも先頭役をやりたいと言って譲らなかったからだ。

フランツ・ヒルデスハイマー・ヘルツォーゲンベルクは一学年上のオーストリア国籍の男子。この舌を噛みそうな長い名前は、両親の苗字が併記されているからだそうだ（向こうでは、どちらかの姓を選んでも、並べてもいいらしい）。なんでも、どちらも由緒ある家柄だそうで、マジで世が世なら「王子」だったかもしれないという。そして、フランツは見た目も「ザ・王子」なのだった。

二メートル近い長身、金髪に碧眼《へきがん》、さえざえとした美貌（ヴァネッサがリタ・ヘイワースのバージョンアップなら、こちらはビョルン・アンドレセンのバージョンアップだ）。普通に「王子様」というイメージを思い浮かべた時のどんぴしゃの容姿である。バレエ学校生《は》え抜《ぬ》きの優等生で、早くから未来のプリンシパル候補と言われていたそうな。

フランツは真面目でいい奴なんだが（俺の中のイメージでは、ちょっと棚田誠とかぶる）、少し気難しいところがあり、そしてハッサンとは徹底的にソリが合わなかった。あまりにも育った環境が違うので、コンプレックスを刺激されるのか、何かとハッサンがフランツに突っかかっていたせいもあるが、ハッサンの喧嘩っぱやいのが不安と自衛本能の顕《あらわ》れということに気付けず、単なる粗野と受け取ったフランツが侮蔑を隠さなかったことがその傾向に拍車を掛けた。あのさえざえとした顔で侮蔑の視線を向けられたら、俺だったらわんわん泣いて逃げる。

ヤツは、二人から先頭をやりたいと連日連夜猛烈にプッシュされ、ほとほと困り果てていた。芸術監督と先生方も右に同じ。

オーディションもやったけれど、なにしろ二人とも甲乙つけがたいうまさと表現力の持ち主。おまけに全くタイプが異なる。芸術監督と先生方も、「選べない」と頭を抱える始末である。

深津、先頭役、おまえやんない？

ある時、思いつめた顔でヤツに言われ、俺は「とんでもない」と震え上がった。

あの二人に恨まれるなんてヤだよ。

ハッサンのギョロ目とフランツの氷のような目に睨《にら》まれるところを想像すると、やっぱりわんわん泣いて逃げたくなる。

結局、ハッサンとフランツのダブル・キャストという安易な策に決定し、どちらが初日にやるかはコイン・トスで決めた（なぜかコイン・トスをやったのは俺だった）。

初日の先頭役を飾ったのはハッサンだった。

両方の「ＫＡ・ＮＯＮ」を観て、先頭役が違うと全く違う踊りに見えるのが興味深く、ダブル・キャストにしたのは正解だったなと思ったものだ。

ハッサンはあの「ビロードの肌」に朱色の衣装が映えて、太陽神のように見えたし、フランツはフランツであの踊りがギリシャ神話のように見えてくる。人によって見える「神」が違うのだ。

それでもやっぱり、俺の中では、ヤツが先頭役を務めた「ＫＡ・ＮＯＮ」がベストだ。

先頭役はやりたいけれど、あとは皆女性というあのバージョンをやりたいとは思わないのは、ヤツのあれがいちばんだという確信が今も揺るがないからだろう。

振付といえば、ここでヤツが唯一の振付の師と仰ぐ芸術監督、ジャン・ジャメの話をしなければならないだろう。

アルジェリア生まれのフランス人であるジャン・ジャメは、早くから天才ダンサーとしてその名を知られ、世界各地のバレエ団で踊っていたが、このカンパニーを世界の一流バレエ団に押し上げた、伝説的な芸術監督であり振付家であるテオ・バルビゼに呼ばれて移籍してきた。以降、事故で早世した彼の衣鉢《いはつ》を継ぎ、第一線に立ってバレエ団を率いてきた。俺たちが入団した頃は見事な銀髪の物静かな老人だったが、眼光は鋭く、すべてを見透かすような視線にビビりまくったものである。

ジャン・ジャメ自身も振付家としては大家であり、数々の名作を残しているが、それ以上に優秀な若手の振付家を育ててきた功績は大きい。

ヤツはジャンの最晩年、最後のほうの弟子ということになる。

当初、ジャンはヤツのことをダンサーとして気に入っていたようだ。

バレエ団で、ヤツは振付家としてのデビューのほうが先になったが、ダンサーとしてのデビューはジャンが振付けた新作『DOUBT(疑い)』だ。

抜擢されたヤツが演じたのは、なんとびっくり、ジャンヌ・ダルクである。

『DOUBT』は、ジャンヌ・ダルクを幼い頃から知っている司祭、戦場でのジャンヌ・ダルクの護衛隊長、そしてシャルル七世という男性三人がメイン・キャストで、神への

「疑い」を巡る葛藤を踊るという作品なのだが（使われているオリヴィエ・メシアンのオルガン曲がメチャおっかない）、ジャンヌ・ダルクは狂言回しのような扱いで、合間合間に登場する。

なにしろジャンヌ・ダルクの役だし、白いストンとした素朴なワンピースを着ているので、踊っているのはボーイッシュな女の子だと思った人も多かったらしい。

メイン・キャスト三人の重厚かつ苦渋に満ちた踊りに比べ、ジャンヌはあくまでも無垢で無邪気ともいえる踊りで登場する。途中、ブカブカの兜《かぶと》をかぶって剣を振り回し、オルレアンの解放を示す場面ですらも、子供が遊んでいるようにしか見えない。
あくまでも「疑い」を抱くのはジャンヌではなくジャンヌの周りにいる人々で、ここでのジャンヌは彼らの「疑い」を投影する対象でしかないのだ。
が、唯一異彩を放つのは、ジャンヌが「神の声」を聴くシーンである。
前かがみになって動きを止め、両手の掌を大きく広げ、ぎくしゃくとしたコマ落としのような動きで天に向かって振り返り、見上げる。

このシーンがあいだを置いて何度も繰り返されるのだが、「啓示」の瞬間の表情が、最初の戸惑いから恐怖へ、続いて歓喜、やがては絶望へと変化してゆくのだ。
「神の声」を聴いてしまった者の悲劇。

その表情から、『DOUBT』はそういう物語としても観ることができる。

この「啓示」の場面の動きと表情は、ヤツが団内オーディションでやってみせたものだったそうで、それ以外にもジャンヌの踊りはかなりの部分、ヤツの提案したものが採用されたという。それを見てジャンはヤツの振付家としての才能を認めたらしい（後になって、ジャンは『ＤＯＵＢＴ』の振付のクレジットをヤツとの連名に変えた)。

これ以降、ヤツはジャンからマンツーマンで振付の指導を受けることになる。

が、ジャンはヤツが振付に熱中するのを好まなかった。

おまえはダンサーとしても素晴らしいのだから、踊れるうちはダンサーに専念すべきだ、というのがジャンの主張で、ジャンにそう言われなければヤツはもっと早々に振付に専念していただろう。

ジャンがそういったのはよく分かる。

彼が育てた振付家には、ダンサーとしては行き詰まったり、伸び悩んでいたりしていた者も含まれる(といっても、相当なレベルでの話だが)。ジャンの勧めで振付家に転向してから、才能を開花させた者も多い。

だが、ヤツの場合、ダンサーとしても相当な伸びしろがあった。ヤツに振付の才能があるのは明らかだったけれど、俺も、ヤツの踊りをもっともっと観たかった。

ヤツの踊りは好きだ。

あの両性具有的な美しさ、独特の雰囲気とムーブメント、何よりヤツのちょっと浮世離れしたナチュラルな人格が滲み出た踊り。

ヤツを見ていて分かったのは、振付の才能があるダンサーがクラシックや他人の振付を踊ると、独特の説得力があって面白いということだ。既成の振付に対する解釈を、きっちり自分の言葉で再構築できるというべきか。

あの『ジゼル』のアルブレヒトのように。

そう思っていたのは俺だけではないらしく、ヤツはクラシックをはじめ、通常、ソリストやプリンシパルクラスのダンサーならめったに踊らないような、ありとあらゆる役をオファーされた。ヤツに当たり役がないのも、みんなが「ＨＡＬがアレを踊ったらどんなふうになるんだろう」と、純粋な好奇心であれこれ踊らせたがったせいかもしれない。

そもそも、プロデビューしたジャンヌ・ダルクからしてそうだったのだが、女性がやるべき役を踊ることも少なくなかった。

まさか男の子と「リラの精」の役を争うとは思わなかったわよ。

女性の先輩方の恨み節を思い出す。

新演出の『眠れる森の美女』でのことだったのだが、この時ヤツは、女子の先輩方複数とのオーディションで結局、「リラの精」に選ばれたのである（むろんポワントではないし、多少踊りは変えていたが）。妖精という想像上の生き物も、これがまた、ヤツが踊ると全く違和感がないのだから恐ろしい。

こうして、ヤツはいろいろな役を「ヤツらしく」経験していったのだ。パートナリングと同じように、決して自分の色に染めるわけではないが、役を拡張し、ヤツに馴染ませるようにして。

ヤツが師の名としてジャン・ジャメを出すのに対し、ジャンのほうは「特に私は何もＨＡＬには教えてない」とコメントする。

「ＨＡＬに教えるようなことは何もなかった」とも。

そのくせ、別のところではヤツを晩年の愛弟子と認めているので、師弟関係というのはややこしい。

二人の師弟関係は、あっさりしている見た目よりずっと強固だったようで、それはジャンが芸術監督を引退した後に、ヤツの全幕バレエ作品である『アサシン』にゲスト出演したことからも明らかだ。

異端の教団を陰で操る伝説の暗殺者、「息せぬ者」。

ガウンをかぶり、石のベンチの上に腰掛けたまま、顔を見せず手足の僅かな動きだけで恐ろしさと存在感を表さなければならないこの役は、当初ヤツが自分でやるはずだったのだが、「もっといい人に頼んだから」と直前までキャストが伏せられていた。

初演初日、凄まじい存在感と不気味さを表現した「息せぬ者」に観客は圧倒され、「いったい誰がやってるんだ」と幕間《まくあい》にあちこちで話題になっていたが、カーテンコールでガウンを脱いだジャン・ジャメの顔を見て誰もが「アッ」と驚き、納得した。


実際のところ、確かにジャンが言ったとおり、ジャンが振付の指導をするというよりも、ヤツが振付したものをジャンに見せてアドバイスを貰う、という形を取っていたようだ。

一度だけその過程を見たことがある。

「ヤヌス」の時だ。

「ヤヌス」はヤツが俺にあてて振付をしてくれた作品だが、珍しく作るのに苦戦しているようだった。

いつもならすらすらと出てくる振付が、何度も途中でブツリと切れ、続いていかない。

フレーズの途中で、ぱったり止まってしまう。

うーん、なんでだろ。

ヤツはそう言って天を仰ぎ、頭を掻いた。

「ねえ、ジャンのところ、つきあって」と、ある日ヤツに連れられてジャンのところに行った。

ジャンは椅子に腰掛け、眼鏡の向こうからジロリとこちらを睨みつける。

俺はひどく緊張したものの、ヤツは慣れたものだった。ずいぶん前から、何度もこうして彼の前に立っているのだ、ということが窺えた。

ヤツと俺は、それまでできている部分をジャンの前で踊ってみせた。

唐突に途切れる踊り。

ジャンはじっと無言で見つめていたが、ボソリと呟いた。

見えないな。何がしたいのかちっとも。

「あー、やっぱり」とヤツは頭を抱える。

ジャンはちらっと俺を見て、次にヤツを見た。

ＪＵＮのことはよく知ってるはずだろうに、なぜかそうは見えないな。ちゃんと彼にあてて振付できていれば、ＪＵＮは自分の中から出てきた踊りのように感じられるはずだ。だが、今の彼はそう感じているようには見えない。

　珍しく、ヤツはしょんぼりと頷く。

うーん、彼はなんというか——身内みたいな感覚があるもんで、逆にやりにくいんです。なまじ、普段振付考える時、いつも彼を脳内モデルにしてるんで、実際彼に振付しようとすると、イメージと現物とに微妙なズレがあって、違和感があるというか――客観的に見られないというか。

顔をしかめて途切れ途切れそう答えるヤツを、ジャンは「ほほう」と面白がるような目つきで見た。

ＪＵＮはおまえのミューズなのか？

そう尋ねられ、びっくりした。

ヤツも驚いた顔をし、首をかしげた。

本来の意味でのミューズなら、ハッサンとかフランツなんかのほうがしっくり来ますけどね。

不思議そうな顔で、ヤツが俺を見たのでどきっとした。

深津はなんだろうなあ。

その目には、あくまでも純粋な疑問符が浮かんでいて、なんとなくホッとした。

なるほど、分かったよ。

ジャンは眼鏡を外した。

なら、今おまえが踊っている役を脳内モデルのＪＵＮとしてイメージすればいい。脳内モデルのＪＵＮと、現実のＪＵＮが二人で踊るところをイメージして、振付するんだ。現実のところ、「ヤヌス」というのはそういう意味だろう？　一人の人物が持つ二つの顔、なのだから。

ああ、そうか。

ヤツは少し考えこんでいたが、次にパッと顔を上げた時には納得した笑みが浮かんでいた。

そうか。そうですね。ホントだ、それならイメージできる。

ヤツはソワソワし始めた。ジャンの言うとおりのイメージで、アイデアが浮かんできたのだろう。

ジャン、ありがとう。

ヤツはパッと駆け寄ってジャンをハグすると、心を込めてお礼を言った。

ジャンが、軽くヤツの背中を叩き、俺のほうを見て、微苦笑のようなものを浮かべた。

おまえも大変だな、とか、ＨＡＬを頼むぞ、とか、責任重大だな、とかさまざまなニュアンスを込めて俺に向けた微苦笑だった。

反射的に頷いた俺に、ジャンも小さく頷き返す。

深津、戻って続き作ろう。

振り向いたヤツはもうすっかりいつも通りの迷いのない顔で、今日も長いことこき使われるのは間違いなかった。

ヤツの「踊りたい」というのは俺たちの「踊りたい」とは少し違うのだと思う。

ヤツの「踊りたい」は、ヤツが「踊りたい」と思っているものを「観たい」ということで、それが観られれば踊っているのが誰でも構わないのだ。

だから、ヤツが自分のために振付けた作品はとても少ない。中でも、ソロ作品は数えるほどしかない。俺が知っているところでは、「野分《のわき》」「花の下にて」「春の祭典」くらいか。

しかも、ソロで発表したとしても、それ以降ほとんど踊らない。すぐに「踊りたい」という他のダンサーに踊らせてしまう。

もうちょっともったいつけて、「これは誰にも踊らせない」とか、「私の認めたダンサーにしか踊らせない」とか言ってみるのも、ヤツの踊りの付加価値を高めていいんじゃないかと思うのだが、「踊りたい」というダンサーには俺も入っているので、なかなかそうも言いにくい。

ジャンの微苦笑、ヤツの目に浮かんだ疑問符。

俺はいったい、どれほどラッキーだったんだろう、と考えることがある。

エリックのいうように、ヤツと「居合わせた」こと、ヤツ曰《いわ》く「最初に振付」したのが俺だったということ、俺を脳内モデルにしてくれたこと。

うぬぼれかもしれないが、俺と「居合わせた」ことは、ヤツにとってもラッキーだったのだと思いたい。

今でも思い出す夜がある。

まだバレエ学校の学生だった頃、おカネもなくめったに外出できなかった。

ところが、ある晩、近くでシカゴ交響楽団の公演があって、誰からだったろう、音大生のきょうだいが行けなくなったとかで、安い学生チケットが巡り巡って俺たち二人に回ってきたことがあったのだ。

俺たちは音楽大好きだったから、喜びいさんで、二人して出かけていった。

天井近くの見切ればかりの席だったが、バルトークは衝撃的で、あまりにも素晴らしくて、俺たちは感激し、大興奮し、帰り道はしばらく口も利けないほどだった。

俺たちはまっすぐ寮に帰る気がしなくて、長いことぐるぐると同じ場所を歩き回っては、感想をぶつけあった。

晩秋の夜で、息がかすかに白かった。

と、突然、真っ暗な人気《ひとけ》のない広場で、ヤツが踊り出したのだ。

ヤツは叫んだ。

俺、ちょっとだけ分かった気がする。

おい、こんな石畳で踊ったら足痛めるぞ、という言葉が出かかったが、ヤツが衝動に任せて完璧な即興で踊るところを見るのは初めてだったので、そちらに気を取られて、ついに声は出なかった。

見えたんだ、深津。

ヤツは大声で笑って、俺を振り返った。

凄まじいジャンプ。

俺は、目を疑った。どう見ても、俺の視線より上にヤツの身体がある。

ヤツの踊りは、圧倒的な生の歓びに溢れていた。

ヤツの頭の中で、そしてヤツを見ている俺の頭の中でもバルトークが大音響で鳴り響いていた。

いや、ヤツはバルトークを踊っていた。宇宙をつかんでいた。

そして、ヤツの見ている「カタチ」が俺にも見えた気がした。

俺はとんでもなく幸せだった。同時にとんでもなく悔しかった。

ヤツの素晴らしい踊りを、今この時限りの萬春の感動と創造の瞬間を、目にする幸運を独り占めする歓びと、なんでこんな奇跡みたいな奴と同じ時代に同じダンサーなんだろうという悔しさとを噛み締め、ぼうっと突っ立っていたのだった。


真っ暗な舞台に深津がこっち向いて立ってて、俺が少し離れたところで背を向けて立ってるところが目に浮かんだんだ。深津がシルバーグレイのぴったりした衣装で、俺は濃紺の同じ衣装。鏡を見てるような同じポーズでさ。

ヤツが俺に初めて「振付」した時に、ヤツの頭に浮かんだという場面である。

それが、後にヤツが俺に振付した「ヤヌス」になるわけだが、この「ヤヌス」が全く再演されないのは、非常に難しい踊りであることと、初演時の演出のせいだろう。

「ヤヌス」は、男性二人で踊る作品だ。ヤツの作った作品では、たぶん一、二を争うアクロバティックなところのある作品で、二人がほぼ同じ身長、同じ技量の持ち主でないと踊れない。しかも、ヤツと俺がゼロから一緒に作りあげた作品だからこそ踊れるという部分が大きく、まっさらの二人がこの踊りを覚えるのはタイミングを含めかなり難しいと思う。俺でさえ、今もう一度踊れと言われたら、たとえヤツとであれ、相当練習しないとちょっと踊り切る自信がない。

更に、独特の演出も再演を困難にさせている。

舞台監督はこの無理難題に苦労していた。

ヤツの作品は、シンプルな演出のものが多いのだけれど、何かひとつ大がかりなセットを使う、というものもけっこうある。セットはひとつでも、シンプルなだけに作品の根幹を成す。なので、舞台監督はいつもヤツの新作には戦々恐々とし、演出プランを聞いてはその都度天を仰いでいた（安堵《あんど》の時は神への感謝のためで、恐慌の時は神への呪詛《じゅそ》のためだ）。

巨大な三段重ねの雛壇で踊られる「アグニ」とか、巨大な三種類の額縁が下りてくる「展覧会の絵」とか。

「展覧会の絵」は、ムソルグスキーの曲をそのまま使った作品。各曲のつなぎの「プロムナード」の部分で全出演者が舞台を気ままに歩き回り、額縁が下りてくると同時にその「絵」の出演者のみ舞台に残って額縁の前でポーズを取り、踊り始める、という趣向だ。

額縁は枠だけで、デザインの異なる三種類が用意され、更に照明の色を変えて異なる額縁に見せる。

問題は、天井近くに常時三枚の額縁が吊られているわけで、額縁と額縁のあいだが空いているので、下ろす額縁によって舞台の広さが微妙に異なってくる。当然、登場人物の少ない「絵」の時は手前の額縁を下ろし、登場人物が多い時はいちばん奥の額縁を下ろすようにするわけだ。その微妙な広さの違いがダンサーたち（俺含む）に違和感を与えるらしく、「なんか微妙に調子狂う」「踊りにくい」と不評だった。

額縁の絵を背景として映し出すのはどうかという意見も出たのだが、ヤツは「リアルな実物の額縁」にこだわったのでそれはボツ。次に、一枚は天井から吊って、後の二枚は左右の袖に収めておいて横から出すのはどうか、という案も出た。これならば、常に額縁は同じ位置に来る。

ところが、今度は芸術監督から、「常に奥の同じ位置に額縁があると、のっぺりして観客の目には面白くない。額縁の位置が前後して変わるほうがビジュアルとして面白い」というダメ出し。

ゆえに、逆に、吊るした三枚の額縁のあいだを当初よりもずっと大きく空けて、メリハリを付けることになった。ダンサーたち（俺含む）も「このくらい違ったほうが、逆にラク」と納得。

セットに関しては、他にもいろいろ演出家や振付家に言いたいことはあるが、ともあれここは「ヤヌス」の話だ。


「ヤヌス」は俺がバレエ団のプリンシパルに上がったお祝いに、ヤツが作ってくれたものである。

なんとなく、その辺り数年の流れとして、バレエ学校で一緒だった誰かが昇格すると、ヤツがオリジナルで振付けた作品を贈る、みたいな習慣めいたものが出来上がっていた。

俺の時も作ってくれるのかな、と薄々期待はしていたが、実際にそうなってみると、照れくさいがとても嬉しかった。それまでさんざん実験台になってきたものの、俺のために振付けてくれたものはなかったし（正直なところ、俺が実験台になるだけでもさんざん顔を突き合わせていたので、お互いもうお腹いっぱい、という感じはあったと思う）、みんなも「ＨＡＬ、なんでＪＵＮに作らないの？」と口々に言っていたからだ。

深津、どんなのやりたい？

ヤツにそう聞かれた時、俺は、「うーん」と考えたが、まだ特にイメージはなかった。

抽象的なテーマでもいいし、誰か演《や》ってみたい人物でもいいし。

ヤツは更にそう言った。

うーん。

それでも俺の頭の中は雑然としていて、具体的なものは浮かばない。

おまえのほうは、なんかないの？

逆に俺が聞き返す。

ヴァネッサの「パニュキス」みたいに、俺に「こういうのやらせてみたい」っていうの、ない？

今度はヤツが考え込み、二人で「うーん」と唸った。

ただ、俺にはひとつだけアイデアがあった。当時、いつかこれで踊ってみたい、と思っていたアルバムがあったのだ。

あのさ、音楽は、これ使いたいんだけど。

ヤツにアルバムを渡して、一緒に聴いた。

イスラエルのジャズ・ベーシスト、アヴィシャイ・コーエンのピアノトリオのアルバムだ。彼の作る曲は音階が独特で（日本の民謡の音階の「ヨナ抜き」みたいな感じ）、たぶん彼の故郷のフォークソングが基になっているのだろう。日本人に馴染みの曲だと、学校のフォークダンスで踊った「マイムマイム」を思い浮かべてもらえばなんとなく分かると思う（そもそも、なんでイスラエル民謡「マイムマイム」が遠く離れた日本の義務教育の授業で踊られているのか、こうしてみると不思議である）。コンテンポラリーに馴染みがある人ならば、イスラエルのバットシェバ舞踊団が踊る演目の曲を想像してみてほしい。

俺は自分で振付をするわけではないが、音楽を聴いていて、ふっと自分が踊っているイメージが浮かぶ時がある。いつのまにか身体が動いて、ポーズを取っている時がある。

この曲で俺は踊れる、と思う時がある。この曲ならば、何かが自分の中から湧いてくる、と確信する時がある。

ヤツに渡したアルバムは、特にそれを強烈に感じた一枚で、同じミュージシャンでも他のアルバムには感じなかった。

ヤツはじっとアルバムを聴いていたが、やがて唐突にハッとしたように俺を見て「これだっ」と叫んだ。

「なんだよ」

その顔があまりにただならぬ様子なので、思わず引いてしまう。

「これだよ、これ。俺が昔思い浮かべた、踊りのカケラみたいなの。あれは、この踊りの一部だったんだ」

ヤツは興奮して、俺の両肩をつかんで揺すぶった。

「意味分からん」

俺は憮然《ぶぜん》とした。ヤツのわけの分からない言動には慣れていたが、さすがにこの時はこれっぽっちも話が理解できなかったのだ。

「実はさ」

ヤツは、ここで初めて、最初に俺に「振付」した時に、未来に踊るであろう俺たちの二人の場面をイメージしていた、ということを打ち明けたのだ。それでようやく話が見えたのだが、それはそれで「そんなことがあるのか」と愕然とした。十五歳のワークショップで、将来俺とヤツが二人で踊るところ、しかも衣装まで浮かんだというのだ。そんな話を信じろと言われても、いくらヤツでも嘘みたいなエピソードである。

「よし、この曲で、俺とおまえと二人で踊る」

ヤツはきっぱりと言った。

「二人で？」

それは、意外な申し出だった。ヴァネッサに振付けた「パニュキス」以外に、ヤツが振付けた誰かと一緒に踊るのは珍しかったからだ。

そして、考えてみると、俺とヤツがプロになって舞台で一緒に踊るのは初めてだった。

「タイトルも分かった」

「分かった？　タイトルが？」

ヤツはにっこり笑って頷いた。

思いついた、ではなく、分かった、という言葉がヤツらしかった。

ヤヌス。俺たちが踊るのは、ヤヌスだよ。

そう言ったヤツのきらきらした目を見た瞬間、俺も「なるほど、ヤヌスか」と思った。

「確かに、そいつは二人で踊るべきテーマだ」と、すとんと腑《ふ》に落ちたのだ。

だが、同時に「こいつはヤバそうだ」とも直感した。なにしろ相手は俺だ。ヤツの要求

は情け容赦なく限りなく高く、果てしなく難易度の高い踊りになるだろう、という嫌な予感がしたのである。

そして、その予感が当たったことはすぐに判明した。

まず、前に話したとおり、ヤツが俺本人に振付けるというのに戸惑い、イメージのズレを覚えて混乱したということ。同様に、俺のほうも、ヤツがのっけからえらく難しい振付をしてきたので、常になく苦労していた。入りの技術のほうばかりに気を取られてしまって、意識のほうがうまく踊りに入れないのだ。ハッサンではないが、「おいコラ、ハル、てめえ、ふざけんな、こんなクソ難しいもん人間に踊れるかよ」と悪態をつきたくなるほどだった。「この調子で踊り続けたら、身体が持たん」と振付初日から前途多難を予想し、舞台監督ではないが天を仰ぎたくなったものである。

「ヤヌス」の噂は、すぐに広まった。ヤツと二人で踊るらしい、というのを聞いて、みんながよく稽古している俺たちを見に来た。

ヤツの作る作品は人気があったから、自分でも踊りたいと思うものかどうか偵察に来ている連中もいた(主にプリンシパルクラス)。その連中でさえ、「え? これ、どうやってるの?」「あんなの、通して踊れるの?」と目を丸くするほどで、「完成するのかな、あれ」「昇格記念作品で、ＪＵＮが怪我して踊れなくなっちゃったりして」と陰口を叩かれていることは知っていた。

先生方も皆、興味があったようで、誰かしら指導がてらやってきて、いろいろアドバイスしてくれた。

エリックは、冒頭の五分ほどを見て「大丈夫か」と青くなった。

「これ、何分くらいの作品なの？」

「三十分弱、かなあ？」

ヤツと俺がゼイゼイ言いながら顔を見合わせて答えると、エリックは絶句した。

俺とヤツは、アルバムから八曲ばかりを抜き出し、一部編曲して使うことを決めていたのだ。

「飛ばしすぎだよ」

珍しく、エリックは怖い顔で言った。

「そんなリフト続けてたら、腰を痛めるぞ。ＨＡＬ、いくらＪＵＮが要求しただけ踊れるからって、限界いっぱいまでやるのはちっとも美しくないぜ。第一、観てる観客が疲れるだけだ」

はあ、とヤツは表情を曇らせた。

俺も、「はい、そのとおり、今もう既にいっぱいいっぱいです」と言いたかったが、肩で息をしていたので言えなかった。

翌日、今度はリシャールが来た。

前日、エリックから話は聞いていたのだろう。これまたこっぴどく叱られると思いきや、リシャールのほうが淡々としていた。

「ＪＵＮのお祝いだから気合が入るのも分かるし、ダンサーとして超絶技巧を極めたい、試したい気持ちは分かる」

珍しく、ヤツに寄り添ったコメントだった。

「だが、ＪＵＮのお祝いならば、彼が踊り続けられて、なおかつ後世に他のダンサーも踊れる作品を残すべきだ」

はあ、とヤツは更に表情を曇らせた。

俺は、「いや、その、ヤツはもはやこれが俺のお祝いだなんて、念頭にありませんから。『ヤヌス』という、ヤツがイメージする、ヤツが観たい作品を作ることしか、頭にないんです」と言いたかったが、肩で息をしていたので言えなかった。

そんなこんなで、数日後にはヤツからぱったり踊りが出てこなくなったので、ジャン・ジャメのところに行く羽目になったのだ。


ジャンのアドバイスを受けて「復活した」ヤツは、俺に言った。

「すまん、深津、これまでの振付はいったん忘れてくれる？」

俺は、「はあ」とも「ああ」ともつかぬ、呻《うめ》き声みたいな返事をした。

あの超絶技巧の難しい踊り。入りからえらく緊張する、とても苦労した、あの踊り。それを帳消しにしろ、と言われて、「ふざけんな」というのと、「ああ、よかった」というのとが入り混じった返事である。

「で、どうするんだ？　一から振付しなおし？」

次に俺の口から出てきたのは、疲れ切ったよれよれの声だった。

ヤツはあっさり頷いた。

「うん、作りなおすけど、コンセプトは残す」

「コンセプト？」

「うん。エリックやリシャールのいうことも分かるけど、俺さ、これ、俺とおまえ以外踊れなくても構わない。だから、難しくても、残らなくてもいい」

いや、その、俺は難しくないほうがいいし、できれば残る作品にしてほしいんだけど。もう忘れてるかもしれないけど、これ、実は「俺の」お祝い作品だし。そう言いたかったが、あまりにヤツが爽やかな顔できっぱり言うので言えなかった。

「でも、観客が観て疲れるとか難解だとか思うのはイヤだ」

ヤツは、宙に目をやった。

「確かに、俺、肩に力が入ってたかも。かつてのビジョンが実現できるってことに舞い上がってて、踊りとして、観て気持ちいい『カタチ』になってるかどうか、考えてなかった。だけど、やっと全体のイメージが俯瞰《ふかん》できた」

この時、ヤツの目線の先を見て、ヤツの中で「ヤヌス」のイメージが固まったのを感じた。

「回り舞台にする」

唐突に、ヤツは呟いた。

「え？」

一瞬、聞き間違えかと思ったが、ヤツはニコッと笑って「回り舞台にする」ともう一度言った。

「ヤヌスだもの。前と後ろと、二つの顔を持った神だ。俺たちのヤヌスは、回り舞台の上で演じられる」

その時、俺の頭にもヤツのイメージが浮かんだ。

暗い舞台。くるくると回る円形の舞台の中央に、俺とヤツが背中合わせに立っている。

二人の目は閉じられ、ピッタリと背中を合わせたまま、動かない。

俺の顔とヤツの顔が交互に舞台正面に現われる。

アヴィシャイ・コーエンの曲が流れる。

俺たちは目を開け、一歩ずつ前に歩き出し、円の周縁部ぎりぎりで足を止める。

舞台は回る。

円の端と端とに立つ俺とヤツは、くるくると回り、俺とヤツの顔がまた交互に舞台正面に現われる。

俺はシルバーグレイの衣装。ヤツは濃紺の同じ衣装。

ポジとネガのような、二つの顔。

そう、このイメージが、そのまま「ヤヌス」の冒頭シーンになったのである。


ヴァネッサ・ガルブレイスには「エコー」。

ハッサン・サニエには「斧《おの》」。

フランツ・ヒルデスハイマー・ヘルツォーゲンベルクには「ドリアン・グレイ」。

ヤツがプリンシパル昇格祝いとして、それぞれに贈った作品だ。どれもみな、ソロで踊るものである。

俺の時は珍しく迷ったけれど、ヤツは大抵迷わない。ヤツが振付けるのを見ていると、その人の本質を直感で見抜いて作品を作っているのだとつくづく思う。

ヴァネッサは誰が見ても堂々たる女王様タイプなのに、ヤツは彼女の中のナイーヴな少女の部分に反応するらしい。最初に振付けた「パニュキス」もそうだが、「エコー」はちょっと哀しい、他人の言葉を繰り返すだけの「こだま」になってしまったギリシャ神話の妖精を叙情的な踊りで表現させた。ヴァネッサも、ドビュッシーの「亜麻色の髪の乙女」に乗って、薄いパステルカラーの大きなスカーフを手に持ち、儚《はかな》げな風情を見事に描写し、「パニュキス」の時よりも著しく成長していることを証明した。

ハッサンには、セロニアス・モンクの曲「ミステリオーソ」を使い、シャープでモダンなバレエを贈った。あの、池に落とした斧を拾おうとして「金の斧か銀の斧か」と神様が出てきて訊く、という寓話《ぐうわ》をモチーフにしたものだ。彼の身体能力を最大限に見せつけ、それでいて彼の中に埋もれている皮肉なユーモアまで引き出していた。

そして、フランツに「ドリアン・グレイ」である。ヤツも勇気があるというか、臆面もないというか、なんというか。

もちろん、オスカー・ワイルドの小説『ドリアン・グレイの肖像』が下敷きになっている。おのれの若さと美しさを恃《たの》む青年が、賛美者が描かせた肖像画を見て、「肖像画のほうが歳を取ればいいのに」とうそぶく。彼の望み通り、彼自身はずっと若く美しいままなのに、絵画の中の青年はどんどん醜く歳を取っていく。それこそドリアン・グレイばりの稀代の美青年、「ザ・王子」のフランツにこれをやらせるとは。

しかも、ヤツが選んだ曲はジョン・コルトレーンがソプラノ・サックスで演奏する「マイ・フェイバリット・シングス」である。

私の好きなもの。この曲はもともとミュージカル・ナンバーで、文字通り、子供が「わたしの好きなもの」を順番に挙げていくという歌詞の歌なのだが、なぜかどことなくもの悲しい雰囲気が漂っている。「好きなもの」や「美しい」ものは、常に失われる予感を秘めているからだ。

テーマといい、曲といい、なんともフランツに対して、直球ど真ん中な作品である。

フランツのほうもヤツの挑戦というか期待というか（もっとも、期待していたのは周りとファンだし、「挑戦」と受け取ったのはフランツだけだろうけど。ヤツは例によってそんなつもりは全然なく、ただ直感に従って選んでいるだけなのだ）、そういったものにきっちり真正面から応えた。圧倒的な美しさを持つ者だけが知る恍惚と傲慢、そしてそれを失うことに対する焦燥と恐怖を、鬼気迫るリアリティで踊ってみせたのだ。

既にじゅうぶんな実力と人気を備えていたフランツだが、先生方も彼が「ドリアン・グレイ」を踊ったことで一皮剝けた、と評していたし、いちばん手ごたえを感じていたのはフランツ本人だったろう。

自分の中の醜さだったり、頑なさだったり、これまで見ないようにしてきた部分と向き合えたような気がしたよ。

プリンシパルになる心得、ひいてはヤツに贈られた作品を踊る心得みたいなものを聞こうとフランツと話した時、彼はポツリとそう言った。

確かに、ダンサーを成長させる作品、出会うべきタイミングで出会った作品というのがあるものだ。

それでは俺の「ヤヌス」、俺に贈られた「ヤヌス」はどうなのだろう？　ヤツが直感した俺の本質がこの作品ということなのだろうか？　その本質というのは、いったい何だ？

　冒頭のイメージが固まり、二人でそれを共有した時から、「ヤヌス」はやっと順調に進み始めた。

　回り舞台の中央で、目を閉じて背中合わせに立つ。やがて目を開き、円周部に移動する。回り舞台が止まり、円の外に歩み出て、付いたり離れたりしながら踊る。それを一セットとして、何度も繰り返す、というパターンが出来上がった。

　基本、顔を向かい合わせて踊ることは一度もない。せいぜい、横に並ぶことがあるくらいである。

　いっぽうで、背中合わせになっている時間は多い。時には背中を合わせたまま側転やバク転に近い動きをするし、円内に戻った時は、回りながらまさに「表裏一体」でさまざまなポーズを取り、絡み合った一体の「ヤヌス」となる。

　俺が前面に出て踊ることもあるし、ヤツが前に出ることもある。

　もっとも、アヴィシャイ・コーエンのベースソロの部分はほぼ俺が前面で踊った（そこんとこが唯一、俺への「お祝い」っぽかったかも）。

　イメージを共有できてからというもの、なんとなく、ヤツが次にどう指示してくるか分かるようになってきた。

　いや、もっというと、不思議な一体感というか――それこそ、パートナリングの話をしていた女子が「非自己と認識しない」感が出来てきたというか。

すぐそこに、分身がいる。同じ響きで共鳴している存在がいる。

これは何だ？　ヤツはいったい何だ？　そう自問自答している自分がずっといて、そのことに全身の皮膚も、心も、常にざわついていた。そのざわつきは決して不快ではなかった。とてもスリリングであるのと同時に、互いの技量が拮抗《きっこう》してがっちり噛み合っているのが心地よく、この作品が正しい流れの中にいて、流れつくべきところに流れつくに違いないという安心感があった。

奇妙なことに、「ヤヌス」を作り、稽古しているあいだ、俺たちは互いの顔を見なかった。

もっとも、普段から家族みたいな暮らしをしているので、そうそう家族の顔を改めて眺めたりなんかしない。

けれど、特にこの時期、「ヤヌス」である自分たちが顔を向き合わせるということに、タブー意識みたいなものがあったのだ。たまにパッと目が合ってしまったりすると、「すまん」「ゴメン」みたいな気分になり、そそくさと目を逸らす、というのが続いた。

稽古も、ほとんど言葉を交わすことがなくなった。というよりも、あまり言葉を使う必要がなくなったのだ。

なにしろ、俺たちは「ヤヌス」なので、自然と線対称の動きが身についてしまい、ヤツが振付すると反射的にそれが裏返しになった動きが出てきてしまう。

作中では、数分に亘《わた》って、二人で並んで線対称で同期した踊りが続くシーンがあるのだが、まるで横に鏡があるような気がして、とても不思議な心地になった。

そのせいか、全く同じ動き、シンクロした動き、というバレエ団での他の演目に違和感を覚えて仕方がなかった。無意識に線対称の動きをしそうになって、「違う違う」と自分に言い聞かせなければならなかったくらいだ。


回り舞台のセットも出来てきた。

回り舞台は周りの床と同じ高さでなければならないので、舞台の上にもう一段高い舞台をセットする必要があり、ちょうどいい高さの調整が想像以上に大変だった。

実際に回り舞台に乗ってみると、傍目にはゆっくり回っているように見えたのに、かなり速く感じるのに驚いた。そのため、止まった時にパッと外に出る、という動きになかなか慣れることができず、苦労した。

回り舞台に立った時、どう見えるか何度も動画を撮影して、二人でポーズの調整をした。

「意外にショボいな」

「あ、でも、この動き、面白いね」

「フィギュアスケートのスピンみたいだな」

「確かに」

「二人でビールマンスピンでもやるか」

さんざん見返したので、果たしていいのか悪いのかよく分からなくなってくる。

ヤツは指先の角度、腕の角度、顔の向きにすごくこだわった。果てしなくダメ出しをされて、指先がつりそうになったほどだ。

衣装も出来てきた。

柔らかい、かすかにラメの入った光沢のある衣装。シルバーグレイも濃紺も、上品な狙い通りの色が出て、ヤツも満足そうだった。

衣装部と何度も打ち合わせをして、えりぐりの深さ、袖の長さなど、細かい直しを加える。

連日、照明と音源の打ち合わせもある。新作にかかる手間は、とにかく膨大だ。何から何まで一から決めなければならない。この手間ひまだけでも、俺に振付家や演出家はムリだと改めて思った。

仕上がりが近付き、先生方とジャン・ジャメ、広報スタッフらに観てもらう日がやってきた。

特に緊張はしなかった。さんざん稽古したし、二人でとことん突き詰めた満足感があったし、完成すべき作品が完成した、と腑に落ちたからだ。

「おっしゃあ、行くかあ」

俺は身体をひねり、ストレッチをした。

隣にヤツが立っている。

俺はシルバーグレイの衣装。ヤツは濃紺の同じ衣装。

ヤツが奇妙な表情で突っ立っているのが見えた。放心しているような顔だ。

「行くぞ、ハル」

俺が声を掛けると、ヤツはハッとしたような顔になった。

「どうした?」

「ヘンな感じだよ。あの時見た場面が、今ほんとにここにあるんだもの」

ヤツはかすかに首をひねった。

俺も、ヤツの気持ちが分かるような気がした。

ワークショップで初めて一緒に踊った時に、ヤツが「予感」したという場面。

「だな。不思議だな。こうして二人でここにいるってのは」

「ありがとう、深津」

その声に込められたものを感じて、振り向いた。

ヤツは静かな目で俺を見ていた。

このところ、目を合わせていなかったが、今日はためらう様子はない。

「おまえのおかげで、カタチになった」

ふと、歳月が巻き戻されたような気がした。

深津、ちょっといい？　ありがとう、深津。

日本から遠く離れた場所で、十五の夏と同じ会話が交わされている。

「こちらこそ、ありがとう」

俺もヤツの目を見て言った。

「おまえが俺をここまで連れてきてくれた気がする」

「いや、それは違うと思う」

ヤツは即座に否定した。

そして、ふと宙を見上げた。

いつもの、あのどこか遠くを見ている目。

「たぶん、逆なんだ。深津が俺を連れてきてくれた――うん、そういうことだ。だから、『ヤヌス』なんだ」

「へ？」

聞き返そうとした時に、「五分前です」という声が掛かった。


公演での本番よりも、この時の踊りのほうが印象に残っている。

エリックとリシャールの、密かに興奮している顔。

ジャン・ジャメの微笑。

そういったものを視界の隅に見ながら、ヤツが袖で言った、「だから、『ヤヌス』なんだ」という意味を、踊りながらずっと考えていたように思う。

ぴったりと背中合わせで後ろにいる存在。

この時、俺たちは「ヤヌス」だった。前と後ろに顔のある神。

十五の夏から、この日が来ることが決まっていた二人。

あの夏から、ずっと一緒。

ヤツは振付家になり、俺はトップダンサーになる――

この時のことを振り返ると、エリックの言葉が聞こえてくる。


巡り合わせ？　運命？　言葉はなんでもいい。たぶん、君らは別々でもいつかは出てき

たと思うけど、二人で同時に出てきたってところに意味がある／

二人がそこに居合わせたってことは、二人が意識するしないにかかわらず、互いになんらかの力が働く。だって、目の前にいるんだから無視できないでしょ。用意された補完関係にある、というか／

うん、君らはライバルっていう感じじゃないね。補完関係っていう言葉も、今たまたま頭に浮かんだだけで、他にもっとふさわしい言葉があるような気がする／

エリックが何を言いたかったのか、今ならば分かるような気がする。

ヤツが言った言葉の意味も。

俺もヤツも正しい。俺たちは、互いに互いを連れてここまできた。補完関係でもライバルでもなく、ましてや運命なんかでもない。

そう、たまたま居合わせたのだ。

明るい夏の午後のスタジオで、互いに互いを「発見」した。

文字通り、見た。俺はヤツを見つけ、ヤツは俺を見つけた。「見つけ」なければ、興味を持つこともなく、ヤツが俺に「初の振付」をすることもなかっただろう。

ぽんと出会って、接触して、跳ねた。互いに互いをスプリングボードにしたのだ。

アヴィシャイ・コーエンの曲が流れている。

アコースティック・ベースの長いソロ。

俺は前に出て踊る。

アクロバティックなソロ。後ろでは、ヤツがこちらに背を向けて、異なるソロを踊っている。

背中を合わせる二人。

回り舞台の中心で目を閉じる。

世界が回る。回る。

目を開ける。歩みだす。回る。回る。

ヤツは俺で、俺はヤツだ。

並んで踊る。まるで鏡が横にあるかのように、鏡の向こうでもう一人の俺が踊っている。

舞台に一人きりのようにも思える。

それでいて、分身を、片割れの存在をどこかで感じている。

ふと、気が付くと、俺は自分を見下ろしていた。

どこか高いところから、この世界を俯瞰していた。

俺とヤツが踊っている。奇跡のような偶然で、たまたま同じ時間、同じ場所に居合わせた二人が、奇跡のように二人で踊っている。

なるほど、これが「この世のカタチ」か。

曲が終わった。

俺とヤツは背中合わせに円の中心に立っていた。

目を閉じる。

くるくると回り続ける舞台。

そのまま、舞台は暗転する。

明かりがつき、喝采と歓声が聞こえた。

眩《まぶ》しさに目を細めながらも、俺は、ヤツが何を見ていたのか、何を見ようとしていたのかが、ほんの少しだけ分かったような気がした。

II　芽吹く

彼は美しい子供だった。

子供に対して「美しい」という言葉を使うのはやや違和感があるけれども、我が甥《おい》ながら、「美しい」という形容詞がこれほどしっくりくる子供は彼以外に会ったことがない（いや、ずいぶん後に、彼と一緒に留学したという深津純《ふかつじゅん》を見た時に、「アッ、彼もきっと美しい子供だったに違いない」と思ったことは覚えている）。

もっとも、私には子供もいないし、そんなに大勢の子供を目にしているわけではないので、サンプル数でいえばかなり貧弱な中での比較ではあるが。

そして、彼はまだよちよち歩きの頃から「彼」という呼び名がふさわしかった。

「あの子」ではなく、「春《はる》くん」でもなく、「彼」。

それは私だけではなく、姉夫婦も自分の子である春のことを大人たちと話題にする時は「彼」と呼んでいた。何かそうさせるものが春の中にはあったのだ。

彼はおとなしい子供だった。

子供の頃の彼を思い出す時、あまり話をした記憶がないし、いつも一人でぽつんとしていた印象しかない。

「おとなしい」には二種類ある。

ひとつは人見知りで恥ずかしがりや、あるいは内向的で繊細な場合。話しかけるとサッと誰かの後ろに隠れたり、逃げてしまったりする。

もうひとつは、何かに気を取られていて、コミュニケーションを取る余裕がない場合。自分が「おとなしい」と言われていることなどつゆ知らず、そういう基準があることも知らず、何かに心を奪われている場合。

彼は、明らかに後者だった。

ただ、彼が何に気を取られているのか、周囲には長いこと分からなかった。

「あいつ、幼稚園児のくせにじじむさくない？」

義理の兄の弟が、半ばあきれてそう評したことがある。

その時彼は、うちの庭の桜の木の下でうちの犬（柴犬のイナリ。見た目の色合いが稲荷寿司を連想させるのだ）と並んで座り、こちらに背を向けていた。

我が家の桜はしだれ桜で、ソメイヨシノが散り終わる頃にようやくちらほらと咲き始める。

桜にはそれぞれの性格があって、毎年フライング気味に真っ先に咲き始めるものもあれば、いつもゆっくりで他の桜が散り始めてからようやく咲き出す、というのもあるのだが、うちのしだれ桜はただでさえ遅いのに、もっと遅い八重桜と同じ頃に咲き始める、という晩生《おくて》なしだれ桜なのだった。

「何考えてるんだろうなー。世界平和だったりしたら怖いな」

義理の弟は、ちょっと気味悪そうにしていた。

彼が既に一時間近くそうして座っていたからだ。

普通、幼い子は移り気で、とてもじゃないが五分とじっとしていられないのに、あの落ち着き方は異様ですらあった。

もっとも、彼に言わせると、別に我慢しているとかおとなしくしているというつもりは全くなく、ひたすら観察に忙しかったので、アッというまに時間が過ぎてしまうのだという。

いったいなんのCMだったか覚えていないのだが、以前、こんなCMを見たことがある。

一人の男の子が、いっしんに黒いクレヨンで画用紙を塗りつぶしている。来る日も来る日も、画用紙を黒く塗り続ける。大人たちはその絵を見て心配する。こんな真っ黒な絵を描き続けるのは、どこか心を病んでいるせいなのではないか。白衣を着た医師たちがやってきて、男の子に声を掛けるが、男の子は返事もせずにひたすら真っ黒な絵を描き続ける。大人たちがああだこうだと原因を議論する。ある日、看護師の一人が、男の子の絵の変化に気付く。絵の真ん中に線が引かれ、余白が現われたのだ。似たような絵が次々に描かれる。

医師はこれまでに男の子が描いた絵を並べてみる。絵はとてもたくさんあって、スペースが足りず、学校の体育館の床に並べていく。その横で、男の子が「できた！」と叫び、クレヨンを置く。

大人たちは、体育館のキャットウォークから並べられた絵を見下ろして絶句する。そこには、巨大な鯨の絵があった。彼は、大きな鯨の絵を描いていたのだ。

あのCMみたいだな。

私はその時の彼を見てそう思った。

彼はじっと真剣に自分をめぐる世界の姿を見つめていて、その頭の中ではめまぐるしく思索が行われているのだろうな、と感じたのだ。

その後、しばしば彼が何かを見つめている時の目を見て、それは確信に変わった。

彼の中では何かが猛烈なスピードで「動いて」いたのだ。固定されたスーパーコンピューターの中で、音もなく凄まじい量の演算が行われているように。

最初の発表会から彼の踊りをずっと観てきて、他のダンサーも観るようになったが、卓越したダンサーは、皆そうだった。

ただそこに立っているだけでも、その中では猛烈に何かが「動いて」いる。肉体そのものの持つスピードが、とてつもなく速いのだ。

彼には、幼い頃からその「スピード」があった。

じっと座っている時も、何かを観察している時も。

「あんた、何見てるの？」

姉に、不思議そうに聞かれたことがある。

私は、彼が来るとついついじっとその一挙一動を見てしまうからだ。

「いや、面白い子だなーと思って」

そう答えると、姉はますます不思議そうに「どこが？」と聞くのだった。

「なんとなく」としか答えようがなかったが、彼のことは見飽きなかった。他の子供でそう感じたことはない。彼に限っては、何か特別な、面白いものを見ている、という気がしたのである。

彼は、おとなしい子供だったが、目を惹《ひ》く子供でもあった。

綺麗な顔だちのせいもあったけれど、一種独特な存在感があったのだ。

何かの帰り道に、たまたま彼の通う小学校のそばを通りかかったことがある。小学校だな、とは思ったが、彼の通う学校だということには気付いていなかった。

放課後で、大勢の子供たちが校庭で遊んでいた。サッカーをやったり、追いかけっこをしたり、思い思いに駆け回り、歓声を上げている。

なんとはなしに、子供たちを眺めていると、不意に一人の子供に目が惹きつけられた。

理由は分からない。

が、次の瞬間、彼だということに気付いてハッとした。そこでようやく、その小学校は彼の通う小学校だと思い出したのだ。

彼は、ぽつんと一人でいた。

いちばん低い鉄棒の上で腕を組んで、じっと他の子供たちを眺めている。

その様子に、なぜか私は離れているのにたじろいでしまった。

一人ぼっちでいる子供ならば、その目に浮かぶのは羨望や淋しさであるべきだろう。しかし、彼の目にはそういったものはかけらもなく、あるのは冷徹さすら感じる何かだった。

いったいあれは何の視線なのだろう？　興味？　観察？

熱心さはある。何に熱中しているのか？

私は混乱した。何かいけないものを見てしまったような罪悪感を覚えたのだ。

罪悪感？　これもまた、なぜ？

そそくさとその場を離れながら、彼の目に浮かんでいたものと、自分の感情とを言語化しようと試みたが、成功しなかった。

ただ、不思議な子だ、と改めて思った。

やはり、彼は面白い。


彼は全く活発なところのない子供だったので、運動は苦手なのだろうか、と周囲は思っていた。

だが、父親は陸上の短距離選手だったし、母親は体操の選手だった（そもそも二人が知り合った場所が、インターハイの開会式会場だったらしい）。運動神経は悪くないはずだよね、と周りは言っていた。

実際、体育の成績は5だった。

彼の小学校の担任が、面白いことを言っていたそうだ。

彼は、跳び箱でも、マットでも、球技でも、とにかくお手本をじっと見ている。他の子供たちが身体を動かし始めても、まだ動かずに彼らの動きをじっと見ている。そして、何かに納得してからようやく動き出す。そうしていったん動き出すと完璧で、すぐになんでもできてしまうのだという。

つまり、彼の観察力がずば抜けているということだ。何かをする前に、脳内でシミュレーションを繰り返し、どう動けばいいのかを分析している。そして、運動神経も非常に優れている。脳内シミュレーションをすぐに身体に伝えて、その通りに動かすことができるのだから。

姉は、いっとき、彼に体操をやらせようと考えていたようだ。体操には彼のような能力が必要だし、きっと向いているのではないかと思ったのだろう。

それが実現しなかった理由というのが興味深い。

姉は、知り合いがやっている体操クラブに彼を見学に連れていった。

すると、彼は例のごとくしばらくじっと他の子供たちの動きを見ていた。やはりいつものように、熱心に観察を続けていたらしい。

彼が特に興味を示したのは、床の演技の練習だった。じっと演技を見ていた彼は、いきなりジャンプして、一回転して着地してみせたのだそうだ。

むろんコーチらは驚き、ぜひともクラブに入ってほしい、と熱心に勧められ、姉もその気になっていた。ところがその帰り道、姉が彼に「どう？　あのクラブに入る？　お母さんも、春くん、体操向いてると思うな」と言ったところ、彼はきっぱりと首を振った。

「違う。あれじゃない」

姉はびっくりしたという。

彼はおとなしい子供だったので、自己主張をしたり、好き嫌いを口にすることはめったになかった。そんな彼が全く迷いもみせずにはっきり拒絶したのが意外だったのだ。

しかも、「あれじゃない」。「あれじゃない」とは？

「あれじゃないって、どういう意味？」

姉がそう尋ねると、彼はちょっとだけ考え込んだ。

そして、姉の顔を見て、訴えるように左右に首を振った。

「分かんない。だけど、あれじゃないんだ」

その必死な顔を見て、姉は彼を体操クラブに入れるのをあきらめたそうだ。


その時のことを覚えてるか、と彼に聞いてみたことがある。

うん、覚えてる。

彼は頷《うなず》いた。

あれじゃないって、どういう意味だったの？

そう聞くと、彼は苦笑した。

うーん、今でもうまく言えないや。カチッて音がしなかったからかな。

カチッて音？

私が聞き返すと、「うん、カチッて音」と繰り返す。

俺ね、何か腑に落ちると、ここんところがカチッて鳴るの。

彼は自分の胸に手を当てた。

実は、あの体操クラブで一回転してみせた瞬間は、カチッて鳴ったの。あれは不思議だったな。何か、あの時に予感はあったんだと思う。だけど、帰り道にお母さんに聞かれた時、あの場所でじゃないって本能的に思った。

ふうん。じゃあ、その時は、まだバレエって頭はなかったんだ。

私が尋ねると、彼はこっくりと頷いた。

うん。バレエの「バ」の字もなかったよね。俺の辞書には、まだ「バレエ」がなかった。観たこともなかったしね。

彼はふと遠いところを見た。

子供の頃って、あんまし何も考えてなかったなあ。いつもいつも自分が住む世界を理解しようって思って観察して、世界を自分の中にインプットするだけで精一杯だった。

彼がすべてを熱心に観察し、脳内シミュレーションを繰り返していたのは、ずっと探していたからなのだろう。

自分がやるべき何か。自分が理解したい何か。

そして、それをあまりにも熱心に探しているうちに、常人に見えないものまで見てしまうのだ。

彼と神田日勝《かんだにっしょう》の展覧会に行ったことがある。

東京に住んでいた親戚が亡くなって、みんなで葬儀に行った時のことだった。

彼はもうバレエを始めていたが、まだ最初の発表会までには時間があり、彼の踊るところを観たことはなかった。

なんで二人で展覧会に行くことになったのかは覚えていないが、姉夫婦に用事があったのだと思う。

私は東京に出た時はまとめて展覧会を観るのが習慣だったので、その頃ちょうど観たいと思っていた展覧会に彼を連れていったのだ。

神田日勝は北海道の画家だ。農業を営みながら、油絵を描いていた。それも、キャンバスではなく、ベニヤ板に直接油彩画を描くのである。

重厚な絵を描く人で、農作業や馬の絵が有名だ。

彼は日勝の絵が気に入ったらしく、面白そうに見入っていた。

展覧会の最後の一枚。

それは、日勝の絶筆となった作品で、しかも彼の作品の中でいちばん有名なものだった。彼は農民画家と呼ばれるのを好まず、晩年は都市や屋内の絵を多く描いていた。しかし、最後に選んだ題材はやはり彼を有名にした馬だったのである。

その絵は未完成で、背景もなく、ただ馬だけが描かれている。その馬も、半分しか描かれていない。前肢と頭部と、胴体が半分だけ。

ただ、その半分の馬がとてもリアルで肉感が尋常ではなく、脈打つ鼓動まで感じられそうなほどだ。この絵を目にした瞬間、まるで絵の中から馬が飛び出してきたところを目撃したように思うのは私だけではないだろう。

私がその絵に見入っていると、隣に彼がやってきたのが分かった。

「わあ」と小さく歓声を上げ、私のそばに並んで一緒に見入る。

「まるで飛び出してきそうだな」

私がそういうと、彼は大きく頷いた。

「ほんとに」

そう呟くと、いきなり、右足をざっ、ざっ、ざっ、と後ろに蹴るような仕草をした。

「どうかした？」

私がそれを見咎《みとが》めると、彼は自分がしていたことに気付かなかった様子で「あっ」と自分の足を見下ろした。

「この馬、こうしてる」

「え？」

彼は馬に目をやった。

それも、馬の身体の描かれていないところに。

「ね、この馬、こうやって、右の後ろ脚で地面を蹴ってる」

彼はもう一度、自分の右足で床をこすってみせた。

「でしょ？」

私は不意にゾッとした。

彼の目は、ピタリと絵の空白の部分に向けられていて、冗談を言っている様子は全くなかったのである。

見えているのだ。

私は、静かな彼の横顔、その美しい横顔を見た。

彼には、見えている。本当に、描かれていない馬の残りの部分が。

やはり、彼は不思議だ。そして、やはり彼は面白い。

私は彼の横顔を見ながら、改めてそう痛感したのだった。

後から考えてみると、彼が神田日勝の絵の余白に馬の動きを見たのは、実際に彼が馬に親しんでいたせいかもしれない。

義兄の父方の家は、馬の牧場を営んでいたのだ。かつては軍馬を育てていたそうで、春はよちよち歩きの頃から牧場で馬に触れていたという。小学校に入る頃にはもう達者に乗りこなせるようになっていたので、「競馬の騎手になれるんじゃないか」と期待されていたとか。

だが、うちはのっぽの家系で、義兄のほうもみな長身で身体が大きい家系。彼は幼い頃から足のサイズが大きかったし、将来背が伸びるのは予測できた。軽量が必須の騎手になるのは早々に断念したらしい（もっとも、断念したのは彼や義兄ではなく祖父母だったらしいが）。

ともあれ、早くから馬と親しみ、「人馬一体」という感覚を体得していたことは、のちのちパートナーと踊る時にも役に立った、とは彼の弁である。

馬がどこに行きたいか、どう走りたいか、今どう感じてるか。馬に乗ってて、そういうの、手に取るように分かったもの。

確かに、彼と踊っているパートナーは、皆、至極リラックスしているように見えた。

クラシックバレエというのは基本笑顔で踊らなければならないらしいが、難しいのか不安なのか、引きつった笑顔のダンサーも見かける。春と踊るパートナーは笑顔が自然で、観るほうも安心して観ていられるのだ。

あとね、リフトされる感覚が分かるような気がした。

彼はそんなことも言っていた。

馬の上って、べちゃっと身体を広げてちゃダメで、体幹をしっかりキープして身体をまとめて、馬に余計な重さを感じさせないようにするわけ。リフトされるのも同じだなって思った。身体の芯をぴしっと決めて、持ち上げ易いようにコンパクトにして、リフトする側に余計な負荷を掛けない。

なるほど、と門外漢ながらも首肯させられたものだ。

とにかく、春の初めてのバレエの発表会を観に行ったのは、展覧会よりもあとのことだった。

彼がクラシックバレエを習い始めたことは聞いていたけれど、「ふうん」と思っただけで、特に興味があったわけではない。私は子供の頃からクラシック音楽は好んで聴いていたが、クラシックバレエを観たことはなかった。

が、姉からチケットが送られてきて、「あんた、春くん好きでしょ？　観てやってよ」と電話まで掛けてきたので、行ってみる気になったのだ。

春、九歳の冬。バレエを習い始めて一年と少しだったはず。

青い衣装を着ていたのは覚えているのに、はたしてそれが何の演目だったのかは覚えていない。

とにかく強い印象を受けたのは確かだ——私が舞台の上の彼を目にして思ったことはただひとつ。

「踊って」いる。

不思議な感想だった。

なにせ、バレエ教室の発表会なのだから、舞台の上の全員が踊っているはずなのだ。

むろん、巧拙はあるし、小さい子はポーズを取るので精一杯。「踊り」になっていない者がほとんどだ。

しかし、年齢が上がり、上手な子が増えてきても、彼ほど「踊っている」と感じられる子はそう多くはなかったのだ。

生でバレエを観たのはこの時が初めてだったが、私の印象は間違っていなかったように思う。私が彼の中に感じていた、「猛烈なスピードで動いている何か」というのは「踊り」のことだったのだ。

まだそんなに複雑なテクニックを披露したはずもないのだが、彼は「踊って」いた。そのたたずまい、広げた腕、ジャンプして空中で伸びた足、そのすべてが「歌って」いた。

つまり、私は初めて彼の踊りを観た時から、萬《よろず》春というダンサーのファンになったのである。

たぶん、バレエを始めた瞬間、彼の胸は「カチッ」と鳴ったはずだ。体操を「違う。あれじゃない」と感じた彼は、きっとバレエに対しては「これだ」と思ったのだろう。

それでは、彼がバレエに出会ったきっかけというのはいったいどういうものだったの

か？

彼の口からそれを教えてもらったのは、ずいぶん後になってからだ。

これがまた、ちょっと不思議な話なのである。

彼の話を基に、再現してみよう。

姉と体操クラブに行って「あれじゃない」と言ってからも、しばしば彼はあの回転を繰り返していた。

胸がカチッと鳴ったという、ジャンプして空中で一回転して着地、というのを、時々思い出したようにやってみたのである。

あれ以降は、カチッと鳴ることはなかったが、あの時の「カチッ」を追体験したかったし、願わくば味わってみたかった。もう少し高く、もう少しキレをよく、もう少し綺麗な着地で。

漠然とそんなことを考え、腕の位置や飛び上がる角度等をいろいろ変えてみた。頭の中で、あの時見たものを繰り返し巻き戻した。

そんなふうに、跳んでみたくなるのは、決まって外を歩いている時だった。

例えば、美しい夕暮れ。

ゆっくりと空が茜色《あかね》から深い紫へと移ろう頃。

例えば、明るい白昼。

柔らかな風が木々を抜けてゆき、眩《まばゆ》く輝く木の葉をざわざわと揺らす瞬間。

例えば、嵐の前。

遠くから危ない大きなものがやってくる不穏な予感が、凄まじい勢いで蠢《うごめ》く雲に満ちみちている時。

そんな風景の中に身を置いていると、しばしば凶暴な衝動にも似たものを感じて、彼はぴょん、と跳んでみるのだった。

間欠泉みたいだった。

彼はその頃の自分をそう言った。

知らないうちに、自分の中に何か煮えたぎるようなものが溜まっていて、自分でも思いがけない時に噴き出してくるって感じ。

そうした時間が、二、三ヶ月も続いただろうか。

季節は秋から冬へと駒を進めていた。

姉たちは、毎週日曜日は、親子三人でゆっくりと自宅近くの川べりを散歩するのが習慣になっていた。

川べりは一帯が広い公園になっていて、サッカーや草野球など、市民がそれぞれのスポーツに興じている。

天気は下り坂だった。じめっとした風が吹いていて、墨を流したような雲がじわじわと空を暗くしている。

彼はいつものように、話をしながら歩く両親の後ろを歩いていた。

開けた空間、広い空。

遠くから近付いてくる低気圧を感じる。風の中に雨の気配を、一荒れ来そうな予兆を感じる。

彼は両手を広げて、他愛もなくくるくると回りながら川べりを歩く。

こんな時、彼はなんともいえないもどかしさを覚えている。

世界はあまりにも大きく、小さな身体で目一杯手を伸ばしてみても、何も触れられず、何も受け止めきれないという無力感。早く世界に触れたい、自分の周りのものすべてを理解したいという焦り。

そんなこんなが、彼の中ではいつも渦巻いていた。

いったいどうすれば、世界を手に入れられるのか。世界と繋《つな》がるにはどうすればいいのか。当時の彼が、その望みを自分の中で言語化できていたわけではない。まだ彼は自分の言葉を獲得できてはいなかったのだ。

彼は悔しかった。何もできない、何も知らない自分が悔しかったのだ。

そして、気が付くと跳んでいた。

知らぬまに踏み切って、回転していた――いや、回りすぎていた――一回転半――いや、それ以上。

回りすぎた彼は、着地に失敗した。それまでは綺麗に一回転して下りられていたのに、体勢を崩して、もう少しで転ぶところだった。

両親は、そんな彼の様子に気付かず、ずいぶん先に行ってしまっている。

と、突然、離れたところで白い車が停まった。

川べりの道は、堤防を兼ねて盛り土がしてあり、アスファルトを敷いた車道になっている。

バタンとドアが開いて、すらっとした女性が降りてきた。

黒いシャツにジーンズ。

春はきょとんとして、スタスタと自分に向かって歩いてくる女性を見ていた。

若いような、そうでもないような。ショートカット、長い首、鋭いまなざし。

初めて目が合った時、何か強い光みたいなものが入ってきたように感じた。

女性は慌てているようだった。まっすぐに彼のところまでやってきて、二メートルほど離れたところで足を止め、彼を見た。

知っている人ではなかった。初めて会う人だ。ちょっと青ざめた顔をしている。

「ねえ、君、どこのバレエ教室で習ってるの？」

開口一番、女性はそう言った。

思ったよりも低く、ぶっきらぼうな口調だった。

春は何を訊かれたのか分からなかった。

バレエ教室。

たぶん、その時初めてその単語を――バレエという単語を耳にしたのだ。

春は左右に首を振った。

「習ってない」

もごもごと口の中で呟く。

「え？」

聞き取れなかったのか、女性が耳を向けた。

「習ってない」

彼は、もう少し大きな声で言った。

女性は、驚いた顔をした。

「習ってないの？　本当に？　でも、さっき、回ってたよね？」

彼は、怒ったような口調の女性にちょっとだけ引いて、小さく頷いた。

何かまずいことでもしたのだろうか、と不安になる。

女性は、彼が嘘でもついているのではないかと疑うような目付きで見ていたが、やがて人差し指を立てた。

「ね、もう一回やってみせて」

女性はそう言うと、彼の前に仁王立ちになった。

今度は春のほうが驚く番だった。

もう一度？　あれを？　あんなものを見たいのか？

「お願い」

女性は手を合わせた。

春は戸惑った。が、女性が真剣な表情で彼が回るのを待っているので、やってみせることにした。

さっきのはダメだった。もう少し、綺麗に。

それまで自分で考えた、いちばんおさまりがいい腕の位置で一回転。

うん、綺麗に着地できた。

女性は食い入るように見ていたが、首をかしげた。

「さっきのとは違うわね」

責めるような口ぶりである。

春は困惑した。さっきよりも綺麗にできたはずだけど。

「さっきのは――回りすぎちゃって」

彼は口ごもった。

そう、回りすぎた。つまりあれは、そういうことだったのだ。「回りすぎた」というのを言語化できて、彼はホッとした。

「回りすぎた？」

女性は、またしても驚いたような声を出した。

「うん。うまく下りられなかった」

視界の隅に、ずっと先を歩いていた両親が、彼と女性とに気付き、慌てて引き返してくるのが見えた。

「春くーん？」

「どうかしました？」

駆け足でやってくる両親に目をやり、女性は「あの人たち、君のお父さんとお母さん？」と尋ねた。

「うん」

「そうか」

女性はその時、とても嬉しそうな顔をした。

後から、なぜあの時嬉しそうな顔をしたのか、と彼が尋ねたら、「ご両親とも背が高いんだ。やった、この子もきっと背が伸びるわね」って思ったから、という返事だったそうである。

「はじめまして、私、森尾《もりお》と申します」

女性は、やってきた両親の前でぺこりと丁寧に頭を下げた。

そこで初めて、自分がしたことに気付いて驚いている、という苦笑のようなものを浮かべ、頭を掻いた。

「すみません、息子さんにぶしつけに声をお掛けしてしまって。その――息子さんをお見かけして、私、びっくりしてしまって、つい」

両親は顔を見合わせた。

「うちの子が何か？」


「踊る人」だと思ったのよ。

後年、彼女はそう言ったそうだ。

初めて車の中から春を目にした時に、そう思ったと。

ほんと、いきなり目に飛び込んできたの――遠くからだったけど、スポットライトでも当たってるみたいに、パッと浮き上がって見えた。

「単刀直入に言います。私に、彼の指導をさせてくださいませんか。私のところで、彼を預からせていただけませんでしょうか」

女性は、静かだが強い意志を覗《のぞ》かせた声で言った。

そう、その時、彼女は「彼を」と言った。

やはり、春は「彼」と呼ばれるのがふさわしかった。

「踊る人」。「踊る子」ではなく、「踊る人」。

やっぱり、春は春だ。春は「彼」だ。

「指導？」

両親は、狐につままれたような顔になる。

「はい。私、クラシックバレエを教えています」

女性は、名刺入れを取り出した。

森尾つかさバレエ教室

それが、春とバレエ、春と森尾つかさとの出会いだった。


初めて親子で森尾つかさのバレエ教室を見学に行った時の、彼の様子というのも興味深かった。

例によって、彼は恐るべき集中力で、バーレッスンやセンターレッスンに勤《いそ》しむ自分と同じくらいか年上の子供たちを見つめていた。

が、やがて手を動かし始める。

どうやら本人は、自分が手を動かしていることを自覚していないようだ。その動きも、別に子供たちの動きを真似ているのではなく、両腕をあげ、ワイパーのように角度をパッ、パッと変えて動かしていたという。

何してたの、春くん。

後から姉が尋ねると、彼は「え？」という顔で姉を見た。

ずっと手を動かしてたでしょ。

姉がそう言うと、彼は首をかしげた。やはり、自分が手を動かしているという自覚はなかったようだ。彼は、遠くを見るような目でぽつんと呟いた。


桜？　桜じゃない。梅かな？　梅のつぼみ。


姉は彼が何を言っているのか分からなかった。

が、しばらく経って、ふと、自宅の庭の梅の木を見た時にハッと思い当たったのだそうだ。

レッスンで子供たちが踊っている様子——マッチ棒のように細い子供たち、一様に髪をシニョンに結った女の子たちが一生懸命ポーズを作って踊っている様子。

それは、ちょうど梅のつぼみがついた小枝の様子にそっくりだったのだ。

この話を聞いた時、私は改めて「面白い」と思った。彼が、バレエのひとつひとつのポーズやテクニックにではなく、恐らくは、そのレッスン場にいた「子供たち」のまとまった「形」に反応し、把握していた、ということに気付いたからである。

桜じゃない、と言い直していたことにも感心した。

桜のつぼみは、実は複数のかたまりになっている。いわゆる「さくらんぼ」状態で、ひとつの房から複数の花が咲くわけだ。ところが、梅のほうは枝そのもの、あるいは小さく分かれた小枝の先につぼみをつける。子供たちの頭をつぼみに見立てたところは桜も梅も同じだが、梅のつぼみのほうがより子供たちの姿に似ている、と看破していたのは、彼の観察力の確かさを裏付けている。

　つまり、彼が手を動かしていたのは、子供たちを梅のつぼみに見立てて、梅の枝のほうを表現していたのだ。

　よそではどうなのか知らないけれど、そういうものの見方をする子は珍しいのではないだろうか。

　実際、彼を指導した森尾つかさも、「春はほんとに不思議な子だったわ」と繰り返し言っていた。

「ものの見方が独特なんですよね」

　彼女いわく、本来、舞踊というものが、自然の中にあるものや、人間の内側にある情動、あるいは想像上のものを身体で表現するものだとすると、春は逆に人間が舞踊で表現しているものに、その表現しているものの原型のほうを見てしまうのだ、と。

　森尾つかさは、彼と出会った時、四十四歳。

　たぶん、彼女にとっても、いいタイミングだったのだろう。

　長野でいちばん大きなバレエ教室の娘で、アメリカのカンパニーで踊っていたが結婚を機に日本に戻り、本部でバレエ教師としてキャリアを積み、いわばのれんわけのようにして支部を作って独立した。本部のほうは四歳上の姉が継いでおり、彼女自身のやり方で支部の運営と指導をし始めて数年が経ち、自信がついて教師としての脂が乗り始めていたところに、一から育てられる春に巡りあったわけである。

教師という商売の不思議さを思う。

私も大学で英文学を教えているので、一応教師のはしくれではあるのだが、こちらは英文学を志してきた学生を相手にしているのに対し、まだ海のものとも山のものともつかぬ子供を見て、どう才能を見抜くのか。たまたま通りかかって彼を見つけたというつかさの引きの強さ、運のよさ（それは、春に対してもそっくりそのまま同じことが言えるのだが）に、驚嘆してしまう。

しかし、才能というのはそういうものなのだろう。あらゆる教師と弟子の世界では、しばしば嘘みたいな出会いのエピソードを聞く。図抜けた才能というものは、才能のほうが教師を呼ぶのだ。

つかさ先生とセルゲイは、俺の第二の親みたいなもんだよね。

彼はしばしばそういう。

バレエって、大部分がこれまでに習った先生の言葉で出来てるの。俺のオリジナルな部分なんてほんのちょっとしかない。

確かに、私もたいして見たことがあるわけではないが、レッスン風景を見ていると、それこそ教師たちは「口を酸っぱくして」繰り返し同じことを言う。バレエという、ある意味不自然な動きを踊れる身体は、幼い頃から誰かがずっと見てくれていて、そんなふうに一から刷り込まれない限り、決して造り上げることはできないのだ。

彼はいい環境でバレエに巡りあった。

つかさの夫、セルゲイ・ガジェフはロシア系アメリカ人で、元は優秀なダンサーだったが相次ぐ怪我で引退、大学に入って整形外科医の資格を取り、つかさと会った時は腕のいいトレーナーとしてだったという。

つかさと結婚して日本に来てからは、メインは本部でトレーナーをしつつ、つかさの支部で教えてもいた。

まさに春にとっては、バレエの父と母である。

もっとも、厳しい父はつかさでセルゲイは見守る母といった役どころ。セルゲイは一貫した指導はつかさに任せ、要所要所でアドバイスをする、という形をとっていたそうで、専ら生理学的な知識に基づいて、男性ダンサーならではの助言をしてくれたという。英語やロシア語を幼い頃から何年もかけて彼に教えてくれたのもセルゲイである。二人は、春のことをそれこそ実子のように可愛がってくれた。

アットホームな雰囲気の支部で「バレエの両親」に教わり、本部からは最新のメソッドや情報が入ってくる、というのも恵まれていた。

優秀な生徒がいると、本部に取られてしまったり、よそのバレエ教室に引き抜かれてしまったり、といろいろ生臭いこともあるようだが、つかさと本部の関係もよく、春はのびのびと育ててもらえた。

つかさが現役時代、コンテンポラリーを得意としていたダンサーだったというのも、春にはよかった。彼女が集めた多くのコンテンポラリーの映像で、コンテンポラリーというものに早くから触れられたからだ。

たぶん、つかさ自身、最初の出会いから春が持つコンテンポラリーの才能を直感していたのではないか。彼女と共鳴するものがあったからこそ、彼の存在にヴィヴィッドに反応できたのだろう。

俺のバレエの何パーセントかには、稔《みのる》さんも入ってるよ。

彼にそう言われた時は、思いがけなく、かつ誇らしかった。そう、稔さんというのは私のことである。

後に、彼の作品「パニュキス」を観た時は、ふと、懐かしく歳月が巻き戻されるような心地がした。

我が家の書斎で、床にぺたんと座りこんでいっしんにエリナー・ファージョンの『ムギと王さま』を読んでいた幼い彼の姿が蘇る。

私の父も文学部の教授をしていたので、彼にとっては祖父母の家でもある我が家には下手な図書館も真っ青なくらい、多くの本があった。父が姉と私に買ってくれた児童文学の本もたくさん。クラシックとジャズのレコードやCDも、父の代からのコレクションで、私が引き継いでいる。

彼は、月に一、二度、多い時は毎週うちに来て、これらのコレクションを堪能《たんのう》していた。『ムギと王さま』は彼のお気に入りの本で、いっときうちに来るたび読んでいたので、「貸してあげるから持っていけば？　なんなら、あげてもいいよ」というと、彼はきっぱりと左右に首を振った。

　ううん、ここで読むのがいいの。

　そういうものかね、と私は首をすくめたものだが、今となっては彼の気持ちも分かるような気がする。

　八歳やそこらでバレエを始め、学校とバレエ教室と自宅との往復、で世界が完結していたがゆえに、我が家の書斎は彼にとってはいわばどこでもない「サード・プレイス」の役目を果たしていたのではないか。

　叔父さん、叔母さん、というのは斜めの関係で、ちょっと不思議なポジションである。彼のように大成する人物には、たいていカルチャー面で影響を与える、変人で独身の叔父や叔母がいるものだ。どうやら、私もそのような役回りで、彼の情操教育を担っていたものらしい。

　小さい頃は繰り返し同じ本を読んでいた彼も、小学校高学年になる頃には濫読《らんどく》期に入ったらしく、手当たり次第に本を読んでいたようである。

　後に次々と発表される彼の新作を観ていると、ああ、あの時読んでいたな、とかよく聴いていたな、と思い出すことがあって、しばしば「原因と結果」を見ているような気分にさせられた。

　特に『蜘蛛女のキス』をやると聞いた時は、我が家の書棚のその本のある場所がパッと目に浮かび、あんなものまで読んでいたのか、と驚かされた。

彼がマヌエル・プイグの小説『蜘蛛女のキス』をアストール・ピアソラの音楽でバレエにした時は、運よく初演を観ることができた（彼は自分の作品を発表する時は毎回私を招待してくれるのだが、残念ながら、こちらはなかなかヨーロッパまで足を運べないので、現地での招待に与《あずか》るのは数年に一度だ）。

刑務所内で、当局の命を受けてテロリストの青年に近付くゲイの男性。その、テロリストに対する彼の屈折した愛情。

初演では、春がそのゲイの男性を自ら踊っていたので（以降、人気の演目となったのに、彼は一度もこの役を踊っていない）、チケットは即時完売だったそうである。

舞台の上の彼は、妖艶というか、凄絶というか、なんとも「凄まじい」美しさだった。観客全員、それこそ老若男女が皆、彼に惚れこんでしまって、客席全体が発情しているような異様な熱気に包まれていたのを覚えている。

普段の彼は中性的であっさりした性格であり、あまり性的なものを感じさせないのだが、舞台の上の役となると、別人のような色気を滲《にじ》ませるのだから、踊りというのは不思議なものだ。

『蜘蛛女のキス』は、元々映画監督を志していたプイグの映画愛が全編に溢《あふ》れているので、バレエの中にも映画へのオマージュとなるシーンが次々と挿入される。

姉夫婦は揃って映画好きなので、子供の頃から両親と一緒に映画を観てきた彼自身の、映画に対するオマージュにもなっていたのも興味深かった。

森尾つかさは、バレエだけでなく、歌舞伎や文楽など、日本の伝統芸能にもよく彼を連れていってくれたそうである。

　つかさ自身、子供の頃は日本舞踊も習っていたそうで、「踊りが広がるから、観といたほうがいいわよ」と積極的に勧めてくれたそうだ。

　いつだったか、彼がバレエ団で初めて役をもらった『ＤＯＵＢＴ』の話をしていた時に、「あれ、歌舞伎なの」と彼が言ったことがあった。

　彼の話は、いつもいろんな部分が省略されているので、聞いた時に意味の分からないことが多い。

　この時も「どういう意味？」と尋ねると、「歌舞伎の見得《みえ》」と言い、パッと両手を広げてみせた。どうやら、「勧進帳《かんじんちょう》」の弁慶《べんけい》の真似らしい。

「どれが？」

　まだよく分からない。

「俺がやったジャンヌ・ダルク」

　そう言って、彼は両手の指を広げて前かがみになってみせた。

「ああ、あれか」

　ようやく意味が分かった。彼が自ら振付けたという、ジャンヌ・ダルクが神の啓示を受けた時のポーズだ。

「俺ね、初めて歌舞伎観た時に、あの『見得』っていったいなんなんだろうって考えたの。

不思議なポーズでしょ?」

「うん、そうだね。考えてみると、おかしな動作だよね」

確かに、歌舞伎というものは、初めて観ると不思議なことだらけだ。あの化粧、あの動き、奇妙な型。

「でしょ。で、ずっと考えてたの。あれ、なんなんだろう、なんなんだろうってしばらく考えてた」

彼が考える、というからには、それこそ例によってじっと集中して考えたのだろう。彼が「見得」について考え続けているところを想像すると、なんとなくおかしくなった。

「でね、あれは、スローモーションなんだって気付いた。いや、ストップモーションかな?」

「ストップモーション?」

「うん。人ってさ、なんかショックを受けたり、たいへんなことに遭遇した時に、動きが止まっちゃうじゃない?」

「そうだね」

「誰かが交通事故に遭った時、『あっ、ぶつかる』って思ったら、すごく車の動きがゆっくりに見えたんだって。それこそ、フィルムのコマ落としみたいな状態で、ちょっとずつ近付いてくるように見えたって」

「ふんふん」

「あるいは、ゾーンに入った状態? あれもそうだよね。野球選手が、調子がいい時は、ボールがよく見えて、スローモーションみたいになるっていうでしょ? 絶好調の時は、ボールの縫い目まで見えたって。誰だったかな」

「うん、聞いたことがある。王貞治《おうさだはる》かな」

あ、そうかも、と彼は頷いた。

「だから、歌舞伎の見得っていうのは、ああいう状態を表してるんだって思ったの」

「ふうん」

「ものすごい衝撃を受けた時に、時間が引き延ばされて、ものがコマ落とし状態にぎくしゃくして見える。そのことを、ああいう手の動きで表現してるんだなあって」

「なるほどね」

「そう思ったことを、あの役のオーディションの時に思い出したんだ」

「見得のことを？」

「うん。ジャンが、おまえは今、神の啓示を受けた、って言った時にふうっと、ね」

彼は宙を見上げた。

その時のことを思い出しているのだろう。

「でもって、ジャンヌ・ダルクもああいう状態になったんだろうなって思った。だって、神の啓示だよ？　いきなり頭の中に神様が降ってくるんだよ？　きっと、ものすごい衝撃だよね。その瞬間が、永遠のように感じられたはず」

彼は、もう一度両手の指を広げてみせた。

「そう思ったら、こんなふうに手が動いてた」

ストップモーションのような動き。

「だから、あの場面は歌舞伎の見得と一緒なの。時間が引き延ばされて、ぎくしゃくしたコマ落とし」

「へえー。そうだったのか。面白いな」

「でしょ」

彼はニッコリと笑う。その無邪気な笑みは、子供の頃から全く変わらない。


彼を知る人のあいだでは、彼が常にスケッチブックを持っていることは有名だったらしいが、私は長いこと彼が絵を描くことを知らなかった。

彼が我が家に来る時は、もっぱら本と音楽に没頭していたからだ。

もっとも、子供の頃の彼が描く絵は馬だけだったそうである。つまり、夏休みに父方の実家の牧場に行き、馬に乗り、夏休みの宿題に馬の絵を描く、というルーティンみたいなものが出来上がっていたのだ。

例によって、観察力の鋭い彼の描く馬の絵は最初から実に正確で写実的なものだったのに、年々線が簡略化されてゆき、中学生の頃には、かろうじて「これ、馬かもしれない」と分かる程度の抽象的な絵になっていったという。

このことは、つかさから聞いた彼の独特なものの見方を表しているような気がする。

すなわち、細部の観察から入って全体の印象に向かう――とでもいうような。

初めてバレエ教室に行った時も、まず子供たちの手足や頭を小枝の先に見立て、それから全体の構図や配置を木や林に見立てたように。

もしかすると、彼は常にその作業を同時に行っているのだが、その時々の興味の中心が、徐々に細部から全体へと向かっていく傾向にあったのかもしれない。

　私はかつて、その過程を目撃したことがある。


　彼がまだ幼い頃、うちに泊まった翌朝、一緒にイナリの散歩に行った時のことだ（もうバレエは始めていて、最初の発表会を観た後だった）。

　イナリもまだ若くて元気いっぱいだった。そういう犬にありがちなことなのだが、散歩番の私は当時、イナリのやんちゃぶりに悩まされていた。この犬、のんびり歩いている最中に、しばしば突然パッと走り出すのである。

　走り出す理由はさまざまだ。

　前方をヒラヒラと飛んでいるモンキチョウに気をとられたり、先を歩いている女性の提げているコンビニの袋の中身の匂いだったり、あるいはチリンとベルを鳴らして走っていく自転車だったり。

　とにかくこれがもう、かなりの頻度で起きるのである。

　となると、リードを引いている飼い主もいきなりぐいっと引っ張られるので、つられて走り出さざるを得ない。

　かと思うと、注意を引いたものに辿り着いてすぐに飽きてしまったのか、たいしたことなかったと気付くのか、次の瞬間、今度は突然やる気をなくしてぱたっと立ち止まるのだ。

　これが繰り返されると、けっこう飼い主は消耗する。実際のところ、犬種によっては、急に走り出したり止まったりというのは、脚に無駄な負荷を掛ける、という話も聞く。

その日の朝もその繰り返しで、私はげんなりしていた（しかも、早朝から非常に蒸し暑い日だった）。

ところが、イナリに忠実に一緒に歩いたり走ったり、隣を並走していた春は、集中力を途切れさせることなく、しげしげとイナリに見入っている。

何を熱心に観察しているのか。これまでも、彼とイナリは仲良しで、ずいぶん長いこと一緒に過ごしていたのだが。

懲りずにまた、イナリが突然駆け出した。今朝はこれで何度目のダッシュだろう、と舌打ちする私を尻目に、春もイナリから目を離さずに駆け出していく。

忌々しいことに、今度のかけっこは長かった。

元々インドア派の私は、とっくに息が上がっている。

ようやくイナリが足を止めた。

何もなかったかのようにきょとんとした顔で私を振り向くと、再びトコトコと歩き出す。いい加減にせえよ、このアホ犬。そう私が内心罵倒しかけたその時、春がパッと地面に伏せたのだ。

「大丈夫かっ」

私は思わずそう叫んでしまった。一瞬、彼が転んだのかと思ったのだ。

が、転んだわけではなかったらしく、彼はモゾモゾと動き出した。

見ると、イナリの歩き方を真似ているのだと気付く。

右手と右足、左手と左足を一緒に前に出す。いわゆる、「ナンバ歩き」と言われている歩き方を、四つんばいになってやっているのだ。

「どうしたんだ？」

私はぽかんとして、並んで歩くイナリと彼を眺めていた。

イナリはいきなり自分の隣で自分と同じようにぎくしゃく進んでいる春にきょとんとしていたが、やがて嬉しそうになり、タタタタと速足になった。仲間が増えたと勘違いしているのかもしれない。

「うーん」

春は混乱したようで、ますますぎくしゃくとした足の動きになり、たちまちイナリに引き離され、立ち止まってしまった。

「あれえ。今度はこうか」

右手と右足、左手と左足を前後左右、交互に動かそうとして混乱している。

私は足を止め、ついでにイナリも引き止めた。首を引っ張られ、つんのめったイナリが前のほうで不満そうな鳴き声を上げる。

「イナリの真似かい」

「そう」

彼は真剣な顔で私を見上げた。

「犬って、疲れてゆっくり歩く時と、走る時とで全然肢《あし》の動きが違うんだね」

「えっ？」

思わぬ指摘にきょとんとする。

「さっきはこう」

彼は、さっきのナンバ歩きをしてみせた。

「でも、速くなると、前後左右互い違いの肢になるの」

彼はそういってぺたんとお尻をつき、手足を浮かせて空中で交互に動かしてみせた。


右手と右足が離れ、左手と左足がくっつく。

右手と右足がくっつき、左手と左足が離れる。


「馬は、歩いてる時からいつもこうなんだよ」

「へえー。そんなこと、考えもしなかったなあ」

いつも欠伸《あくび》混じりで、犬に引っ張られるがままに任せていたのだ。

「で、犬はもっと速く走るとこうなる。前肢よりも後ろ肢二本が前に来る」

彼は両手を地面に突き、腕を両膝で挟んでしゃがみこみ、カエルのような格好になった。

私は思わず頷いていた。

「ああ、なるほど。確かに、犬って全力疾走していると、空中でそういうポーズになるねえ」

春は砂を払って立ち上がり、なおもイナリなのか馬なのか、いずれかの動きを模して手を左右に動かしている。

「つまり、犬が全力疾走してる時って、後ろ肢でジャンプするのを素早く繰り返してるってことだよねー。あ、だから、ああいう音になるのか。パタッタ一、パタッタ一、パタッター、て感じ?」

春は思い出すような表情になった。

「で、馬が走ってる時は、ヒヅメがパカラッ、パカラッ、パカラッて鳴るよね。リズムが違う。あれって、えーと、ギャロップは使う肢が違うってことなのかな？」

こういう時の彼は、別に私の返事を待っているわけではない。ただ、自分の思考回路を口に出して自問自答しているだけなので、私も返事はしない。

「ふうん。面白いなあ」

春はパッとイナリに駆けよると、しゃがみこんで頭を撫でた。

「イナリ、面白い」

イナリは嬉しそうに尻尾《しっぽ》を振っている。

私は呆然とそのさまを眺めていたが、もっと驚いたのはその後だった。


彼がゆらりと立ち上がり、突然奇妙な動きを始めたのである。


パパッと左右の足で踏みきり、宙でしゃがんだカエルのポーズを取り、ふわりと着地したかと思うと、間髪《かんはつ》を容《い》れず再びパパッと足で踏みきり、今度は宙で足を伸ばし、ひねりを加える。

更にもう一度、着地した左右の足で踏み切り、空中で大きく弓なりに身体を伸ばし、次の瞬間は両腕を挟んで屈伸する。

私は内心「アッ」と叫んでいた。

イナリ。

それは、イナリだった。イナリが駆けるリズム。イナリの動きを抜き出した核。

そう感じたのだ。

パタッター、パタッター、パタッター。


さっき彼が発した擬音が頭の中で鳴り響いた。

犬が走る。全力疾走で、後ろ肢でジャンプを繰り返す。

春は、綺麗に地面に着地すると、ぼんやりした顔で私を振り向いた。

目が合った私は、思わず尋ねていた。

「今の、何?」

「え?」

彼はハッとした顔で周囲を見回し、首をひねった。

「何って、何?」

なんと、彼は、自分が今「踊った」ことに気付いていないようだった。

ほとんど無意識に、彼はイナリの動きをつかんで「踊って」いたのだ。


そう、彼の目線は細部から全体へと向かう。

そして、生物から無生物へと向かうのだ。

彼のスケッチは、どんどん馬以外のものになっていった。

昆虫、木の枝、葉っぱ、花のつぼみ、木の根っこ。

池のさざなみ、水滴、氷。

木漏れ日に雲、ガラスに映る影。

「普段は、ただの無邪気なガキんちょなんだけど、踊ってる時だけは、あたしよりずっと年上のような気がするのよねえ」

姉がそう言って苦笑していたのを思い出す。

それは私も同じだった。イナリのそばで「踊って」いた彼を思い出す時、不思議な畏怖めいたものを抱いたことを覚えている。

私は彼の出る発表会は欠かさず観ていたが、年々彼が進化していくさまを、やはり不思議な心地で眺めていた。

うまく言えないのだけれど、私は彼を見守り、鑑賞するためにいる、というような。彼の成長について証言をするためにここに居合わせている、とでもいうような。

そこに立っているのが当然で、そこで踊るのが予《あらかじ》め定められている。誰かをそんなふうに思ったのは、これまでの人生で初めてだったし、たぶん最後だろう。

彼の進化は、その後も私を戸惑わせ、魅了した。

また別の場面を思い出す。

あれは、彼が小学校の卒業を控えた早春の頃だ。

イナリの一件で分かっていたはずだったのに、私はまたしても不意打ちを受けたのである。

彼はその日もうちに来ていた――書斎で本を読み、レコードを聴いて、帰ろうとしたところだった。

彼はふと廊下で足を止め、窓の外に目をやった。

視界の隅に眩《まぶ》しい、小さな紅い花。

「あっ、梅が咲いてる」

「今年はちょっと遅い」

「そうなの？」

「うん。例年はもっと早く咲く」

私の言葉に、彼はスン、と鼻を鳴らした。

「梅って、香りが先に来るよね。香りで存在が分かる」

彼は目を閉じ、もう一度鼻を鳴らした。

「綺麗な香り」

次の瞬間、私は奇妙な感覚に陥った。

ふっと、彼のいたところが、消灯でもしたかのように、不意に暗くなったような気がしたのだ。


まるで、彼が消えてしまったかのような。


私は目をぱちくりさせた。

まさか、そんなことがあるはずはない。たった今、言葉を交わしていたのだから。

次に目を開けた時、もちろん、彼はそこにいた。

しかし、目にした彼は、彼ではなかった。


彼はそこに立っていた。

目を閉じ、ほんの少し俯《うつむ》き加減にして。

左手の肘をかすかに曲げ、腰の後ろに当てた手の指はそれぞれ異なる角度にさりげなく開かれている。

僅かな前傾姿勢。

首から背中、腰から下は、よくみるとぎくしゃくとしたジグザグ模様を描いている。

右手はぴったり肘まで脇に密着し、肘から先は前に突き出され、何かをつかむように掌《てのひら》は開き、指がぴんと伸びている——

糸が張っているかのように、細く宙に漂う梅の香り。


私はゾッとした。

梅の木。

そこに、梅の木が立っている。

そう思ったからだ。

窓の外から漂ってくる梅の香りが、そこに立つ春が放っているもののように錯覚した。


「春くーん」

玄関のほうから聞こえてきた姉の声で、私も彼も我に返った。

「あ、はーい、今行くよー」

一拍遅れて春が少年らしい声で答えると、たちまちそこに立っているのは十二歳の少年になった。

「——びっくりした」

私はそう呻《うめ》かずにはいられなかった。

自分が青ざめているのが分かるし、冷や汗も感じている。

「えっ、なんで？　稔さん？」

相変わらず、自分が何をしたのか気付いていない彼が、心配そうに私を見る。

私はのろのろと彼を指差した。かすかに自分の指が震えているのに気付く。

「今、そこに梅の木が立ってるかと思ったよ」

鳥肌の立った腕を撫でてしまう。

「え、俺？　梅の木？」

春が自分を指差して、目を丸くしている。

「まさか俺、紅天女《くれないてんにょ》だった？」

「紅天女とは、よく知ってるな」

私は苦笑いした。そして、別のところに反応した。

「おい春くん、いつのまにか『俺』って言うようになったんだな」

「えへへ、もうすぐ中学生だもん」

珍しく照れ笑いをする彼の背中を見送りながら、私はしきりに自分の腕をさすり続けていた。

　歌舞伎にしろ、バレエにしろ、つくづく型のあるものは強いな、と思う。

　身体に染みこみ、叩き込んだ型があってこそ、自由に踊れるようになるのだ。

　俳句に短歌、漢詩にソネット。どれも厳格な縛りや約束ごとがある。それらの制約の中でこそ、イメージは無限に翔べる。

　言うなれば、バレエの「パ」は音符のひとつひとつ、あるいは単語のひとつひとつだろうか。それらは単独ではただの音符であり、ただの単語に過ぎない。メロディーや詩にするためには、それらが「うたう」というひとつの意志に裏打ちされた有機的な繋がりになっていなければならない。

　どこまでもかっちりと定められたひとつひとつの「パ」を見ていると、これまでに同じポーズを取ってきた無数のダンサーたちの軌跡が見えるような気がする時がある。

　そのポーズの意味、手足の角度から顔の向きに至るまで、とことん考え抜いた人たちがいて、膨大な試行錯誤の結果、その唯一のポーズに落ち着いたのだということに畏怖を覚えるのだ。

　彼も型の大切さについては、なまじ振付のセンスがあって、この先に自由に踊れる領域が広がっていることに早くから気付いていたからこそ、本能的に感じ取っていたようである。

　私の前ではイナリの動きだの梅の木だの、「破格」の動きをしていた彼だったが、つかさと教室にいるあいだは常に基礎、基礎、基礎で勝手な動きは全くしなかったという。つかさのほうでも、彼が教室の外でいろいろな動きを試していることは薄々承知していたが、とにかく自分の教室では基礎を叩き込むことが第一で、それがどんなものかは全く知らなかったらしい。

春、十一歳の夏。

本部では毎年ゲスト講師を呼んで、よその教室の生徒も参加できるワークショップを開催しているのだが、彼が参加したその年のゲスト講師が、最終レッスンで「自由に踊って」と言ったそうだ。

つかさはてっきり、彼が普段の教室では見せない動きをやるのではないかと期待していたのだが、他の生徒がヒップホップやコンテンポラリーのような動きをしていたのに対し、彼は愚直なまでに基本の「パ」の動きを繰り返していたという。

ゲスト講師に見咎《みとが》められ、「そこ、『自由に』と言ったじゃないか。もっと好きに動いていいよ」と注意される始末である。

意外に思ったつかさは、帰り道に「どうして?」と尋ねた。

春なら、幾らでも面白い動きができたでしょうに。

うーん、と彼は唸った。

どことなく浮かない表情である。

あんなの全然「自由」じゃないし、まだ「自由」になんて踊れないよ。

つかさは「おや、分かってるじゃない」と思ったそうである。

もちろん、まだ基礎も固まっていない子供たちなのだ。本当の意味での「自由な」踊りなど、とうてい無理に決まっている。だが、いつも厳しく基礎を叩き込まれていると、それに縛られて他の動きができなくなるし、自分を解放できなくなってしまう。ゲスト講師のいう「自由に」は、自分を解放せよ、型から出る勇気を持て、という意味での「自由に」なのだ。

彼は更にこう呟いた。

さっき、「自由に」って言われた時、いつもやってる「パ」のほうが自由だなって思った。

つかさは、またしても、「分かってるな、この子」と思った。

彼は真剣な顔でつかさを見る。

今は「パ」の中で自由になりたい。

つかさは、不思議な感慨のようなものが込み上げてきて、なぜか一瞬涙ぐんでしまったそうだ。

そうね、そのとおりね。

つかさは慌てて涙を拭うと、そう言って、彼の頭をくしゃっと撫でたという。

その一年後。

春、十二歳の夏。

またしても本部主催のワークショップ。同じゲスト講師がやってきて、やはり最終日に「自由に踊って」という課題を出した。

今年はどうするのかしら、とつかさは思った。

この一年、もはや「パ」は彼の一部となり、まだ背は伸び始めていないものの、着々とダンサーの身体になりつつある。

他の子供たちは、やはりコンテンポラリーっぽい動きや、ジャズダンスのような踊りを試みている。

春は、といえば、彼は不意にスッと身体を傾け、目を閉じて鎖骨の窪みに優雅に手を当てた。

おや、とつかさは思った。

なんだろう、あのポーズ。

彼のポーズに目を留めたのは、つかさだけではなかった。去年、「好きに動いて」と注意したゲスト講師も、ハッとしたように彼を注視し、目で追っている。

そこだけが静寂だった。

彼のところだけが異様に静かで、しかもスポットライトが当たったたかのように周囲から浮き上がって見える。

ゆったりとした動き。目を閉じ、鎖骨の窪みに手を当てたまま、床に小さな弧を描くように足を滑らせ、たゆたうような、静かな動きが続く。

つかさも、ゲスト講師も彼から目が離せなかった。

確かに、その踊りは、彼を何からも「自由に」見せたのだ。

あれは、何の踊りだったの？

帰り道、つかさは尋ねた。

『去年マリエンバートで』。

彼は端的に答えた。

映画の？

そう。最近、お気に入りで何度も観てるんだ。

渋いわね、春の趣味は。なるほど、確かにあれはヒロインのポーズね。

つかさは、映画のヒロインがしばしば繰り返す、しなを作って鎖骨のくぼみに手を置く場面を思い出していた。

今日「自由に」って言われた時に、あれを思い出したの。

彼は鎖骨に手を当ててみせた。

あの映画、ヘンな話なんだよねー。マリエンバートって、温泉リゾート地なんだってね？　そこに来た女の人が、知らない男に話しかけられて、私たち去年ここで会いましたよね、恋人どうしでしたよねってしつこくしつこく何度も言われてるうちに、女の人もだんだん「そうだったかもしれない」って気になって、最後はほんとに恋人になって、二人で出ていくって話。

つかさは苦笑した。

なんであの映画を「自由に」って言われた時に思い出すわけ？

うん、俺ね、あの映画って自由と選択の話だなって思ったの。

「えっ？」とつかさは反射的に彼の顔を見た。

小学校六年生の口から「自由と選択」などという言葉が飛び出したのだから無理もない。彼はこの頃は我が家に入り浸り、知的な部分でも絶賛成長中だったのだから、私は驚かないけれども。

彼は続けた。

人は「自分は自由だ」とか、「自分の意思で選んでる」とか思ってるけど、それって幻想だよね？　自分で選んでるつもりでも、ホントのところは、他人に選ばされてる。そういう話だと思うわけ。そんなこと考えてたから、今日「自由に」って言われたら、あの映画が浮かんできちゃった。

つかさは絶句した。

春の発想は、ホント、面白いわねえ。

そうコメントするので精一杯だったという。

昨年は「パ」の中で自由になりたい、と言っていた彼が、一年後には「自由に」と言われて、最近観た映画を連想し、それこそ「自由に」その映画を再現してみせたことに、驚きと畏怖めいたものを覚えていたからである。

そして、この時の『去年マリエンバートで』のヒロインのポーズ——鎖骨の窪みに手を当てて身体を傾ける——が、のちのち、彼の特徴的なポーズのひとつになるのだと思うと、最初から春は春だったのだ、と思わずにいられない。

そして、その一年後。

春、十三歳の夏。

またしても、本部のワークショップ。

今回のゲスト講師は、昨年の講師に加え、日本公演に来ていた海外のカンパニーからも二人、呼んでいた。年々参加者が増えていたので、思い切ってクラスを増やしたからである。

中学校に入った春は、ある日突然、背が伸び始めた。

本人が寝て起きたら背が伸びたことが分かるほどの、急激な成長期に突入したのだ。初めて体験する成長痛に悩まされ、日々変化する身体のバランスに戸惑っていた。

変声期で、ある朝目覚めたら、突然自分の声がガラガラになっていたのもショックだったらしい。

つかさも、「タケノコみたい。毎日会ってるはずなのに、明らかに伸びてるのが分かるわねー」と目を丸くし、セルゲイは「当分のあいだはキツイだろうけど、つきあってくしかないから」と同情し、いろいろアドバイスをしてくれた。

この頃には、春の存在は、県内のバレエ界には知れ渡っていた。

幼い頃から将来の逸材と目されていたものの、それは一部のあいだでのことだったのが、今や誰の目にも彼の才能は明らかになっていたのである。

容姿にも恵まれていた。

幼い頃から片鱗《へんりん》のあった、中性的な——あるいは、両性具有的な——美しさが開花しつつあった。いつも微笑《ほほえ》んでいるような、優しい目。切れ長で一重まぶたの印象があるのだが、正面から見ると、実は二重で、大きな目なのに驚かされる。

綺麗な眉の線に、形のいい唇。きめの細かい肌は、女性のものと言っても通るだろう。

長い首、長い手足。なんといっても、特筆すべきはその美しい手だ。長い指と形の良い爪。外資系高級ブランドのマニキュアの広告に出たのも納得である。

威嚇《いかく》的ではない美しさ。

彼を目にすると、いつもそんなことを思う。美しさにはいろいろあって、他人をねじ伏せるような美しさもあれば、拝み戴くような美しさもある。

しかし、彼の場合はその名前のごとく、春風がそよいでいるかのような、柔らかく清々《すがすが》しい美しさなのだった(叔父とは思えぬ手放しの誉めようだが、なにしろ筋金入りのファンなので、そこは勘弁していただこう)。

さて、成長痛に苦しみつつも、十三歳の彼はワークショップの最終日を迎えた。

そして、毎度おなじみの課題が言い渡される。

「自由に」踊ってください。

この時もまた、つかさはレッスンを見学していた。去年と一昨年、同じ課題を出した講師も、英語で指示するゲスト講師と一緒にその場にいた。

皆が、一斉に動き出す。

と、突然、凄まじい圧を放った子供がいた。

春である。

講師のみならず、周りで踊っていた子供たちもその圧を感じて、動きを止めてしまったほどのエネルギー。

圧だけでなく、凄まじく激しい動きだった。

怒り狂うようなジャンプ、ジャンプ、ジャンプ。猛々《たけだけ》しく腕を振り回し、ランダムなピルエットを繰り返し、叫ぶような表情で地団駄を踏むような鋭いステップ。

まるで、小さい嵐のごとく予測不能な動きが三分近く続き、皆がぽかんと口を開けてその「嵐」に見入ってしまっていた。

踊り止《や》んだ彼は、肩で息をしながら我に返ったように周囲を見た。

びっくりしたように顔を上げる。

皆が目を丸くして彼のほうを見ていることに気付いたのだ。

「え？」と間が抜けた声を出す。


さっきは何を考えてたの？

例によって、帰り道につかさは尋ねた。

今回は、「自由に」って言われて、何を連想したわけ？

もはや、つかさにとっても春は予測不能の教え子になっていた。

えー。何をって言われてもなあ。

ガラガラ声で、彼は首をかしげた。

変声期の自分の声にまだ慣れていないようで、咳払いをし、喉を押さえる。

やだな、この声。

もう少ししたら落ち着くわよ。

つかさは彼の肩を軽く叩いた。

今日のアレは、自由に踊れないよっていう憂《う》さ晴《ば》らし。

春は不機嫌な声で言った。

憂さ晴らしなの？　アレが？

つかさは彼の顔を覗き込む。

うん。だってさ、俺、この四ヶ月で十五センチ近く背が伸びたんだよ？　ジャンプしても、自分が考えてるより全然早く着地しちゃうし、ピルエットの重心がどこにあるか分からなくてグラグラしちゃうし、あちこち微妙に痛いし、目の高さがイメージしてるのと違ってて、踊ってると気持ち悪くなっちゃうんだ。

あー、そうだよねえ、ホントにいきなり伸びたもんね。セルゲイが、あれだけ急速に変わると、バランスが狂ってつらいだろうなって言ってたわ。

彼はこっくりと頷《うなず》いた。

うん。セルゲイがいろいろやってくれて、ホントに助かってる。だけど、ほんっと気持ち悪い。自分の身体がコントロールできなくて、全然思ったように踊れない。サイズの合ってない、一回り大きな着ぐるみの中に入って踊ってるみたい。

大きく溜息をつく。

なるほど、一回り大きな着ぐるみね。うまいこと言うわね。

つかさは小さく笑った。

笑いごとじゃないよー。

春は文句を言った。

だからね、「自由に」って言われてカチンときた。自由になんて踊れないよ、自分の身体だって制御できないのに、早く自由に踊れる身体にしてくれ、全然自由じゃないよっていう、心の叫びだよ、あれ。

ふうん。そっか、心の叫びか。

つかさはもう一度小さく笑った。

彼はますます「自由に」なっているのだ、と思ったからだ。

彼にとっては不本意なのかもしれない。ちっともイメージとは一致しないし、コントロールできない身体が歯がゆく、もどかしく、腹立たしい状態にあるのはよく分かる。

だが、それでもやはり彼は「自由」なのだ。彼は何からも「自由」に、おのれの心の赴くままに踊ることができるダンサーなのだ。

つかさは教師としての歓び、よいダンサーを世に送り出しつつあるという歓びを噛み締めていたという。

そして、この時の彼の「不自由な」踊りを見た、海外のカンパニーから来たゲスト講師が、「面白い子がいるよ」とダンサー仲間に話したことが、春が留学することになるバレエ学校のワークショップに参加するきっかけになることを、この時はまだ二人とも知らないのだった。

彼は、およそ競争心とかライバル心といったものとは無縁な子供だった。物事に対する興味のベクトルが人と全く異なるので、そもそも比べようにも同じ土俵に上がっていなかったせいだろう。もっとも、既に目立つ存在になっていた彼に対し、敵愾心《てきがいしん》を抱いていた子は少なからず存在したようである。


ヴァネッサを見た時にさあ、つい思い出しちゃって。

彼が苦笑しながら言ったことがある。

何を？

私はヴァネッサ・ガルブレイスのファンだった。気高く強く美しい、ダイナミックで強靭な踊り。誇り高き、それこそ下々の民草《たみくさ》をねじ伏せるような美貌の王女。そのくせ、ふと何かの折に覗くナイーヴな内面。

彼から話を聞いていなくても、いつかは彼女のファンになっていただろう。

彼とヴァネッサが踊った「パニュキス」の映像を見せてもらったことがあるし、彼が彼女に振付けた「エコー」も見ていた。今でも来日公演は欠かさず観に行く。

なんかさあ、重なるんだよねー。滝澤美潮《たきざわみしお》に。でも、今にしてみればヴァネッサのほうが全っ然扱いやすかったなあ。

こちらを睨《にら》みつけているきりっとした眉の少女の顔が目に浮かぶ。

あー、滝澤姉妹の上のほうね。春くん、両方とも仲よかったよね。

よくない、よくない。

彼はぶんぶんと首を振った。

妹はちょっと面白い奴だったけど、姉のほうは、俺の数少ない「天敵」だよ。

あれ、そうだったっけか。

超苦手だった、美潮。

彼はその名を呟き、苦いものでも呑み込んだような顔になった。

滝澤美潮は、彼の一歳下で、本部のほうのトップクラスの生徒だった。

発表会で、最初のうちは気付かなかったが（どういうわけか、たまたま彼女の出番を何年か続けて見逃していたのだ。彼の出番だけ観て帰る、という年もあったせいかもしれない）、初めて観た時に、「うん？　この子、すごくないか？」と思ったことをよく覚えている。

松本の大きな病院の娘だったと記憶している。美潮の二つ下の妹も同じところでバレエを習っていたが、断然姉のほうが目立っていた。

滝に澤に潮とは、ずいぶんウエットな名前だな、と思ったが（ちなみに妹は七瀬《ななせ》というので、こちらもまた同じくウエットな名前である）、踊りのほうはこれっぽっちもウエットではなかった。

踊りそのものはまだまだ荒削りで硬いところが多かったものの、なんといってもその輪郭の濃さ、たたずまいの強さに目が惹きつけられた。

本当に、文字通り、彼女のところだけ濃く見えるのである。

パッと目が引き寄せられる、という点では春と同じなのだが、受ける印象は対照的だった。春の場合は「踊り」そのものに目が引き寄せられた。踊りと彼の存在はすんなりと一体化していた。ところが、彼女の場合は「踊り」よりも全身から発せられている「踊りたい」という声のほうが前面に出ていて、その「声」の強さに目が引き寄せられたのである。

彼女は、あまりにも「踊りたい」という強烈な意思が先にあったため、まだその意思に技術が全然追いついていなかった。

春の「踊りたい」と彼の「踊り」は常に一致していた。成長痛などはあったかもしれないが、それでも概《おおむ》ね、彼の身の丈に合ったスピードで進化し、育っていった。

それに対し、彼女は「踊りたい」が断然先行していた。

聞けば、彼女は「バレエをやりたい」と「プロになりたい」とをほぼ同時に決心したというのだから、あの「声」の強さには納得させられる。

初めて彼女を見た時に、「声」の大きさに技術が追いついたらとんでもないことになりそうだな、と思ったものだが、実際とんでもないことになった。

そもそも彼女には、「声」の強さに見合う技術を絶対手に入れてみせる、という固い意志が漲《みなぎ》っていたし、毎年着々とそれを実現していくさまに、鬼気迫るものすら感じた。そして、その「声」の大きさと技術が一体化する頃には、当然のことながら、ゆるぎない存在感を確立していた。

その彼女が激しい敵愾心を燃やしたのが、他ならぬ春であった。

元々、彼女も自分の目標に近付くのに夢中で、他のダンサーは眼中にないタイプだった。負けず嫌いではあったが、人と自分を比べたり、競争心を抱くタイプではなかったようだ。もしかすると、やっと周りを観察する余裕ができた頃に、周囲から教室のホープとして注目されるようになってきて、同じく名の挙がるようになった春の存在を意識させられたのではないだろうか。

そして、たぶん彼女も衝撃を受けたのだろう——自分と春との踊りの違いに。

全く方向性の異なる二人——思うに、美潮は自分に踊りを載せるタイプであり、自分のために踊る。春は踊りに自分を載せるタイプであり、踊りのために踊る——そのことに驚いたはずだ。彼女くらい踊れるのであれば、春が踊りに求めているものが自分とは違うと察したはずだ。

そのことは彼女にはショックだったろう。

どこが違うのか。なぜ違うのか。

そして、なぜ全く自分とは方向性の異なる春の踊りが素晴らしいのか。

その理由を見つけようとして、躍起になっていたのではないか。それが春から見ると「やたら絡んでくる」「ぶつかってくる」という苦手意識になったのだろう。

一度だけ、彼女と春が連れ立って我が家にやってきたことがある。

彼女の妹の七瀬も一緒で、玄関先の春は困惑した表情だった。

ごめんね、稔さん。

私に何度も頭を下げていたのを思い出す。確か、発表会で美潮と子供向けに難易度を下げたパ・ド・ドゥを踊ることになり、一緒に稽古をしていた時期のことだった。

どうやら、美潮がどうしてもうちに来たいと言い張り、半ば春を脅しつけるようにして案内させたらしい。

舞台で見た印象よりも小柄だったが、間近で見る美潮は、やはり輪郭の濃い、気の強そうな顔の少女だった。

きりりとした太い眉毛に、黒目がちの大きな目。頬骨が高く小さな顔は、さぞ化粧映えするだろうと思わせた。まだ小学生なのに大人の女のような威厳と成熟を漂わせているところはまさに女王様タイプで、玄関の外に無言で立っているだけなのにやけに威圧的なオーラを発している。

妹は、顔は姉に似ているものの、まるで印象が違った。基本的なパーツの造りは一緒なのだが、あどけなく、ボーイッシュな雰囲気である。

「お邪魔します。」

丁寧に頭を下げた美潮は、まるで我が家にお宝でも隠されているのを探しに来たかのような熱心さで、うちの中をしげしげと眺めていたが、春がいつも滞在している書斎に来ると、ショックを受けたような表情で、入口に立ち尽くしてしまった。

妹のほうが目を輝かせ、「うわー、すごーい、本がいっぱーい。おじさん、これ全部読んだの?」と飛び込んできたのとは対照的である。

全部読んだわけじゃないよ、この本は、おじさんのお父さん、つまり春くんのおじいさんが集めた本だからね。

へー、そうなんだ。

七瀬は、別の壁にパッと目をやり、更に目を輝かせた。

あっ、レコードもいっぱいある！　ねえ、これ、聴いてもいい？

いいよ、と答えたのは春だった。

何がいい？

「火の鳥」、聴こっか。

春と七瀬がレコード棚の前でああでもないこうでもないと言っているあいだも、美潮は気後れした様子で本棚を見回している。


——踊ってるだけじゃダメなんだ。


ぽつんとそう呟いたのを聞きとがめて、私は彼女に尋ねた。

春くんとはどう？　一緒に何踊るの？

ハッとしたように彼女が私を見る。

その目には、意外なことに羞恥が浮かんでいた。

彼女は私の目を避けるように俯きつつ、低い声で答えた。

——『くるみ割り人形』。

ふうん。

私は彼女の羞恥に気付かないふりをした。

——萬くん、歴史とかにも詳しくて。

彼女は俯いたまま、もごもごと口の中に言葉を呑み込んだ。

ははん、と私は思い当たった。

ひいき目に見ても、同年代で春の持つ教養は抜きん出ているだろう。彼女はそこに気付いて、その教養の源が我が家にあると当たりをつけ、偵察に訪れたというわけなのだ。

まあ、この書斎を見たら圧倒されるのも無理はないな。

そう同情しかけた時、彼女はキッと顔を上げ、睨みつけるような視線を向けた。

萬くんに言われたんです、美潮は正しすぎるって。

正しすぎる？

思わず聞き返すと、彼女は口を一文字に結んで顔を背けた。

それって、ほめてないですよね？　あたし、腹が立っちゃって。どういうことだろうって考えたんだけど、分からなくて。

確かに、彼女の踊りには「正統な」「本格的な」「厳格な」とでも呼びたいものがある。

それはバレエにとっても、バレリーナにとっても重要なことである。

が、春の言う「正しすぎる」というのは？

内心、私も彼女と一緒に首をひねった。


いや、それはね、「俺にとっては正しすぎる」っていう意味だよ。けなしたつもりはなかったよ。

後になって彼に尋ねると、彼は慌てたようにそう答えた。

参ったな。美潮のやつ、気にしてたんだ。

そう溜息をつき、頭を掻いた。

と、頭を掻く手を止めて呟く。

だって、美潮の「良さ」は美潮の「正しさ」だから。彼女が全身全霊でバレエの「正しさ」を信じて、その「正しさ」を全身全霊で体現することが彼女のバレエなんだし。それはとても素晴らしいことだ。いや、それ「が」とても素晴らしいことだ。それこそが美潮だ。ただ、俺にはちょっとだけそれが窮屈だった。


　彼は腕組みをして、考え込んだ。

そうだな、最初はヴァネッサと美潮がだぶったけど、やっぱり全然違うな。最大の違いは、ヴァネッサには振付したいと思うけど、美潮には振付したいって思わないってところかな。


　それって、面白くないダンサーってこと？

私がそう尋ねると、彼は慌てて手を振った。

いや、必ずしも振付したいと思わないダンサーイコールよくないダンサーじゃないよ。ある意味、誉め言葉でもある。


　そうなの？

うん。もう、その存在だけで満足しちゃうダンサーっているでしょ？　そのダンサーが存在してくれてて、正しく古典を踊ってくれているだけで、もうじゅうぶんです、最高です、ありがとう！　みたいな。だから、俺にとって、どちらかといえば美潮はそっちの範疇のダンサーだったの。何も口出しすることはありません、美潮はそっちでいつまでも正

しくいてくださいっていう。

彼の言うことも分かるような気がした。

しかし、私は美潮の目を覚えている。

あの時、書斎で、彼女はもう一度私に目を向けた。春に「正しすぎる」と言われた悔しさから一文字に口を結び、背けた顔を、もう一度だけ。


でも、萬くんだけなんです——花の香りがしたのは。


そう言った彼女の目には、怯《おび》えのようなものが浮かんでいた。

それはどういうこと?

私が尋ねると、彼女は切れぎれに語り始めた。


教室では、バレエ以外のいろいろな踊りを月に一度、試させてくれるのだが、今回は『くるみ割り人形』の発表会も念頭にあり、いわゆる社交ダンス——主にワルツのレッスンを受けたそうなのだ。

最後にみんなで「花のワルツ」を踊った。

そこで、美潮は数人の男の子とワルツを踊ったのだが。

最初は錯覚だと思ったんですよね——それとも、誰か制汗剤でも使ったのかな、なんて。レッスンすると汗だくになるし。

美潮はボソボソと呟いた。私に話しかけているというよりも、自分に言い聞かせているかのようだった。

美潮は、春と踊り始めてすぐに、目の前に花の香りを感じたのだという。

あれ、なんだろう。バラかな、これは。

頭の隅でそんなことを考えた。

が、少しして、異様なことが起きていると気付いた。

花の香りのみならず、周囲に花の存在を感じたのだ。

え？

それは、「存在」としかいいようがなかった。

花が咲き乱れ、馥郁《ふくいく》たる香りが満ちている。艶《あで》やかで官能的な、はちきれそうな花びらの重みで、今にも落ちそうな花の塊に取り囲まれている、という感覚。

春は微笑んでいた。彼もまた、花の存在を感じているようで、「おー、きれいだね」とでもいうように周囲を見回し、美潮に同意を求めるように頷いたのだ。

二人は宙を飛ぶように踊り、回った。

美潮は恐怖すら覚えたという。

あんな体験ができるとは、その時まで夢にも思わなかった。少なくとも、今のところ春以外の相手と踊ってあんな体験ができたことはない。

彼は、美潮のことを「正しすぎる」と言った。

ひょっとして私のバレエは「正しく」はあっても、「本当」ではないのではないか。萬春の踊りのほうに、バレエの「本当」があるのではないか。

彼女はそういう「疑い」を持ってしまったのだ。

「疑い」という言葉こそ出しはしなかったが、彼女の話を私なりに解釈するとそういうことだったらしい。

私は、花の香りに恐怖した、という美潮のほうに戦慄《せんりつ》した。

彼女が才能あるダンサーだからこそ体験できたことなのだし、自分の踊りに「疑い」を抱くことができたのだから。

滝澤美潮は、中学を卒業すると、彼女の「正しさ」を追求すべく、とっととロシアのボリショイ・バレエ・アカデミーに留学してしまった。そのきっかけとなったのが、春とワルツを踊ったこと、あるいは春の踊りに触れたことなのではないかと思うのは、決して私の考えすぎではないだろう。

滝澤美潮と彼は互いに強い印象を残したものの、彼とその後も長いつきあいとなったのは、美潮と二つ違いの妹の七瀬のほうだった。

七瀬ちゃんは、素質という点からいえば、美潮ちゃんにも決して負けないくらいのものがあったのよね。

森尾つかさが、そんなことを呟いたことがある。

七瀬ちゃんは音の取り方が天才的で、音楽を踊る、身体で歌う、そういうところにずば抜けてセンスがあった。こればっかりは天性のもので、バレエを踊っていくにはもの凄く大きな武器だし、美潮ちゃんと同じく運動神経もよかったから技術的にもなんでもこなせたはずだったんだけど——

だけど？

つかさがそこで口ごもったので、思わず私は先を促した。

つかさは苦笑する。

だけど、どういうわけか基本からはみ出してしまうところがあって——なんでもちょっとずつ自己流というか、意識してかしなくてか、いつのまにかアレンジしちゃう傾向があるの。

つかさは溜息をついた。そのことには、七瀬を教えていた教師もほとほと手を焼いていたようだ。

バレエは基礎が命。「パ」が踊りをつくるレンガのひとつだとすれば、そのレンガはきちんとした規格品でなければならない。レンガのひとつひとつの長さが異なっていたり、形が歪んでいたりすれば、積み上げることはできない。

私も発表会で彼女の踊りを観たことがあるが、つかさの言っていることが分かる気がした。とても上手で目を惹《ひ》くのだけれど、どこかムーブメントが過剰というか、不思議な動きなのだ。

姉の美潮が写実的なデッサン画だとすると、妹の七瀬は線が抽象化され、なおかつ装飾

的なアール・デコのような感じとでもいおうか。

しかも。

つかさは恨めしそうな顔になる。

自己流になるなら普通、水は低きに流れるというか、省略して楽な方向に行くはずなんだけど、ややもするとむしろ難しくなっていたりするのよ。その辺りも彼女は独特なんだなあ。

教師陣は、七瀬の扱いには頭を悩ませていたようだ。

七瀬本人も、踊るのは好きなようだったが、姉のように「ダンサーになる」「プロになる」という意識は希薄らしかった。彼女はピアノやギター、パーカッションも習っていて、どちらかといえば音楽のほうに重点を置いていたからだ。

学校の合唱コンクールでも、彼女が指揮をして、しかも指揮をしつつ踊ってしまうのだとか。美潮が「もう、恥ずかしいったらありゃしない」と文句を言っていたという。

姉が「正しい」バレエだとすれば、妹はまったくもって「正しくない」バレエだったたわけだが、春が妹のことを「ちょっと面白い」と言っていたのは、何に対してだったのだろうか。

モーリス・ベジャールが、「踊りとは目に見える音楽だ」って言ってるの。

彼はそんなふうに説明し始めた。

たぶんあいつ、頭の中に別な音楽が鳴ってるんだよ。覚えてる？　あいつが稔さんちに美潮と一緒に来て、俺とレコード聴いてたでしょ。

私は頷いた。

うん、覚えてる。まあ、美潮ちゃんのことしか覚えてないけど。

彼も頷く。

あいつね、ヘンな奴で、いつも上機嫌で鼻歌うたってるの。

苦笑しつつ、思い出すような表情になる。

あいつ、絶対音感あるし、聴いた曲すぐに覚えちゃうし、いくらでも正確に歌えるはずなんだけど、鼻歌は別の曲なんだよねー。

どういうこと？

あの時もそうだった。一緒に「火の鳥」聴いてたんだけど、レコード聴いてる時も、別の鼻歌うたってるの。「火の鳥」って、誰もが思い浮かべるサビのメロディーあるでしょ？　あの有名なフレーズ、一緒に歌うんなら分かるんだけどさ。

彼は肩をすくめる。

つまりね、本人は意識してないみたいだけど、熱心にレコード聴いてても、どこかで別の曲が頭の中で鳴ってるわけ。あいつのオリジナルなのか、その時聴いてる曲をアレンジしてるのかは分からないけど。

へえー、そんなことしてて、混乱しないのかね。

どうなのかな。本人は慣れてるみたいだった。

春は腕組みをした。

俺も、七瀬の踊りがヘンだとか、基本から外れてるとか言われてるのは知ってたよ。確かに独特だし、「パ」に装飾音符みたいな「余計な」動きを付け加える癖がある。だけど、七瀬は自分の頭の中に鳴ってる音に、忠実に踊りをつけてたんじゃないかなって後になって気がついたんだ。

頭の中に鳴ってる音に？　実際に流れてる音にじゃなく？

うん、そうとしか思えないんだ。もちろん、ちゃんと流れてる音も聴こえてるし、それに合わせて踊ってるんだけど、あいつの頭の中にはそれに加えて別の音楽が鳴っている。なにしろ、「踊りとは目に見える音楽」なんだから、そっちの音にも踊りをつけてる、って考えると、なんか辻褄《つじつま》が合うんだよね。

そんなことって。

私は絶句した。

いったいどんなふうに音が聴こえてるんだろうね？

私は想像しようと試みたが、街角で、パチンコ屋のじゃらじゃらいう音やクラクションなど、いろんな音楽や騒音が重なり合って聞こえてくるところしか思い浮かべられなかった。

さあねえ。

春は肩をすくめる。

でもね、先生たちも言ってたけど、七瀬の音の取り方は、ほんとに凄かったよ。録音した音源で踊っていても、彼女が踊ってると、まるで音源のほうが彼女に合わせてるように聴こえるんだ。生オケで、指揮者が彼女の動きを見て振ってるみたいに。

へえっ、それってきっと凄いことなんだろうね。

私が感心すると、彼は「うん、凄いと思う」と首肯した。

俺、七瀬と「パ・ド・ドゥごっこ」したことがあってさ。

彼は思い出すような表情になる。

まあ、お遊びだよ。パ・ド・ドゥって、ホントはめちゃくちゃ難しいんだもん。でも、憧れるじゃない？　プロとか先輩方のとか見てると。もちろん、それっぽく手を組んだり、有名なポーズ取ったり、なんちゃってリフトの真似事したり、っていう程度なんだけど、この「なんちゃって」だって、とてもじゃないけど、できないんだよね。何より、絶望的なくらい、全く音楽に合わせられない。二人で一、二、三、って一緒に数えることすらできない、っていうのが普通なの。

だけど、七瀬は「なんちゃって」なんだけど、しょっぱなから音だけは合ってるんだよね。あいつと踊ると、カウントとか、音の入りとか決めが合っちゃう。だから、「なんちゃってパ・ド・ドゥ」にちゃんと見えちゃうんだ。なるほど、音楽に合わせられれば、なんとか「パ・ド・ドゥ」に見えるんだなって思った。

美潮ちゃんとはどうだったの？　彼女とはやらなかったの、「パ・ド・ドゥごっこ」。一緒に踊ったんでしょ、『くるみ割り人形』。

私が尋ねると、彼は苦笑した。

あいつはねー、「ごっこ」なんて絶対しないの。常に全力で、正しくパ・ド・ドゥをマスターしたい奴なんだから。

失礼しました、愚問でしたね、と私は頭を下げる。

あいつと踊ったのは簡単にしたパ・ド・ドゥだったけど、普通にたいへんだったな。タイミングを合わせるのとか、音に合わせるのとか。とにかく、誰かと一緒に踊るのってたいへんなんだなってつくづく思ったよ。

でも、「花のワルツ」を踊ったときは楽しかったんだって?

私は美潮の怯えたような顔を思い浮かべた。


花の香り。花の存在感。

萬くんだけなんです。


ああ、あれは楽しかった。

彼は顔をほころばせた。

やっぱ美潮はうまいな、俺たち大人みたいに踊ってるな、女の子とワルツ踊るの楽しいなあって思ったもん。

ニッコリ無邪気に笑う彼を見ると、美潮があの時春に畏怖を覚え、自分のバレエに疑問を持ったのだ、ということを言い出せなかった。

そうだ、あの時、続けて七瀬とワルツ踊ったんだけど、あれも面白かったなあ。

彼はこちらの（あるいは美潮の）気も知らず、続けた。

やっぱりどっか踊りにコブシが利いてるんだよね。

春は三角形を描くように指を動かしてみせる。

ワルツって、いち・に・さん、いち・に・さんでしょ。

うん。

私は頷く。

でも、七瀬のワルツは、いち・にーっさん、いち・にーっさん、なの。

ウインナワルツじゃないか。

私は声を上げた。

そう、二拍目を粘る。そうすると、ちょっとケレン味が出て、踊りにうねりが出来る。遅れるギリギリ寸前までのタメが面白いんだよねー。美潮の綺麗なワルツもいいけど、七瀬の粘るワルツも面白い。ソシアル・ダンスなのに、あいつ、あちこち手や足の動きを入れたり、アラベスク入れたりしてね。

ふうん。七瀬ちゃんて、天才タイプなんだね。

私が感心すると、彼はあっさりと頷いた。

たぶん、そうかも。

滝澤姉妹を見ていると、血のつながったきょうだいでも、才能の質や方向性がかくも違うものかと思う。

どちらも才気に溢《あふ》れているが、姉の美潮は明確な目標設定をし、目標に向かってゆるぎない努力を続ける才能が優れている。自分のことを振り返っても、教師という職業で多くの学生たちを見てきても、つくづく努力できるというのは才能なのだと思う。

いっぽう、妹の七瀬は天然に近い。型にはまりきらない独創性。クラシックバレエにはふさわしくないかもしれないが、ユニークではある。

天然、という意味で、七瀬は春となんとなく雰囲気が似ていた。ギフテッド・チャイルドのみが共有できる感覚を持っていたように感じた。

美潮は春のことを「萬くん」と呼んだが、七瀬は「春ちゃん」と呼んだ。

あたし、春ちゃんの踊り好きだなあ。いっつもいい音が聴こえるもん。

ある時、七瀬は真顔でそう言ったそうだ。

何かのバレエを観に行った帰り道だった。

つかさたち、数人の教師と生徒も一緒だった。

「そう？」

春はあっさりと返した。

「今日のは、聴こえなかった」

七瀬はぽつんと呟いた。

「え？　何が？」

春が尋ねる。

彼女は首をひねった。

「なんでかなあ、あんなカッコイイ曲やってるのに、踊りからなんにも音が聴こえなかったよ？」

つかさはどきっとしたそうだ。演目に入っていたコンテンポラリーの曲のことを言っているのだと気づいたからだ。コンテンポラリーというのは、なぜか面白いものと面白くないものがはっきり分かれてしまう。ダンサーのせいであったり、振付のせいであったり、曲のせいだったり、原因はいろいろなのだが、「そこそこ」のものがないのが不思議だ。

その日の演目は、アップテンポのジャズダンスっぽい曲で、シャープな振付は面白かったのだが、いかんせん演じているダンサーがあまりコンテンポラリーを得意としてはいなかったらしく、常に間延びしたように動きがいちいち遅れていた。

「うん、あの曲カッコよかったね」

春は印象的なベースラインのメロディーをちらっと歌ってみせた。

七瀬もすぐに一緒に歌う。

二人の声が重なり合う。

「タンタラー、タッタッタッ、タンタラー、タッタッタッ、タンタラー、タッタッタッ、タッタッタッタッ、タッタッタッ」

と、七瀬は歌いながら、ひょいといつも持ち歩いているリュックから使い込んだドラムスティックを二本取り出した。

たまに、電車の中やコンサートの休憩時間に、自分の膝をスティックで叩いている彼女を誰もが見かけていた。

七瀬はいきなりしゃがみこみ、歩道の脇の植え込みを囲むレンガの端を、歌っていたメロディーのリズムに合わせて叩き出した。

それは、実に正確でエモーショナルな「音楽」だった。

誰もが、あっけに取られて七瀬を見ている。

「はいっ、春ちゃん、踊って！」

七瀬はニコッと笑って春を見上げる。

「おうよ」

きょとんとしていた春は、弾《はじ》かれたように踊り出した。

「すげ、振付覚えてる」

他の子が歓声を上げた。

さっき舞台上で繰り広げられていた、シャープな振付を踊る春。

「あはは、そうそう、こうでなくっちゃー」

七瀬は大きな笑い声を上げた。

「やっぱ春ちゃんの勝ちー」

七瀬はいよいよ大きく、レンガを叩き続ける。

迷いなく合間にフィルを入れ、バスドラ代わりの足踏みを入れ、明らかに素人ばなれしたスティックさばきに、皆が圧倒される。

やがて、春もブレイクダンスのように自分で即興の振付を入れ始めた。

「すごーい、かっこいー」

「七瀬ちゃんもうまいー」

七瀬は恍惚とした表情で叫んだ。

「聴こえるぅ。春ちゃん、最高」

つかさを含め、教師たちもあっけに取られて二人の競演を眺めていた。

「ちょっ、ちょっと、春、あんた脚痛めるよっ」

慌ててつかさが止めるまで、二人は叩き、踊りまくっていた。

そしてそれは、確かにさっき観たプロの舞台のものよりも数段「音楽的」であったのだ。

この子たち、もう手に負えないわ。

つかさはその時、しみじみそう思ったという。

七瀬は姉がロシアに留学したあとも一応バレエを続けていたが、高校卒業と同時にやめ、音大の作曲科に進んだ。

そして、のちのち、ひょんなところで春と再会し、『アサシン』を始め、コンビを組んで彼に音楽を提供していくことになるのである。


そして、春、十四歳の夏。

本部でのワークショップに参加するのも四年目になった。

この年も、ボーイズクラスは複数開かれ、昨年と同じダンスカンパニーから講師がやってきた。前年よりも一人増えている。

この年の講師陣は、明らかに、ドイツの有名バレエ学校が翌年に東京で主催するワークショップへの参加を春に勧め、スカウトするつもりでやってきていたという。「面白い子がいる」という前年の話を聞いて増えた講師は、そのバレエ学校の人間で、他の用もあったのだろうが、わざわざ春を見に来たというわけだ。

彼の背はまだ伸び続けていたが、この時には成長痛は治まっており、もう一八〇センチ近かったはずだ。

講師陣は、誰と言わなくとも、「面白い子」がどの子か、クラスに入ってきた瞬間に一目で分かったらしい。

それはそうだ、なにしろあの春なのだ。この頃には、もう何か独特なオーラみたいなものを身にまとっていたし、何より彼は「美しい子供」だったのだから。

ホント、春を見たとたん、みんなサッと目の色が変わるのが分かったわよ。あー、やっぱ向こうの人は狩猟民族だなあって思っちゃった。あれはまさに「ハンター」の目付きよね。獰猛《どうもう》で貪欲《どんよく》。おっかないんだもの。

つかさが半ばあきらめの口調で言っていた。

つかさも、いずれは彼を海外に出さなければならないとは思っていたが、こんなに早くその時がやってくるとは思っていなかったのだ。

レッスンが始まると、彼らはますます興奮を隠さなくなった。

恵まれた容姿に図抜けたテクニック。しかも、この若さなのに、既にオリジナリティを感じさせる、目が離せないチャーミングな踊り。

つかさとセルゲイは手塩にかけて育て上げた教え子が評価されるのは誇らしかったし、「うちの春はすごいでしょ」と見せびらかしたい気持ちもあったが、せっかく育てた愛弟子を自分の手元からかっさらっていかれると思うと淋しくもあった。

あのまま連れて帰りそうな勢いだったのよ。全く、あの人買いどもめ。

つかさは苦笑した。

でも、あの時のワークショップで面白いことがあったの。

バレエ学校から来た講師は、自分の学校から一人の少年を連れてきていた。
たまたま、この時期に親が仕事で日本に来ることになり、一度日本に行ってみたいと一緒に来日したのである。講師も日本に行くと聞いたので、この機会に日本のバレエ教室も覗いてみることにしたらしい。

難関で知られるそのバレエ学校の優等生で、将来のプリンシパルと期待されているというその少年は、この時十五歳だったが、一九〇センチ近い長身の、怖いくらいの凄まじい美少年であった。オーストリア国籍で、いいところの坊ちゃんらしい。生真面目な性格らしく、表情が乏しいせいで、どこか近寄りがたい雰囲気がある。

ワークショップに来ている少年少女、特に少女たちの彼に対する熱狂は激しく、みんなが彼を一目見ようとやってくる、という騒ぎになってしまった。しかし、彼は全く意に介さず、チラリとも笑顔を見せないので、やがて「恐る恐る」見に来るという状況になってしまったのだが。

その少年も、春が気になるようだった。最初は「日本のバレエ教室がどの程度のものなのか、チラッと覗いてみる」だけのつもりだったのに、連日やってきてひたすら春のことを注視していた。

レッスン最終日。

今回も、例によって「自由に踊って」という課題が出された。

そこで、つかさと講師陣は、「今年はどうするんだろう」と思いつつ春に注目した。

すると、春は、いきなり踊り始めた。

あら、クラシックね。意外。

見覚えのある足さばき。

うん？

つかさは違和感を覚えた。

これ、知ってる——ていうか、これ、オーロラ姫のヴァリエーションじゃないの。

皆が同時にそのことに気付いたらしく、つかさも、講師陣もあぜんとする。

春は微笑みを浮かべ、『眠れる森の美女』の第一幕、オーロラ姫の登場シーンのヴァリエーションを踊っていた。

オーロラ姫の無垢《むく》さ、愛らしさを湛《たた》えて、トウシューズではないが器用な足さばきで踊ってみせている。

自由にって言われて、今年はなんだってまたオーロラなのよ？

つかさは突っ込みたくてたまらなかったが、春はエレガントに手を広げ、初々しく辺りを見回す。

と、突然、それまで壁の前に仁王立ちでレッスンを見つめていたあの美少年が、タタタタと素早く駆け寄っていくと、春の手を取ったではないか。

「えっ」

今度こそ、つかさも講師陣も声を上げてしまった。

二人は、どちらも平然としており、春も彼に手を預け、踊り続けている。

春は微笑んだまま、高く足を上げた。

これって——ローズ・アダージオだわ。

つかさはあっけに取られて踊り続ける二人を見た。

何これ、男二人でローズ・アダージオ踊ってるってこと？

ローズ・アダージオ。

『眠れる森の美女』の第一幕、オーロラ姫の登場シーンのあとで、彼女の最初の見せ場となるゆったりとした曲。

順繰りに四人の王子の手を取りながら、そのあいだは片脚を後ろに上げたままトウで立ち続けるという、技術的にもたいへん難度の高い踊りである。

美少年のほうは、無表情のまま、春の手を取って支えている。

ちゃんと自分が王子の役回りだと心得、いったん手を離しては次の王子、と四人分の役を務めているようだ。

アチチュードで立っている春の手を取りくるりと春の周りを一回転。手を離してポーズを取る春の手をまた取り、一回転。

ひえー、大したもんだわ。どっちも、ちゃんとサマになってるじゃないの。

つかさは舌を巻いた。

恐らく、ダンサーとしての力量も均衡しているのだろう。二人で立っていても違和感がなく、ピタリと決まっている。おまけにどちらも美しいし、オーロラ姫を演じている春が、本当に姫のように見えるではないか。

今年も、またしても皆が踊りを止めて二人に見入ってしまっている。

やがて春は踊りをやめ、ニッコリ笑って片膝をつき、胸に手を当てると、優雅にお辞儀をした。

美少年のほうも真面目腐った顔で胸に手を当てお辞儀をし、姫の感謝に応える。

自然と拍手が湧いた。

「ダンケ」

春がそう言うと、美少年はピクリとも表情を変えずに「ビッテ」と返し、スタスタと壁の前に戻っていった。


「なんだったのよ、あれは」

またしても、帰り道、つかさは春を問い詰めた。

「えー？　だって、あいつがあまりにもずーっと俺のことガン見してたからさー、踊りにくくってさー」

春は頭を掻いた。

「で、あいつのあのルックスじゃん？　すげーなあ、カンペキな王子だなあ、こんな王子がいて相手役だったら、俺、オーロラ姫踊っちゃうなあって思ってたところに、『自由に踊って』って言われて、気が付いたらオーロラ踊ってた」

つかさは目をぱちくりさせた。

「気が付いたらって――でも、あんた、オーロラうまいじゃない。びっくりしたわ」

春は嬉しそうな顔をした。

「そうだった？　俺、オーロラの踊り好きだから、踊ってみたいなーって思って昔から時々練習してた」

「なるほどー。じゃあ、ローズ・アダージオも練習してたってことね。でなきゃ、いきなりあんなふうには踊れないわ。でも、なんであのザ・王子が急に駆けつけてきたわけ？別に打ち合わせしてたわけじゃないよね？」

「うん。でも、俺、あいつの顔見ながら踊ってたからさー。あいつもすぐ、俺が自分に向けて踊ってるって分かったんだろうね。で、あいつ筋金入りの王子だねー。オーロラ姫の次のシーンがローズ・アダージオで、俺がそれ踊ろうとしてて、王子の手が必要だってことにすぐに気付いて、たぶん、あれ無意識だよ。条件反射的に姫のところに馳せ参じたってわけ」

「へえー。そりゃすごい」

「すごいよ、あいつ。手の位置とかカンペキだった。いろんな身長の相手と踊ってるんだろうけど、俺、姫にしては背が高いから戸惑うかなと思ったら、全然平気だった。俺の周り回る時の速さとかもちゃんと計算してた。踊りやすかったなあ。勉強になった」

「そういうあんたもすごいけどね」

つかさは溜息をついた。

「で、来年、あっちのワークショップ受けるってことでいいの？」

つかさは春の顔を見た。

「うーん」

春は逡巡《しゅんじゅん》する。

帰り際、講師は改めて春に、翌年東京で開かれる彼のバレエ学校が主催するワークショップへの参加を要請した。留学するつもりで、準備を進めていてほしい、とまで言われた。つまり、もう春を向こうのバレエ学校に入れるつもりである、というに等しい。

「あいつみたいなのが、向こうにはいっぱいいるんだよね」

春は思い出すような表情になる。

講師たちは、目を丸くして話し合っていた。

あのフランツと、いきなりあんなふうに組めて踊れるなんて、信じられない。

驚いた。まさかフランツがあんな行動に出るとは思わなかったよ。

あの美少年はフランツという名前らしい。講師たちの話によると、たいへんな才能の持ち主であるが、生真面目で非常に慎重、かつ少々気難しいところがあり、表情に乏しいところを直したいと思っているようだ。その彼が、オーロラ姫を踊る春のサポートに入る、などという思い切った行動に出たことがよほど意外だったらしい。

面白い。本当に、君は面白い子だねえ。

講師たちは不思議そうに春の顔を見ていた。

「怖い?」

つかさは浮かない表情の春に尋ねる。

すると、春は驚いたような顔で振り向いた。

「ううん、怖いってことはない。面白そうだとは思うけど」

否定しつつ、俯く。

やがて、ためらいがちに口を開いた。

「でも、俺、まだつかさ先生とセルゲイから教わらなきゃならないものがいっぱいあると思う」

　つかさは胸を衝《つ》かれた。

　つかさがセルゲイと心血を注いで育て上げた春。春もまた、自分たちを第二の親のように慕ってくれているのは分かっていたが、やはりどちらも親離れ、子離れはつらいものなのだ。

　が、同時につかさは直感した。

　たぶん、これくらいのタイミングでこの子にはちょうどいいのだ。この子の成長は、あたしの予想を遥《はる》かに超えている。つかさと春が「じゅうぶん教えた・教わった」と感じるタイミングではもう遅すぎる。

「うん、じゃあ、これからの一年でみっちり教えきるからね」

　つかさは強い口調で言った。春は意外そうな顔をした。つかさが引き止めてくれるのではないかと思っていたのだろう。

「それより、ご両親と話をしなくちゃね。あんた、プロになるんでしょう?」

「うん」

　そちらには、春は力強く即答した。

「よし。今度時間作ってもらって。お宅に伺うから」

「ＯＫ」

　姉夫婦は、ずいぶん前から覚悟を決めていたようだ。

自分たちの息子に、誰の目にも明らかな才能があること。何より、春自身が踊ることを楽しんでおり、まさに呼吸するように踊ることを人生の一部としていること。その彼が、踊りを生業《なりわい》にしたいと考えていること。

「ドイツか。遠いなあ」

「思ったよりも早かったわね」

つかさが訪ねていき、翌年のワークショップの話をすると、姉夫婦はあきらめたように顔を見合わせた。

「春くん、それでいいんだね？」

義兄はそう彼に念を押した。

春は大きく頷いた。

「うん。俺、ドイツに行って、プロになる」

その声にはもう迷いはなかった。

「世界でも有数の、素晴らしいバレエ学校です。春くんに合っていると思うし、春くんのメンタルも海外向きだし、あそこなら彼のことを更に高みに引き上げてくれるでしょう。プロへの道も開けています」

つかさはそう請け合った。

「きっとそうなんでしょうね」

姉は淋しそうな顔で頷いた。

「でも、やっぱり淋しいわ。たったの十五年ちょっとで親元を巣立っていっちゃうんだと思うと」

「分かります。私も同じですもの」

姉とつかさは共感を込めて微笑みあった。


もちろん、この時のフランツというのは、後に春が「ドリアン・グレイ」を振付けることになる、フランツ・ヒルデスハイマー・ヘルツォーゲンベルクのことである。

「なんであの時、あの子のところに行ったの？」

彼は帰り道に、しつこく講師たちからそう聞かれたという。

「なんでって——」

質問の意味が分からない、というようにフランツは首をかしげた。

「だって、そこにオーロラ姫がいたから。姫が踊ってるのなら、王子は手を貸すのが当たり前でしょう？」

つまり、彼にはオーロラ姫が見えていたということだ。

講師たちは、フランツの才能を誉めるべきか、春の才能を誉めるべきか、迷ったという。

結論としては、どちらもすごい、ということになったらしい。

後に、春が自分のバレエ学校に来る、と聞いた時、フランツは「ああ、あの子ね」と言ったそうだ。

「フランツ、どうして知ってるの？」と友人に聞かれると、彼は「日本で会った」と答えた。

「どんな子？」と更に聞かれ、彼は「たぶん、僕とオーロラ姫を踊った最初で最後の男性だよ」と真顔で答えたそうである。

他のバレエ学校からスカウトがあっても受けないでほしい、とまで言われた春であったが、翌年、実際に東京でのワークショップに来たエリック・ウォレンとリシャール・ヴァロワは、自分たちの目で見るまでは春を入れるかどうか決めない、というスタンスだったらしい。

まだ成長期の若者なのだ。一年後にはどうなっているか分からないし、彼らが主催するワークショップには日本全国からよりすぐりの生徒たちがやってくるので、前年来た講師が見た長野のワークショップとはレベルが違う。幾ら前評判が良くても、慎重になるのは当然といえよう。

彼らの目的は、エリックが両親を通じて幼い頃から知っていた深津純をスカウトすることだった。彼もまた、早くから将来を嘱望されていた逸材だったのだ。

スカウトする生徒は基本一人で、ゼロというケースも少なくないので、エリックとリシャールのあいだでは、深津純を獲得できればとりあえず日本でのミッションは終了、というつもりだったそうだ。

が、春を見て二人はすぐに、絶対に入れるべき、と言われた理由を理解した。

中性的、あるいは両性具有的な美しさを持つ彼は、あまりいないタイプのダンサーであり、独特の雰囲気を持っていたし、「とにかく、彼にはあらゆる意味で規格外の魅力がある」と認めたのである。

そして、今や語り草となっている、最終日に彼が深津純の助けを借りて踊った「冬の木」。

彼は既に自分の踊りの言語を持っていて、それを作品にする準備があることを予兆させたのだ。

「冬の木」は衝撃だったよ、とあとでエリックがつかさに言ったそうだ。作品になっていた。観客として観ていた。リシャールなんか、ＨＡＬが将来振付家として、うちのバレエ団のダンサーを振付けているところが目に浮かんだんだってさ。彼がダンサーの将来について、自分の憶測を口にすることはめったにないのに。

この世界は広いようで狭い。

エリックはセルゲイとつかさのことを知っていた。アメリカのバレエ団で活躍していた二人を、異なる時期にそれぞれ観ていたのだ。

いやあ、あの二人がＨＡＬの先生だったとはね。そっちはそっちで衝撃だよ。全くタイプの違うダンサーだったし、師弟関係っていうのは実に面白いね。なるほど、あの二人が教えるとこういうダンサーになるのか、って思った。ＨＡＬみたいなのがそうそう出てくるとは思えないけど、また面白いダンサー育てて紹介してもらいたいなあ。

なんと、エリックとリシャールはワークショップ後に長野までやってきた。

通常、すべての手続きはバレエ教室を通じて行い、バレエ学校と生徒の家庭が直接コンタクトを取ることはないのだが、二人はよっぽど春がどんなところから出てきたのか知りたかったらしく、「ＪＵＮの家は何度も行ったことがあるからねー。ＨＡＬのうちも見てみたいな」と、わざわざ長野までやってきたのだ。

「両親は国立大学の先生で、父親は機械工学、母親は日本近世文学が専門。父親は陸上の短距離、母親は体操の選手だった」

「へぇー」

つかさが彼らに説明するのを聞いていたのは、なぜか我が家の居間である。

春の育ったところをひととおり案内する、というスケジュールらしいのだが、春の両親はまだ仕事中で、たまたま今日は空いていた私の家に先に寄ることになったのだ。

「ごめんね、稔さん」

春がそういうのを聞いて、滝澤姉妹がうちにやってきた時のことを思い出し、なんとなくおかしくなった。

「彼は春の叔父で、春の教養部門の担当よ」

つかさが冗談めかしてそう言った。

いよいよ、美潮の顔を思い出してしまい、私はクスリと笑ってしまった。

そう、春はあまりにも特別でちょっと浮世離れしたところがあるので、彼に魅入られた人々は、彼がどんな環境やどんな背景で育ったのかどうしても知りたくなるのだ。

私は当たり障りのない挨拶を三人と交わした。

実は、私がつかさときちんと言葉を交わすのはこの時が初めてだった。

このあと春がドイツに行ってしまってから、春とどこで出会ったか、どんなふうにダンサーとして育っていったのかをつかさから詳しく聞くことになるのである。

「父方の祖父が牧場をやっていて、馬を育てています。春は、馬に乗るのもうまいんですよ」

「乗馬。なるほど、分かる気がするね。ＨＡＬは優雅だけど野性味もあって、スタジオの中だけで育ったんじゃない空気感を持ってるもんね」

　トンビの鳴き声が響いてくる。

「東京や大阪にいると気付かないけど、日本は山国なんだね。うちの故郷の山とは全然違うが」

「リシャールの故郷の山ってどの辺？」

「ピレネーのほうだ」

　庭先で話す三人の英語を聞きながら、春が仏壇に置いてある古ぼけた首輪にそっと手を触れた。

「稔さん、もう犬は飼わないの？」

「うーん、飼わないと決めてるわけじゃないんだけどね。イナリの代わりはなかなか見つからないよ」

「だよねぇ」

　イナリは一年ほど前に、老衰で死んだ。

　幼稚園児の頃から一緒に遊び、共に成長してきた春は、イナリが昏睡状態になってからずっと彼に付き添っていたが、明け方息を引き取った時はぽろぽろと大粒の涙を流して、とても悲しんだ。

「向こうでの先生はあの二人なのかい？」

「たぶん、そう。他にもいると思うけど」

「なかなかの名コンビだね」

「稔さんもそう思う？」

人は、人生の折々で師と呼べる人に出会う。

春はつかさに出会い、セルゲイに出会った。

エリックとリシャールも一目見て、ああ、春は大丈夫だ、と思った。二人には厳しくて寛容、というよい教師の条件が備わっていた。何より、春に対する愛情みたいなものがつかさとセルゲイに負けず劣らず感じられたのだ。

「いつ渡欧するの？」

「来年、卒業したらすぐ。セルゲイと勉強はしてきたけど、語学学校にも行かなきゃならないしね」

「向こうのバレエ学校って、学業はどういう扱いになるんだい？」

「ちゃんと普通の授業もあって、順当にいけば高卒相当の資格は取れるみたい。みんながみんな進級できるわけじゃないし、そうしたら普通の学校に編入しなきゃならないから」

「厳しいな。留学生の場合はどうなるんだ？」

「留学生も、クビになったら同じだよ。だから、俺も日本の高校の通信制教育を受けることにしてる」

「聞けば聞くほどたいへんだなあ」

改めて、この若さで人生の選択を迫られるということの大きさが胸に迫った。早くに人生の目標を見つけられたのは幸運であるが、成功するという保証はどこにもない。

春はふふっと笑う。

「考えてもしょうがないよ。俺がやることはひとつだけ。ひたすら踊る」

その口調の軽さ、明るさに、また胸を衝かれる。

「そりゃそうだ。踊りに行くんだものな」

「うん。どこにいても、踊るだけだよ」

それは、彼が自分に言い聞かせているようにも聞こえた。

春は、ふっと廊下のほうに目をやった。

「あそこの梅の花が咲くところを見てから、向こうに行きたいなあ」

廊下の窓の向こうの、梅の木を見ているのだと気付く。

「つぼみが膨らんだら連絡するよ。そしたら、また紅天女やってくれ」

「あはは、やるやる、紅天女」

彼が廊下に立っていた時の、肌が冷たくなった感触が蘇《よみがえ》る。

やはり、もうあの頃から彼は自分の言語を持っていたのだ。

「春ー、そろそろ行くよー」

つかさの声が耳に飛び込んできて、私と春は同時に振り向いた。

「お目にかかれて光栄でした」

エリックとリシャール、二人とがっちり握手をする。

「春をよろしくお願いします」

私は、私なりの眼力《めぢから》を込めて二人に念を押した。

二人は目を逸らさずに、「はい」と頷く。

春の選択の大きさと同じくらい、引き受ける彼らの責任の重さに、一瞬、気が遠くなった。

そして、翌年の早春、彼は旅立った。

梅の花のつぼみが膨らんだ頃に連絡したのだが、想像以上に準備に忙しく、結局彼が我が家に来たのは三月に入ってからで、梅はとっくに終わっていた。

姉も春も見送りに来て、と誘ってくれたのだが、私は遠慮した。親子水入らずで見送りをさせたかったのと、自分が動揺して醜態をさらしそうな気がしたからだった。

結局、成田の出発ロビーに見送りに行ったのは、両親とバレエの両親の四人。

春は出会いと別れの季節。

空港も出発ロビーもごった返していて気ぜわしく、辺りは騒々しくてロクに話もできなかったという。

姉夫婦は彼にこまごまと声を掛け、着いたらとにかくすぐに連絡を、あれ持った、これ持った、向こうで最初に連絡しなきゃならないところやいざという時の連絡先など、既に何度も確認したことを繰り返していた。

つかさとセルゲイは、姉夫婦から一歩引いたところでそのやりとりを眺めていた。

搭乗案内のアナウンス。

春と二組の両親はハッと顔を上げた。

彼の乗る便。

皆が躊躇《ちゅうちょ》した。彼は行ってしまう。しばしの別れとは分かっているが、もはや向こうでの暮らしがメインとなる。

「身体に気をつけて」

「とにかく、向こうに着いたら連絡してね」

姉は電話を掛ける仕草をした。

「うん、うん」

春は言葉少なに頷いて、つかさとセルゲイのところに来た。

「心配はしてないわ」

つかさがそっけなく言った。

「飛行機の中でも時々ストレッチはしろよ。長時間のフライトは思ってる以上にキツイからな」

セルゲイも淡々と続ける。

「うん、分かった」

「着いたら高野先生に連絡してね」

「うん」

春は、小さく溜息をつくと、一歩後退《あとずさ》り、二組の両親を見た。

「じゃあ、行ってきます」

四人は何も言わずに、春に向かって頷いた。

あっさりとした別れだった。

春はくるりと背を向け、スタスタと歩いていく。

四人はその背中をじっと見つめている。

その背中が遠ざかり、人混みに吸い込まれる、と思った瞬間、彼はピタリと足を止めた。

四人が「えっ」と小さく声を上げると、春はくるりとこちらを真っ青な顔で振り向いた。

つかさはその時、初めて川べりで車の中から彼を見た時のことを思い出したそうだ。

「回りすぎた」と呟いた時の、戸惑ったような、不安そうな顔を。

春が、まっすぐに駆け戻ってきた。

その真っ青な顔が近寄ってくるあいだに、彼は成長していった。

八歳、九歳、十歳、十一歳、十二歳。

どんどん背が伸び、成長痛に苦しみ――

十三歳、十四歳、そして十五歳。

今や四人の親たちよりも背が高くなった彼が。

あっけに取られている四人の、つかさとセルゲイの前で彼は立ち止まった。

「先生」

春は混乱し、泣きべそを掻いていた。彼は叫んだ。


「俺の、先生!」


もう、あれで涙腺決壊しちゃったわよ、とはつかさの弁である。

わたしの先生。

その一言くらい、教師にとって嬉しい言葉が他にないということを、彼は知らなかったに違いない。

私には分かる。自分の教え子が、愛弟子が、自分には決して行けないようなところ、思いもよらぬ遠いところまで行ってくれる。それがどれほど教師にとって幸福か。その幸福な生徒が自分のことを「私の先生」と呼んでくれることの至福を。

「何、当たり前のこと言ってるのよ」

　つかさは泣き笑いしながら呟いた。

「あたしたちは、一生あんたの先生なのよ。言っとくけど、向こうであんたが誉められたらあたしたちのお陰だし、あんたが貶《けな》されたらあんたのせいだからね」

　春も泣きながら笑った。

「あはは、覚えとく」

　セルゲイも目を真っ赤にしている。

「今度観た時にヘタクソになってたら、容赦なく連れ戻すからな」

「はい、分かりました」

　春は二人をがばっと抱きかかえた。

「ありがとう。行ってきます」

　春はパッと手を離し、両親を一瞥すると、えへへ、と照れ笑いをした。

　姉夫婦もまた、泣いている。

　春は姉夫婦のこともがばっとハグして「行ってきます」と呟くと、脱兎《だっと》のごとくその場を離れて駆け出した。

　今度は一度も振り返らず、あっというまに姿を消した。

　二組の両親は、その後ろ姿をぐすぐすと泣きじゃくりながら見送った。

　ぎりぎりで駆け込む乗客たちとは逆方向に、みんなでロビーに向かう。

巨大な窓の前で、四人はその場を動かず、駐機場から離れてゆっくりと飛行機が動き出すのを見守り続けた。

飛行機の動きが加速する。

機体が浮く。

上昇していく。

見えなくなる。

「あー、行っちゃった」

「全く、こうも泣かされるとは」

「やれやれ、疲れたわ」

「無事、送り出せた記念に、どこかで祝杯でもあげますか」

自分たちの息子を海の向こうに送り出した四人の親たちは、寄り添いあってゆっくりとロビーを離れていった。


そんなわけで、空港内のレストランでは、残された四人の親がシャンパンを片手にしんみり別離の淋しさを味わっていたのだが、春のほうは飛行機が離陸した瞬間から、もはや未来のことしか頭になかったという。

みんながめそめそしていたちょうどその頃、大きく機体が揺れたフランクフルト行きの国際便の通路で、よろけて転倒しかけたドイツの老婦人を驚異的な身のこなしでとっさに支え、片膝をついて「姫、お怪我はありませんか」とやって乗客の拍手喝采を浴びていたそうだ。ドイツ人乗客の中には、彼がドイツの有名バレエ学校に入学する、と聞いて「君ならスターになりそうだね。名前を聞いてもいいかい？」と握手を求める人もいたとか。

その乗客が「ハル・ヨロズ」の名前を覚えていたかどうかは分からないが、彼の海外での伝説はその時から始まっていたのかもしれない。

なあに、あんた、春くんの伝記でも書こうっていうの？

姉は面白がるような目で私に言った。

私が彼についていろいろ書き留めておこうと思ったのは、彼が日本からいなくなって数年が経ち、バレエ団に入団してしばらく経ってのことだった。

彼からポツポツとメールは来ていた――

「パニュキス」の詩ってどういうのだっけ？　詩の全文をメールしてくれる？　とか、イナリのいい写真があったら送って、とか、最近出たので何か面白い本ない？　など、時候の挨拶や近況抜きで用件を頼んでくることが多かった。

姉夫婦のところには専ら日常生活と健康上の近況報告、つかさとセルゲイには学校やバレエ団での出来事、が主なメール内容だったというのだから、ここでも私は彼の「サード・プレイス」扱いだったようである。

私のほうでも、読んだ本の感想とか、彼の影響で観るようになったバレエやダンスの感想、庭の様子など、およそどうでもいい内容のメールをしばしば送っていたので、お互いさまといったところか。

が、それがまた私にとっても楽しみというか、彼とのほどよい距離とつながりが継続しているという安心感を与えてくれていたのだ。

遠いヨーロッパで着々とキャリアを積み重ね、名を上げつつあることが姉の話や彼のメールから伝わってくるようになると、今のうちに彼について何か記録しておいたほうがいいかな、という義務感めいたものが湧いてきた。

といっても、その義務感ははじめは大したものではなく、ちゃんと意識していたとは言いがたい。

この先、彼のバレエダンサーとしての記録は公的に残されるだろうが、幼少期については記録に残せる人が限られるな、と思った程度だった。

だが、ある時決定的な瞬間が訪れる。

それは、ＴＶで久しぶりに神田日勝のあの絵を見た時だった。

未完成の馬の絵。

ベニヤ板の中から今にも飛び出してきそうな、半分だけの馬の絵。

あの絵を見た瞬間、遠い日の彼の姿が蘇ったのだ。絵の空白部分を見つめ、右足をざっ、ざっ、ざっ、と後ろに蹴るように動かしてみせた彼が。

彼が身近にいないことで、姉夫婦やつかさにも彼のことを聞きやすくなったし、彼らも話しやすくなったのだと思う。

叔父という私のポジションもちょうどよかったのだろう。

姉は「そういえば」としばしば彼について思い出したことをメールしてくれ、「それってどういうこと?」と私が日を改めて詳しく聞くことができたし、つかさも「教養担当」の私には話しやすかったようで、いろいろ気の向くまま、気の置けないおしゃべりで彼について語ってくれた。

いやあ、あたしもずっと、彼についてゆっくり話したかったんですよね。

つかさがぽつんと呟いたことがある。

案外、同業者どうしでも、自分の教え子についておおっぴらには話しづらいところがある。親御さんなんかもそうです。その子が優れていればいるほど、その子の将来が見えてくるまで、用心深くなるというか、はしゃがないように我慢するというか。

つかさは苦笑した。

だってね、名のあるダンサーになれる可能性なんて、確率にしてみればホントにほんのちょっとなんですよ。本人も周りもただひたすら努力して、すべてを捧げたってその程度なんです。それに比べて、バレエをやめる理由や、バレエに挫折する要因なんて、日々いっくらでも次から次へと湧いてくるんですから。

でしょうねえ、と私は思わず頷いてしまった。

だから、教え子、というかダンサーについて語る機会って実はそんなにない。それはそうですよね、だって、ダンサーは踊ればいいんだもの。踊ることですべてを語っているんだから、必要ないといえばない。

だけどね、とつかさは私の顔を見た。

やっぱり、語りたくなるダンサーっているんですよ。もちろん、そうでないダンサーもいっぱいいる。必ずしも、優れたダンサーイコール語りたくなるダンサー、というわけでもないのね、不思議なんだけど。そして、春はあたしにとって語りたくなるダンサーなの。あの子は小さい時からそうだった。まだロクに踊れない時から、何か彼の踊りについて語りたくなるところがあった。

分かりますねえ、と私は同意した。

私がこうやって皆さんに彼の話を聞いているのも、やっぱり私自身、彼が小さい頃からずっと「面白い子だな」と思っていたからだし。

そう、春は面白いのよね。ほんとに予測不能で、いろいろ思いもよらぬことをやってくれる。

私たちは頷きあった。

だから、彼についていっぱい語れてむしろありがたかったです。まあ、幼少期限定、ですけど。これから先、まだまだ言いたいことは出てくるでしょうけどね。

つかさはそう言って笑い、ぺこりと私に頭を下げた。

子供は授かりものっていうけど、春くんくらいその言葉を実感できる子って、なかなかいないんじゃないかな、と姉は言った。

超安産だったし、超手の掛からない子だったし、すくすく成長して、気が付いたら「お母さん、僕、月に帰ります」って言って帰っていっちゃった感じ？　かぐや姫みたい。

月ってドイツにあるのかよ、と私は突っ込みを入れた。

あたしにとって、バレエの世界なんて月みたいなもんよ。

ものすごいたとえであるが、姉の言いたいことは分かるような気がした。彼は生まれた時から一人で完結し、自立していたようなところがあったのだから。

あたしの功績って、たぶん、春くんを体操クラブに連れていったことだと思うの。「あれじゃない」って、彼に言わせたことが、唯一の功績な気がする。

そうかな、と私は首をひねった。

でも、それってめちゃめちゃ決定的な功績だよね。体操クラブで、一回転するところを見せて、彼にそれをトレースさせたんだから。

まあ、そうともいえるわね。

姉はまんざらでもない笑みを浮かべてみせた。

彼から「あれじゃない」という言葉を引き出し、それでいて、彼の胸の中でカチッと音を鳴らしたもの。

彼が体操クラブで見て覚えた一回転をしてみせなければ、何も始まらなかった。

つかさはそのまま目を留めることもなく彼の脇を通り過ぎていただろうし、彼がバレエという単語に出会うのはずっと先になっていたか、もしかするとそのまま出会わなかったかもしれないのだ。

どうなんだろう、何もしなくても、彼はやっぱりいつかはバレエを始めることになっていたのかな？

姉と私、つかさとのあいだでしばしば思い出したように交わされる疑問がそれだった。

そこには、二つの前提条件があった。

一、体操クラブに行ったが、つかさとは出会っていなかった場合。
二、体操クラブにも行かず、もちろんつかさとも出会っていなかった場合。

一の場合、体操クラブで体操を目にして、「あれじゃない別のもの」という確信が生まれれば、春は、あの生来のしつこい探究心からいって、遅かれ早かれバレエに出会っていた可能性は高い。ただし、身近なところでバレエを目にする機会のないあの環境では、もう少し先のことだったのではないか。

二の場合は、バレエに出会えた可能性はほとんどないだろう。

そう考えると、本当に出会いというのは不思議だし、三者の出会いは奇跡だと思えてくる。奇跡というものは、語る者がいなければ存在しないに等しいものだ。私はここに、証人として、この奇跡を記しておきたい。姉の言葉ではないが、私の唯一の功績は、この奇跡を記した、ということになるのかもしれないので。

とまあ、なんだか偉そうに、しかも見てきたかのように書きつらねてきたが、やはり最も協力をしてくれたのは、もちろん春本人である。

私がヒマな時に折をみては姉やつかさから仕入れてきた話を、春が帰国して我が家に来た時に、根掘り葉掘り確認したり補足してもらったり、はたまた別の話を聞き出したりするのに、春は面白がってつきあってくれた。

ふうん、俺の幼少期って、そんななの。

春も初めて聞く話が多々あったらしく（子供の頃で、忘れている話もずいぶんあったらしい）、驚く場面も少なからずあった。

俺って、ほんとにラッキーだったんだね。

しばらく話したあと、彼は一瞬黙り込み、ふと、真顔でそう漏らした。

君が引き寄せた幸運だよ。

私がそう言うと、「そうかな」と首をかしげる。

ずうっと無我夢中だったからなあ。俺、こんなによくしてもらってるのに、みんなにちゃんとお礼を言ってないなあ。

困ったような顔で、私の顔を見る。

君が第一線で踊ってることが、じゅうぶんお礼になってるよ。

だといいけど、と彼は泣き笑いのような表情になった。


犬、飼おうかなと思ってるんだ。

何度目かの帰国時、またいろいろと話を聞いたあとで、彼はそう呟いた。

へえ、犬種は？

私が尋ねると、「二代目イナリを名乗らせてもいい？」と聞かれ、「もちろん、どうぞ。じゃあ、柴犬を飼うの？」というと、「いや、迷ってる」という答え。

ホントは、ずっとイナリに似た柴犬にしようと思ってたんだ。今は向こうでも和犬が人

気でさ。手に入らないことはないんだけど、なんだか初代のイナリに悪いような気もするんだよねえ。

彼は、仏壇に置いてあるイナリの首輪にちらっと目をやった。

今は、ヨーロッパの犬で、イナリみたいな色をしたのを探そうと思ってるよ。

へえ、いいね。その犬は、自分の名前になった食べ物を、一生見ることはないんだろうなあ。

春はきっぱりと左右に首を振った。

ううん、その時は、なんとかして稲荷寿司を手に入れて見せてやるよ。これがおまえの名前の由来だよって。

私は笑った。さぞ、面喰らうだろうね。

犬が怪訝《けげん》そうに稲荷寿司の匂いを嗅いでいるところが目に浮かぶ。

見送ろうと腰を上げた瞬間、また梅の季節が近付いていることに気付いた。

「そういえば、覚えてる？　ドイツに行く前に、もう一度『紅天女』をやってもらうはずだったのに、できなかったねえ」

私がそう呟くと、春は「あっ、そうだった」と廊下に目をやった。

「どう、今年はもう咲いてる？」

「いや、まだちょっと早い」

二人で廊下に出て、外の梅の木の前に立った。

春は「あー」と溜息をついた。

「ほんとだ。残念、咲いてるところ見ていきたかったな」

「咲いてると思って、やってみせてよ、紅天女」

私は何気なくそう言った。


と、隣ですうっと気温が下がるように気配が消えた。

えっ、私は慌てて隣に目をやった。

そこに、梅の木が立っていた——いや、違う——観音様だ。


春は目を閉じてそこに立っていたが、以前見せられて驚いたようなものではなかった。

前回は、梅の木の枝ぶりや幹の輪郭をなぞるように身体をねじって立っていたけれど、今の彼はまっすぐに、仏像のごとく両手をさりげなく差し出しているだけで、至極自然な立ち方だった。

だが、その佇《たたず》まいは、何か聖なるものであり、この世のものではなかった。

「それはいったい——?」

思わずそう尋ねていた。

春は目を開け、ちらっとこちらを見て笑った。

たちまち聖なるものは消え失せる。

「今の、仏像みたいだったよね?」

重ねて尋ねると、へへ、と春は肩をすくめて笑った。

「俺ね、日本の仏像って木のことなんだと思う」

彼は言った。

「大陸から日本に渡ってきた時の仏像は、仏陀《ぶつだ》の姿を表してたんだと思うけど、日本に来てからは、たぶんちょっと変わった。元々日本には巨木とか神木信仰があった。みんな、木に注連縄《しめなわ》を掛けて、拝んでた。そういう日本人は、仏像を見た時に、これが自分たちが木の中に見てたものだと思ったんじゃないのかな。俺は、仏像には、木そのものを擬人化した部分があると思う。だから、紅天女も、木を擬人化したもの、すなわち仏像に似た姿をしてるんじゃないかって、今は考えてる。それで、今みたいなのになった」

涼しげな、しかしどこか荘厳な顔でそう言った春は、ニコッといつもの無邪気な笑みを浮かべた。

「じゃあね、稔さん。また来ます。向こうにも、新作観に来てね」

サッと手を振り、ブーツを履いてガラリと玄関の戸を開ける。

その背中に声を掛ける。

「気をつけて。みんなによろしく」

「はあい、稔さんもね」

春風が去っていった。

私の目には、彼は永遠に「美しい子供」だ。

彼の姿が見えなくなってからも、私はどこかに梅の花の香りを感じていた。
まだ我が家の庭の梅は咲いていない。
だが、私は確かに、彼が咲かせた花の匂いを嗅いでいた。

III 湧き出す

ラヴェルの「ボレロ」は、曲の冒頭からずっと小太鼓が同じリズムを叩き続けているので、小太鼓奏者が発狂しそうになる曲として知られている。

別に「ボレロ」を意識したわけではないけれど、あたしが作った『アサシン』も、「地獄」パートではずうっと太鼓がどんどんどんどんどんどんと低く打ち鳴らされ続けているので、オーケストラの打楽器パートの皆さんが譜面を見るなり顔を曇らせたらしい。

そもそも、「地獄」パートにはメロディーらしきものがあまりない。管楽器のロングトーンのクレッシェンドがひたすら交錯し、繰り返される（告白すると、これはウォシャウスキーきょうだいの映画『マトリックス』の音楽へのオマージュである。あのサウンドは傑作だと思う）。管楽器の皆さんも、ロングトーンばっかでキツくてイヤ、メロディー吹きたい、とぶつぶつ文句を言っていたっけ。

練習に入ると、これはしんどい、と打楽器陣の呪詛《じゅそ》めいた声が聞こえてきた。そんなにしんどいかなあ？　神保彰《じんぼあきら》は、長年タイコを叩いてきて、「ある時からどんなに叩いても疲れなくなった」って言ってたよ？　あたしもタイコ叩いてたけど、打楽器ハイみたいなものがあるはずなんだが。

一転、「天国」パートでは過剰なくらいに甘ったるい、それでいてどこかイッちゃってるストリングスのメロディーに乗って、能天気なピッコロとフルートが空を駆け巡ることになっている。もちろん知ってる、ピッコロというのが、とても目立つのでこれはこれでまたしんどい楽器だってことは。オーケストラによっては、ピッコロ要員でエキストラを頼むこともあるくらいだし。

『アサシン』では、ヴァネッサが自分の役にケチをつけていたことを思い出す。

天国の美女なんかやったって、つまんないわ。あたしにもアサシン（暗殺者）のほうをやらせてよ。

あたしもそう思う。ヴァネッサだったら、しな作って待ってる天国の美女よりも手に剣を握って誰かの喉を掻っ切ってるほうが似合う。

春《はる》ちゃんも、そうなんだけどね、と苦笑していた。

だけど、「地獄」パートを踊るのは全員男性、「天国」パートを踊るのは全員女性、と決まっていたのでヴァネッサの望みは叶えられなかった。個人的には、ハッサンが踊っていた首領役をヴァネッサで見たかったなと思う。血みどろで、酷薄で、カリスマ性があってメチャシャープで、それでいてどこか刹那的かつ官能的なあの役の踊りを。

それでも、「地獄」パートと「天国」パートが入り乱れ、凄まじいカオスと化すラスト二十分の、ヴァネッサとハッサンの狂気のパ・ド・ドゥは圧巻だ。それこそ、互いの喉元に刃《やいば》を押し当てているかのような殺気と、爛《ただ》れた破滅の予感に痺れる。当然、音楽のほうも両方のパートが入り混じるので、これまた演奏もたいへんなことになるわけだ。

「あまりに複雑で数えられない」「ずっとフォルテッシモだなんて、続かない」「自分の音が聴こえない」と、オーケストラの各パートから悲鳴が上がったが、そこは君たちプロなんだからなんとかしてね、と押し切った。

ジャン・ジャメが「息せぬ者」をやってくれる、と春ちゃんが教えてくれた時は感激した。あたしが書いたメロディーで、あのジャン・ジャメがソロを踊ってくれるなんて！子供の頃の、ジャン・ジャメの古い映像にうっとりしていた自分に教えてやりたい、と思ったほどだ。

今でも、柔軟体操はやっている。もう身体に染み付いているので、やらないと気持ちが悪いのだ。特に、バレエの曲を書いている時は、知り合いのスタジオでバーレッスンもやるようにしている。余力があればセンターレッスンも。そうしないと、曲がうまく踊りに乗らないような気がする。

バレエを習っていた頃、どうしても自己流に踊ってしまう癖が直らなかった。

七瀬《ななせ》ちゃんは技術も美潮《みしお》ちゃんにひけを取らないし、とてもセンスがあるのだから、やめるのは惜しい。クラシックは難しいけれど、コンテンポラリーのダンサーを目指したらどうか、と言われたことがあった。

でも、それは違うとあたしは思っていた。コンテも好きだったけれど、クラシックも大好きだったので、もしダンサーになるのなら両方踊りたかった。それはコインの裏表のようなもので、どちらも必要なのだ。どちらかだけなんて有り得ない。

間近で春ちゃんを見ていたせいもある。

この人はなんでも踊れるし、自分でも作るんだろうな。こういう人が、ほんとのダンサーなんだろうな。そうずっと思っていた。

初めて彼の踊りを見た時はとてもびっくりした。当時は自分が何に驚いているのか分からなかったし、うまく言語化できなかったけれど、今にしてみれば、彼の踊りの大きさに驚いたんだろうと思う。

春ちゃんが踊っていると、明るく大きな空間を感じるのだ。彼を中心にして、壁や天井がどんどん遠ざかってゆくような錯覚に陥る。まるで、彼の発するオーラが大きく膨らんで、世界を押し広げているみたいに。

それに、いつも音楽が聴こえた。

彼が踊っていると、メロディーを感じる。メロディーを奏でているのは、パンフルートだったり、弦楽四重奏だったり、チェンバロだったり、お囃子《はやし》だったり、その時々で違っていた。

春ちゃんを見ている時のあたしは、無意識のうちに鼻歌を歌っているらしく、よく周りに怪訝《けげん》そうな顔をされたものだ。

もっとも、あたしは子供の頃からしょっちゅう何かを見てはメロディーを感じていたので、鼻歌が出るのには慣れっこになっていたのだが、踊りを見てメロディーを感じる、というのは春ちゃんが初めてだったのだ。

美潮ちゃんが、春ちゃんを意識するようになったのもそのせいだ。

発表会のあとだったか、あたしが「すごいなあ。春ちゃんが踊ってると、音楽が聴こえるよ」と興奮気味に言ったら、美潮ちゃんはひどく真剣な顔をして「あたしが踊ってる時は？」と聞いた。美潮ちゃんはバレエを始めた時からプロを目指していて、踊りはとても上手だったけれど、メロディーは感じなかった。そう正直に答えたら、気を悪くしたらしい。それ以来、やたらと春ちゃんに対抗意識を燃やすようになったのだ。

春ちゃんとワルツを踊ったり、パ・ド・ドゥごっこをするのは楽しかった。

彼と一緒に踊っていると、大音量で音楽が鳴っているのが聴こえた。もう、ワルツなんかノリノリで、勝手にいろんなポーズを取りたくなってしまう。

先生方も、春ちゃんも、「七瀬の音の取り方は凄いね」と誉めてくれたけれど、自分ではそれが普通なので実感はない。

ただ、録音した音源でダンサーが踊った時に、ダンサーとしての力量に差が出ることには早くから気付いていた。音源を聴いてしまい、音源に合わせてしまうダンサーは、どうしても踊りがほんの少し重くなり、極端な話、鈍臭くなる。聴いてから踊るのでは遅いのだ。一流のダンサーは、音源を自分の中で鳴らす。

春ちゃんは、なにしろ踊っているだけでも音楽が聴こえてくるくらいなので、それこそ音の取り方は抜群だった。ダンサーそれぞれに音の取り方にも個性があるが、春ちゃんの取り方は、とってもお洒落《しゃれ》でカッコいい。

踊ることは好きだったけれど、バレエ一筋の美潮ちゃんとは違って、あたしは興味の範囲が広すぎた。どちらかといえば、音楽の一部としてバレエを見ていたところがあって、ドラムもギターもピアノも好きだったし、あらゆる音楽が聴きたかったし、とても全部はこなせなかった。

楽譜を読めるようになってから、衝動的に頭に浮かんだメロディーを書き残しておくようになり、それはただの備忘録みたいなものだったのだけれど、ふと気が付くと、いつのまにかけっこうな量になっていた。

中学校を卒業した春休みに部屋の片付けをしていて、それらのいっぱい溜まった拙《つたな》い楽譜をじっと見返しているうちに、ああ、ひょっとしてあたしがやりたいことってこれなのかな、と思った。それから、作曲家になるにはどうすればいいんだろう、と考えるようになったのだ。
音大の作曲科に入ろうと決めて、作曲の先生を紹介してもらい、勉強を始めた。音大の作曲科の試験は、規定時間内に交響曲を作るなど、それなりの基礎がなければ絶対に合格できないものだったからだ。

ボリショイ・バレエ・アカデミーに留学してしまった美潮ちゃんのことは、正直いってあまり気にしていなかったけれど（美潮ちゃんのことだから、着々と腕を上げているだろう、と全く心配しなかった）、春ちゃんのその後はずっと気にしていた。あたしは彼の踊りを初めて観た時からファンだったし、彼がどんなダンサーに成長するのか楽しみにしていたのだ。

高校まではバレエを続けていたので、彼の消息は先生から聞くことができた。

春ちゃんがバレエ学校時代に先に振付家としてデビューした、と聞いて、さすが、春ちゃんぽい、と思ったのを覚えている。

「パニュキス」は日本でもよく上演されるようになったので知っていたが、後で春ちゃんに初演の映像を観せてもらった時はすごく面白かった。春ちゃんとヴァネッサが踊ったあれだ。

あたしが観たことがあり、よく上演されているのは改訂版のほうなので、原型を目にするのは興味深かった。けっこう細かいところが違っているが、それでいて春ちゃんらしさは既にあちこちに見られたからだ。

春ちゃんの振付は、幾つかのタイプに分かれる。ひとつのアイデア、もしくはコンセプトがあって、それを中心に据えたもの（例えば、ジャンプも回転もなしで一列で踊るという縛りのある「KA・NON」とか）。

あるいは、ジグソー・パズルのピースを埋めていくように、全体が緻密に計算されたひじょうにトリッキーなもの（『アサシン』はこっちに入るだろう。深津純《ふかつじゅん》さんと踊った「ヤヌス」もそうだ）。

または、フリー・ジャズみたいな、無作為（に見える）流れでできているもの（ソロ作品にそういうのが多い）。

「パニュキス」には、そのぜんぶの萌芽《ほうが》が見られて、デビュー作にその人らしさが凝縮されている、というのは本当だな、と思った。

ジャン・ジャメが後で振付のクレジットを連名にした、という『DOUBT』も観せてもらったけれど、なるほど歌舞伎の見得《みえ》を下敷きにしたという春ちゃん演じるジャンヌ・ダルクのあの動きは、まさしくケレン味があって、これまたもう、既に春ちゃんの振付だな、と唸らされた。

音大を卒業して、フランスの国立高等音楽院に留学してからは、ちょくちょくドイツまで春ちゃんを観に行った。春ちゃんのいるバレエ団は人気スターがひしめいていて、なかなかチケットが取れなかったけれど。

春ちゃんは想像以上に凄いダンサーになっていて、もちろん王子様をやっても何やってもいいんだけれど、あたしはリラの精とか、ちょっと変わった役をやっている時のほうが好きだった。

振付家としても、彼は着実に実績を積み上げつつあった。小品は幾つも発表していたし、トリプル・ビル公演なんかにも、もう春ちゃんのオリジナル作品を入れてもらえるようになっていた。

会いに行こうと考えなかったのは、今にしてみれば不思議だ。きっと楽屋に行けば、会ってくれただろうに。ましてや、バレエのための曲を作るなんて、これっぽっちも頭に浮かばなかった。

なので、ある日突然、春ちゃんからスマホに電話が掛かってきた時は、本当にびっくりした。

「七瀬？」

最初は、誰の声なのか分からなかったくらいだ。

誰だろ、いきなり呼び捨てにするなんて。登録してない番号の電話になんて、やっぱり出るんじゃなかった、と後悔したほどだ。しかし、仕事の依頼の電話もあるので、出ないわけにはいかなかった。

作曲家は、曲を作ってナンボである。学生時代から、先輩や先生の紹介で、ゲームの音楽だとか、ＣＭの音楽だとか、なんでも仕事を引き受けてきたし、フランスでも仕事はできるから、来た仕事はなるべく引き受けるようにしていたのだ。コンクールやコンペに送る曲も作りまくっていたので、しょっちゅう締め切りがあって、音楽院時代は常に寝不足だった。

あたしが一瞬返事に迷っていると、「俺、萬《よろず》。分かる？　バレエ教室で一緒だった」と言うではないか。

「えっ、春ちゃん？　春ちゃんなの？」

春ちゃんは、電話の向こうで「あはは」と笑った。

「そうだよ。つかさ先生から七瀬んちに連絡してもらって、番号聞いたの。まずかったかな？」

「そんなことないよ。うわあ、春ちゃん、久しぶり。っていっても、このあいだ観たよ、トリプル・ビル」

「ええっ、観に来てくれたの？　ありがとう。七瀬、今フランスなんだってね」

「うん」

「でね、電話したのは、七瀬の曲、今度使いたいんだ」

「ほんとに？」

　思ってもみない用件で、これまたびっくりした。あたしの曲で、春ちゃんが踊ってくれるの？　有頂天のあまり、頭が一瞬真っ白になる。

「たまたまラジオで流れてた曲で、これ、踊りたいな、踊れるなって思って調べてみたら、七瀬の曲だったんで、うそーって思ったよ」

「こっちこそ、うそーっ、だよ。どの曲？」

「『MIDNIGHT PASSENGER』って曲」

「ああ、あれね。二年くらい前にCMに書いた曲だ」

「ネットで七瀬の他の曲も聴いてみたけど、七瀬の作る曲、面白いね。さすが、踊ってただけあって、なんだかみんな踊れそう。聴いてると、踊りが見える」

　あたしはその時、ふと思った。

　確かに、そうかもしれない。あたしが春ちゃんの踊りに音楽を聴いたように、その逆もあるのだ。

「そう言ってもらえると嬉しいな」

「最初、同姓同名の別人かなって思ったよ。だけど、けっこう珍しい名前だし、七瀬って昔からすごく音感よかったから、ひょっとしてって聞いてみたら本人だった。やっぱり音大に行ったんだね」

「ホームページ見てくれればよかったのに」

「いやあ、びっくりしちゃって、ホームページ探すより先に、思わずつかさ先生に電話しちゃったよ」

「あはは、そうなんだ」

「美潮もロシアのバレエ団で頑張ってるみたいじゃない？」

「うん、順調に昇格してるらしいよ」

「まあ、なんせ美潮は『正しい』美潮だからな。娘二人が海外に行っちゃって、親御さんは淋しいんじゃないの？」

「もうあきらめてるよ」

「俺も七瀬もヨーロッパにいるなんて、ヘンな感じ」

「あたしがフランスに来たのは、潜在的に春ちゃんの踊ってるところを観たいと思ってたからかもね」

「とにかく、俺の振付を観てくれてるんだったら、話は早いな。よし、決めた。今回は『ＭＩＤＮＩＧＨＴ　ＰＡＳＳＥＮＧＥＲ』にするけど、七瀬、この先、俺のバレエにオリジナルで曲書いてくれない？」

「えーっ、嬉しい、書く書く書く」

この時になってようやく、そうか、バレエの曲を作ればいいんだ、と腑に落ちた。大好きなバレエの、大好きな春ちゃんの踊りの曲を作る。もしかして、あたしはこのためにバレエを習って、作曲家を目指してきたのかもしれない、なんてちょっと運命論めいたことを考えてしまった。

ＭＩＤＮＩＧＨＴ ＰＡＳＳＥＮＧＥＲ、真夜中の乗客。

十分ほどの、小さな作品。

これが、春ちゃんとあたしのコンビの始まりだった。

たぶん最初の頃は、春ちゃんもあたしも短い作品しか念頭になかったように思う。せいぜいトリプル・ビル用の一幕ものの作品くらいは作れるかな、という感じ。まさかこの先、全幕ものまで一緒に作ることになるとは全然予想もしていなかった。

今やデューク・エリントンやクイーンまでバレエになっているんだから、パリのオペラ座はミシェル・ルグラン・バレエを作るべきだよね。ルイ十四世がミシェル・ルグランを聴いていたら、絶対バレエにしていたと思う。いいじゃない、オペラ座史上初、板付きのビッグバンドを背景に、エトワールのカップル三組が「おもいでの夏」「シェルブールの雨傘」「ロシュフォールの恋人たち」をメドレーで踊るなんて。衣装はビシッと、イブニングドレスとタキシードでキメる。ストリングスとビッグバンドの音楽で、最高にゴージャスなバレエになりそう。ジャン・ジャメが『ＤＯＵＢＴ』でジャンヌ・ダルクをやったけど、これも本来はパリオペが扱うべき題材だよね。ジャン・アヌイの戯曲『雲雀《ひばり》』をバレエにしたらどうかしらん。裁判劇だから、脚色は難しいかもしれないけど。音楽はモーリス・ラヴェルでお願いしたい。

英国ロイヤル・バレエは『嵐が丘』の全幕を作るべき。子供時代のヒースクリフとキャシーが、バレエをやる子供たちの憧れの役になるような。曲は誰がいいかな？　いっそケイト・ブッシュに作ってもらって、思い切り現代風にするのはどうだろう。彼女の「嵐が丘」は踊れると思うんだが。『フランケンシュタイン』を作るなら、『ジキル博士とハイド氏』も作ってほしい。一人で両方踊ってもいいし、二人でジキルとハイドを踊り分けるのもいい。どちらにしろ、男性ダンサーの見せ場の多い、面白いものになりそうじゃない？マイケル・ナイマンの音楽でどうだろう。

ロイヤルには、ジョージ・マクドナルドのダーク・ファンタジー『リリス』もバレエにしてほしい。リリスって、「楽園追放」のアダムの最初の妻で、ものすごく邪悪だったと言われている。なにしろ、「ララバイ（子守唄）」の語源になった女だ。「ララバイ」という単語は、「リリスよ、去れ！」という言葉が元になっているんだって。凄くない？　音楽は——スティングか、エルトン・ジョンに作ってもらうとか？　エルトン・ジョンは名門・王立音楽院を出てるし。キッチュでダークなバレエになるといいな。

日本のバレエ団は、武満徹《たけみつとおる》で全幕バレエを作ってほしい。安部公房《あべこうぼう》の『砂の女』をぜひ。勅使河原宏《てしがはらひろし》監督の映画『砂の女』の音楽をやっているから、それをメインに使えるんじゃないかな。海外に持っていくのなら、『雨月物語』がいいと思う。溝口健二《みぞぐちけんじ》監督の映画は世界中で知られているし、音楽の早坂文雄《はやさかふみお》は早逝したけどそれなりに曲を作っているから、全幕にできるだけの曲はじゅうぶん残っているはずだ。あの有名な、カメラがパンして別世界、という場面を舞台でも再現してほしい。

――というような妄想は、以前からよくしていた。要は、自分が観たいと思うようなバレエをいろいろと考えるのが好きだったのだ。

ちなみに、ケイト・ブッシュの「嵐が丘」を、実際に「踊ってみたいな」と思って、春ちゃんと一緒に作ってみたことがある。

こーんな感じの構成で、とあたしの頭に浮かんだ踊りの流れや動きを春ちゃんに伝えて、振付を考えてもらった。「パニュキス」みたいな、キャシーとヒースクリフの子供時代から成年までを一曲で描くという演劇的な踊りになるはず、だったのに。

「うん、この曲、踊れるね」。そう春ちゃんが納得したとたん、たちまちガチな振付になってきて、うーん、そろそろあたしの技術を超えそうでヤバイかな、と嫌な予感がしていたのだが、春ちゃんはお構いなし。サビのところの「ヒースクリフ、あたしよ、キャシーが帰ってきたのよ」の部分に超絶難しいリフトが！　あたしはどうしてもうまく降りることができなかった（あたしの技術は高校時代がピークなんだよね。なのに、できるだろ七瀬って言われてもさあ）。春ちゃんは、振付に関しては手加減するとか簡単にするということは一切認めない人なので（その人にできる振付しかしていない、という自負があるのだ）、「嵐が丘」は完成に至らずそれっきり、という残念な結果となった。心残りなので、誰か他の人と踊って完成させてほしいと思う。もっとも、今となっては、正式なオファーがない限り実現することはなさそうだけど。

そんなリクエストができたのも、コンビを組み始めた頃は、春ちゃんがあたしを振付の実験台に使うことが多かったからで（「それ、昔、バレエ学校時代に俺がよくやらされてた役だ。大変だろ?」とは深津純さんの弁である)、なんで作曲家がレオタード着てスタジオ通ってるんだろう、と思ったものだ。むろん、いつも柔軟体操はしていたし、こちらに来てからは気分転換にジャズダンスを習っていたけれど、クラシックはブランクありまくりだし、元々深津さんみたいにちゃんと踊れるわけではないので、あまり役に立っていなかったと思うけど。

それでも、最初に春ちゃんの振付の現場――「MIDNIGHT PASSENGER」を見せてもらった時のことはよく覚えている。

この先オリジナル曲を提供する時に役に立つかもしれないから、どんなふうに振付を作っているのか見せてほしい。そう言って、彼のバレエ団の稽古場に入れてもらったのだ。

そこは、古くて決して広くはない半地下のスタジオだったが、大きな窓から斜めに射し込んでくる光が独特の雰囲気を醸し出していて、子供の頃に求めていた秘密基地のような、なんとなく落ち着く場所だった。かつてはジャン・ジャメもここでよく振付を考えていたそうで、無数のダンサーの情念みたいなものが染み付いているような気がした。

振付家によって、作るスタイルは千差万別だ。

その後、春ちゃん以外のコレオグラファーとも仕事をするようになって、そのことを痛感した。完璧に作りこんでからダンサーに渡す人、ワークショップでダンサーと一緒に作り上げる人、試行錯誤を繰り返して少しずつ完成させていく人、迷わずパンクチュアルにスケジュール通り作れる人。なので、作曲するほうも、先に曲をくれという人、踊りを見て曲を付けてくれという人、キャッチボールのように並走していく人、と対応の仕方を変えていかなければならない。

その点、春ちゃんには決まったスタイルというものがなかった。意識的に変えているというよりは、その作品ごとにピンとくるスタイルがあって、いろいろなやり方を試していたのだろう。あたしとのコンビでも、「先に七瀬の好きなように曲作っちゃっていいよ」という時もあれば、それこそワンフレーズずつ一緒に考えていく、という時もあり(死ぬほど時間が掛かった)、毎回新鮮かつ真剣勝負だった。

好きに作ってくれ、というのは、実はいちばん困る。他の人は知らないが、職業作曲家としては、ある程度注文内容のコンセプトがはっきりしていて、制約があるほうが作りやすい。この材料で料理作ってね、と言われたほうが、なんでもいい、と言われるよりも楽なのと同じだ。「今日の夕飯何がいい?」と母に聞かれて「なんでもいい」と答えると母がムッとしていた気持ちが今はよく分かる。

自分の曲が薄暗いスタジオに流れていて、春ちゃんが身体を動かしているのを目にするのは不思議な感じがした。こそばゆく、照れくさくもあったけれど、同時に「ああ、嚙み合っている」と腑にも落ちた。これから、いくつも一緒に仕事をしていくんだろうな、という予感があった。

相変わらず、彼の踊りは大きかった。今は動きも抑えているし、素の状態に近いのだろうけれど、ゆるぎない存在感が、周囲の空間を押し広げていく。ためらいつつも繰り返す試行錯誤や、首をかしげる仕草、じっと何かを考えているところ、など、すべてがいちいち美しかった。

ああ、やっぱりこの人は本物のダンサーなんだ、と思った。そこに立っているだけで、そのたたずまいだけで踊れている。

一瞬、胸に突き刺さるような羨望と嫉妬を感じた。あたしはこうはなれなかった。踊ることは好きだったけれど、こんなふうには存在できない。あたしはダンサーとしては挫折したんだ、と改めて思わずにはいられなかった。

そして、他のことにも気付いた。

よいコレオグラファーというのは、新たな景色を作れる人なのだ、と。

それまでも、漠然と感じてはいた。面白いと思う振付家と、そうではない人の差はなんなのか。つまらないと思うのはなぜなのかと。

つまらない踊りは、舞台がのっぺりとして見える。ダンサーの動きもどこか書割《かきわり》めいていて、立体的、有機的に見えない。それは、舞台の上に現われるはずの景色にリアリティがないということなのだ。

面白い踊りは、それが抽象世界であれ、具象的なものであれ、そこに現われる景色が「生きて」いる。風が吹き、木々が揺れ、人々の感情が、情念が、豊かに息づいている。

たぶん、あたしのいう「新たな景色」が、春ちゃんのこだわっていた「この世のカタチ」とイコールなのだろう。

つかのま感じた羨望と嫉妬はすぐに消えた。

なにしろ、春ちゃんの振付の舞台裏をじっくり独り占めできるのだ。眼福、眼福、と彼の動きを目に焼き付ける。これは仕事だ、とシビアに考える自分もどこかにいた。この先、この動きに曲を付けることもあるのだし、これまでも彼の踊りを観てきたつもりではあったが、作曲家として彼の踊りを意識したのは初めてだったからだ。

実際、曲を作りながら、彼がどう踊るか予想するのは密かな楽しみになった。ふんふん、

きっとここでこうきて、とフォーメーションが浮かぶ時もある。

それがどんぴしゃ当たると嬉しかった。

やったー、とあたしが叫んでいるのを見て、春ちゃんは「何それ?」と聞いたが、「ヤマが当たった」と言うと、複雑そうな表情になった。

「なんだか、七瀬の予想通りに作ってると思うと悔しい」とわざわざ振付を変えたこともあり、今度はこっちが「何それ?」と返したものだ。

とにかく、「MIDNIGHT PASSENGER」を作っているのを見た時から、春ちゃんが何をしたいのか、なんとなく見当がついたのは本当だ。


どうやら煮詰まったらしく、「ちょっと休憩」、と春ちゃんが音楽を止めた。

「はい」とミネラルウォーターを渡すと、「サンキュ」とすぐに蓋を開け、ごくごくと飲む。

「七瀬、顔色悪くない?」

「コンペの締め切りで、徹夜でスコア書いてた」

「大変なんだね、作曲家って」

「春ちゃん、相変わらず肌キレイだねー。羨ましい」

あたしはこの頃、いつも目の下に隈《くま》を作っていて、肌もガサガサだった。

「いやあ、ヨーロッパは水も違うし、聞きしにまさる乾燥でバリっバリだよ。深津の妹が送ってきてくれるオイルとかクリームとか、塗りまくってるよ」

「昔の日本の映画女優って、冬のあいだは金沢に行ってたんだって。東京って、冬はすっごい乾燥するじゃない？　北陸は雪も降ってるし、肌がしっとりするから、肌を休ませられるんだって」

「ふうん。俺も行きたいなあ、金沢。温泉浸かって、熱燗飲みたい」

「いいねー。温泉」

こんな他愛のない話ができるのが嬉しかった。

その時、ふと、悪戯《いたずら》心が湧いた。

なんだってまた、そんなにも図々しく大胆なことができたのかは分からない。今でもこの時のことを思い出すと、冷や汗がダラダラ出てくる。世界有数のバレエ団のスタジオで、新進ダンサー兼コレオグラファーを前にして、なんだってまたそんなことをしようなんて思ったのか。

「ふふっ」

あたしはそう笑った。自分でも、なんで笑ったのか分からなかった。

春ちゃんも、その笑い声に不思議そうな顔で振り向いた。

あたしはいつのまにか立ち上がって、オーディオのところに行き、春ちゃんが止めた自分の曲を流していた。

春ちゃんは、きょとんとしてあたしを見ている。

あたしは、コート掛けから、自分がかぶってきた帽子とコートを手に取った。

ここ数日はえらく寒くて、あたしはお気に入りのグレイの中折れソフト帽と、ラムスキンのコートというフル装備で来ていたのだ。

「あそこはこうでしょう?」

あたしは、春ちゃんの動きをなぞった。

前傾姿勢で頭に手を置き、ステップにためらっていたところを頭に思い浮かべる。コートを羽織り、帽子を頭に載せ、帽子に手を置き、前かがみになる。

トランペットが三回繰り返す、短いメロディー。

それに合わせて、あたしも三回、ざざーっ、と繰り返し床の上を滑っていく。

彼が、「パッセンジャー」をやろうとしていることには気付いていた。夜の底を過ぎ行く乗客。いつも旅の途中、ここではないどこかに去り行く人々。

乗客たちの顔は見えない。俯《うつむ》きかげんに、帽子に手を掛け、つかのまコートを翻してステップを踏み、あてどのないバラバラな方向にジュテを繰り返し、立ち止まり、踏みとどまり、やがてまたどこかへ。

突然、我に返った。

ぽかんとしている春ちゃんの顔、同時にとても真剣な彼の顔が目に入り、自分がしでかしたことに気付いたのだ。

「うわっ」

あたしは激しく動揺していた。

慌てて曲を止め、帽子とコートを放り出す。

「ごめん、春ちゃん、あたしったら、バカだねー、なんつう図々しいことを。うわあ、トッププロの前で、トッププロのスタジオでっ。忘れてっ、無かったことにしてっ」

いたたまれずに平謝りする。

自分が真っ赤になって、汗をダラダラ流しているのを意識する。

なんということだ、久々、その場の衝動で馬鹿をやってしまった。どうしよう、春ちゃんに、こんな馬鹿に曲なんか頼むのやめよう、って思われたら。

「七瀬、俺の動きを見て、ああなると思ったわけ？」

真面目な声にハッとした。

恐る恐る顔を上げる。

春ちゃんの顔には、純粋な興味と驚きとが浮かんでいた。

「うん。あそこの部分は、きっとこうしたいんだなって思って、今やったみたいな春ちゃんの踊りが見えた」

春ちゃんは、あたしの言葉を反芻《はんすう》するように、宙の一点に目をやり、しばし考えていた。あたしの動きと、自分の動きとを重ね合わせて、頭の中で繰り返しトレースしているのが分かった。

「なるほどね」

春ちゃんは立ち上がり、あたしが放り出した帽子とコートを手に取った。コートを羽織ってみようとしたが、残念ながらあたしのコートを彼が着るのは無理だった。

「そりゃ、無理だよね。婦人ものだもんな」

春ちゃんはコートをコート掛けに戻し、帽子だけを手元に残した。

「これ、貸して」

「どうぞ」

次の瞬間、彼は「パッセンジャー」になっていた。

前傾姿勢でかぶった帽子に手を置き、さっきあたしがやったように床でざざーっ、と三回、足を滑らせる。

その先は、春ちゃんの踊り、春ちゃんの展開だった。

途切れることもなく、流れるように動きができてゆく。

決まった、という感じでピタリとポーズを取って止まる。

「わー、カッコイイ」

あたしは見とれてしまい、思わず拍手をした。

春ちゃんは、あたしの帽子をじっと見つめ、指でくるくると回し、コート掛けに向かって投げた。

帽子はコート掛けに見事かぶさる。

「七瀬、バレエ続ければよかったのに」

ポツンと呟く。どきんとした。じわじわと嬉しくなった。そして、春ちゃんと組めるのを心の底からラッキーだと思った。

むろん、あんな図々しいことをしたのはそれっきりだ。

だけど、その後もたまに、煮詰まった、と思った時に、春ちゃんは不意にパッとあたしに向かって尋ねることがあった。

「ねえ、七瀬、俺、このあとどうしたいと思ってると思う?」

あはは、とあたしは苦笑した。

「そんなの分からないよー」

実は、分かる時もあったし、分からない時もあった。けれど、あたしは首を振って目に浮かんだものを口にはしない。

バレエ続ければよかったのに。

彼のその一言は、ダンサーになることに挫折したあたしにとっての宝物だし、その一言で満足してしまったからだった。


そんなわけで、あたしと春ちゃんの初コンビ作、「MIDNIGHT PASSENGER」は完成し、男性二人と女性一人が、目深にかぶった帽子とトレンチコート、という格好で踊る作品になったのだ。

不思議な漂泊感のある、どこか淋しくノスタルジックな春ちゃんの振付がダンサーには好評で、その後もあちこちで踊られるようになったのは嬉しい。

が、あたしが話したいのは、この作品が世に出る過程で、ひょんなことから生まれた春ちゃんの作品についてである。

これも今となってはめちゃくちゃ恥ずかしいのだが、たまにはあたしの馬鹿も役に立つ、ということで恥を忍んで記しておく。


まあ、昔から癖ではあったのだ——というか、癖だったらしい。

初めて指摘されたのは、中学時代。

中学一年の合唱コンクールのあとで家に帰ったら、美潮ちゃんが真っ赤な顔をして、え

らい剣幕であたしのところに詰め寄ってきた。

「七瀬、いったいどういうつもりだったのよ、あれ。あたし、もう恥ずかしくって恥ずかしくって、逃げ出したいくらいだったわよっ」

そう半泣き顔で叱られたのだ。

「えっ、何が？」

うちのクラスはあたしが指揮して、学年二位かなんかだった。一位になれなくて、しょんぼりして帰ってきたら、なぜか美潮ちゃんが怒っている。ひょっとして、一位になれなかったことをなじられているのだろうか、と思った。

「あたしだって、一位になれなくてがっかりしたよ」

そう答えたら、美潮ちゃん、ますます怖い顔になるではないか。

「そんなことを言ってるんじゃないっ。なんなの、あのヘンなみっともない踊りは！　みんな笑ってたんだからっ。あたしまで笑われたっ」

地団駄踏んで怒っているので、やっと順位の話ではないと気付いたのだ。

「踊り？　合唱コンクールで、なんで踊るの？」

ぽかんとしているあたしを見て、そこで初めて、美潮ちゃん、「えっ」と詰まって、しげしげとあたしの顔を見た。

「七瀬、ひょっとして、あんた、自分が何してたのか気付いてないの？」

そこに、美潮ちゃんの大声にびっくりしたお母さんが飛んできたんだけど、その時には二人して絶句していた。

どうやら、あたし、指揮しながら踊ってたらしいんだよね。

自覚は全くなかった。みんながぎょっとした顔であたしのこと見てるなあ、とは思ったんだけど、こっちは指揮に集中してた（つもりだった）し、自分がそんなに身体を動かしていることに気付いてなかった。

でも、そういえば一度くらいダブルで回ったような気もするし、脚上げてたような気もするな、とは思ったけど、踊ってるという自覚はなかったのだ。

美潮ちゃんは、あまりにもあたしに自覚がなかったことに別の意味であきれたらしいけれど、それ以上何も言わなかった。

次に指摘されたのは大学時代だ。考えてみれば、その後は中・高と指揮する機会がなかったので、指摘される機会もなかったということらしい。

音大の作曲科に入ると、ゆくゆくは作曲家自身が指揮することも多いので、カリキュラムに指揮の授業も組み込まれている。ちゃんと技術として習ったし、面白かった。先生にも、見やすい指揮だ、と誉めてもらった。

数ヶ月が経ち、自分の曲を指揮する、という課題が出された。

そりゃあ、自分の曲だし、思い入れはある。脳内にあるこの曲を、実際のオーケストラで鳴らせる！　と張り切って振った。

が、なんとなく違和感があった。「引かれている」感といってもいい。

でも、誰にも何も言われなかったので、そのままにしていた。

学年が進むと、課題も増え、作曲した曲も増え、学内で演奏してもらう機会も増えるし、指揮する機会も増えた。

そんな機会のひとつである学内のコンサートで、周りが明らかにボーゼンとしていたことがあったので、不思議に思っていたら、後から遠回しに「滝澤《たきざわ》さん、踊ってたよね」と複数の人から言われたことがあったのだ。

踊るとは？

今にしてみると、あたしが思う「踊る」と一般の人たちが思う「踊る」とのあいだには大きな隔たりがあったのだろう。

あたしの思う「踊る」というのは、それこそ『眠れる森の美女』を全幕踊る、とか、フォーサイスの「イン・ザ・ミドル・サムホワット・エレヴェイテッド」を通して踊る、とか、そういうガチの舞台を指す。なので、あたしは「身体を揺らしていた」程度に思っていたのだけれど、周りの人たちから見れば、相当はっきりと「踊って」いたらしい。

「えっ、あたし、踊ってました？」

そう尋ねると、その人たちは見覚えのある表情になった。

合唱コンクールの時の、美潮ちゃんのあの表情だ。

「うん、ああ、ちょっとね」

美潮ちゃんがあれ以上突っ込んでこなかったように、皆も「あっ、マズイものに触れた」というような慌てた顔で、もごもごと返事を口の中で呑み込んでしまうのである。

だから、はっきりとした指摘はなかったものの、あたしもさすがに不安になってきて、心の隅にメモした。

あたしには指揮しながら踊る癖があるらしい、と。

それが、けっこう人の目には奇異に映るらしい、と。

で、「MIDNIGHT PASSENGER」だ。

最初は録音した音源を流してやるはずだったんだけど、春ちゃんが「生オケで」と言いだしたので、一度だけあたしがリハーサルで指揮したことがあったのだ。もちろん、その一度きりで、あとはプロが振った。

ご想像通り、あたしはそこでもやらかしたのである——やはり、指揮している最中は分からなかったのだけれど。

いや、春ちゃんと組めて張り切っていたし、舞い上がっていたのは本当。自分がハイテンションなのは意識していた。

オーケストラのメンバーがぽかんとしているのが目に入ったし、彼ら以外からも、何か異様な感じで見られてる、というのもなんとなく分かった。

だけど、それでも——やっぱり自覚はなかったんだよね。

ところが、演奏が終わった時に、近くで聴いていた春ちゃんが手を叩いて肩を震わせているので、「どうかした?」と尋ねたら、「七瀬、最高。やっぱ、七瀬の中にはダンサーの分身がいるわ」と爆笑したのだ。

「え?　何それ」

あたしは目をぱちくりさせた。

春ちゃんはなかなか笑い止《や》まなかった。が、ようやく笑いの発作が治まってくると、綺麗な指で涙を拭った。

「七瀬、踊ってたよー。噂には聞いてたけど、ホントに指揮しながら踊るんだ」

そう言って、春ちゃんはひょいとあたしの持っていた指揮棒を取り上げた。

そして、いきなり舞台に飛び上がると、指揮棒を振りつつコミカルな動きで踊りだしたのだ。

ワッと歓声が上がる。

「やだ、あたし、そんな感じだった？」

あたしはまたしても冷や汗がどっと噴き出すのを感じた。

ウソー、あんなだったら、超イカれてるじゃん、あたし。

「ううん、七瀬のほうがもっと可憐だった」

そう首を振って、春ちゃんは愛らしく自分の肩を抱きしめてみせる。

可憐でも、アホはアホじゃないのさ。

あたしはがっくりと溜息をついた。

春ちゃんは、踊りながら、オーケストラ・ピットにいるメンバーに指揮棒を振ってみせる。メンバーから笑い声が上がった。

ふざけて、春ちゃんの指揮に合わせて曲を演奏するメンバーもいる。

あたしは、冷や汗も忘れて見とれた。

もちろん、春ちゃんなら、悔しいけど指揮だってお茶の子さいさいだ。あの指先からは、常に至上の音楽が零《こぼ》れ落ちているのだから。

いつしか、彼は指揮をしながら自在に踊っていた。

おお、世界をバレエで鳴らす男、萬春。

そんなキャッチフレーズが頭に浮かんだっけ。

と、不意に、春ちゃんがハッとした顔になって、指揮をやめたのだ。

皆もつられて動きが固まり、演奏が止む。

何か、舞台の上に鋭い沈黙が降りた。

春ちゃんは、しげしげと手にした指揮棒を見つめている。

皆の注目が、その指揮棒に集まっていた。

やがて、彼はぼそっと呟いた。

「——なるほどね。踊れるわ」

なんのことだろう、と皆が不思議そうに春ちゃんを見ていたが、その時にはもう、彼の中ではコンセプトが固まっていたらしい。

そうしてできたのが、春ちゃんの「ボレロ」——作品名「ムジカ・エクス・マキナ」である。

「たまに、コンセプトだけで丸ごとできちゃう作品があるんだけど、これがそうだったね。あの時、七瀬の指揮棒を見ながら、はじめから終わりまで、ほぼいっぺんに頭の中に浮かんだ」

春ちゃんはそう言っていた。

振付家を名乗るのならば、やはり避けては通れない曲、振付してみたい曲のひとつが「ボレロ」だろう。

「ボレロ」は、もともとは十八世紀の末ごろにスペインで生まれた、ゆったりした三拍子の舞曲を指す。こんにち有名な「ボレロ」は、フランスの作曲家モーリス・ラヴェルがバレエ曲として依頼を受けて作ったもので、当時の踊りのほうはあまり評判にならなかったが、専らオーケストラの演奏曲として人気を博すようになった。ラヴェル本人は、きっとプロの音楽家からは酷評されるだろうと思っていたそうで、超人気曲になったのをずっと不思議がっていたとか。

そして、現在のバレエの世界では、モーリス・ベジャールが二十世紀バレエ団に作った作品があまりにも強烈で、円卓の上で踊るジョルジュ・ドンやシルヴィ・ギエムのイメージから逃れることはひじょうに難しい。

けれど、日々世界中で新たな「ボレロ」が生み出され続けているし、今この瞬間も誰かが次の「ボレロ」を作っていることだろう。

春ちゃんの「ボレロ」は、実にシンプルなコンセプトから成り立っていた。

要は、「ボレロ」を演奏するオーケストラの楽器を、そっくりそのままダンサーに置き換えてバレエにしたのだ。

オーケストラ・ピットにいるオーケストラの団員の数と、舞台の上のダンサーの数は同じ。楽器の数も、その楽器役のダンサーの数と同じ。プラス、指揮者一名と指揮者役のダンサーが一名。

幕が上がる。

舞台は薄暗く、よく見えない。

静かに曲が始まる。舞台の上には数名しかいない。

中央で指揮棒を振る指揮者役のダンサー。

シンプルなリズムを叩き続ける小太鼓役のダンサー。

三拍子を刻む弦楽器役のダンサー。

つまり、演奏されている楽器と同じ役のダンサーのみが舞台にいる。

そこに、テーマを吹くフルート役のダンサーが登場する。

テーマの踊りの振付は、基本みんな同じ。同じだけど、奏でる楽器が入れ替わるごとに、少しずつアレンジされていくことになる。

楽器役のダンサーは、同じメロディー、同じリズムを刻む楽器と同期した踊りを踊る。たとえば、ヴァイオリン四人が同じメロディーを奏でているのであれば、ヴァイオリン役のダンサー四人も同じ踊りを踊るわけだ。

自由に踊れるのは、指揮者役のダンサーのみ。縦横無尽に舞台を駆け回り、楽器役のダンサーを叱り、おだて、煽《あお》り、支配する。

なるほど、「デウス・エクス・マキナ（機械じかけの神）」ならぬ、統制された「ムジカ・エクス・マキナ（機械じかけの音楽）」というわけである。

曲が進み、少しずつクレッシェンドするのに合わせて、舞台に登場するダンサー（楽器）も増えてゆく。

音の大きさ、楽器の厚み、それらがダンサーの数と動きに比例する。

照明も、徐々に明るくなる。

まさに、オーケストラの演奏そのものが、舞台上の踊りで「目視」できるのである。

オーケストラの団員たちも、映像を見て「なんだかヘンな感じ。まるで、自分が舞台の上で踊っているみたいだし、自分の音を見ているようだ」と話していたそうだ。

途中、ホルンの奏でるテーマに対して倍音でテーマを吹くピッコロとチェレスタが、ホルン役のダンサーと三人等間隔に離れて後ろで踊っている、などという場面もスコアに則《のっと》っていて芸が細かい。

テーマを踊るダンサー（楽器）も、最初のうちは一人か二人だったのに、終盤に向かうにつれてどんどん増えてゆき、リフトやフォーメーションの動きも入ってくる。

金管楽器役の男性ダンサーが、並んで力強くテーマを踊るところは圧巻だ。

曲は終盤へ。

ついに、舞台上にはフルメンバーが揃う。

渾然一体《こんぜんいったい》となったテーマが流れる。踊る。

いよいよ明るくなり、輝かしさを増す照明。

全員が正面を向き、堂々と同じ踊りを踊る。

誰もが勝ち誇った笑みを浮かべている。

もはや、指揮者を先頭に踊る舞台の上のダンサーたちと、舞台の下のオーケストラ・ピットとは、数も立ち位置も完全に一致している。

まさしく、観客たちは「ボレロ」という曲を「目の当たりに」しているのだ。

そして、フォルテッシシモのラスト前四小節。

ダンサーも、オーケストラ団員も、繰り返し雄たけびのような歓声を上げる。

怒号のような大歓声の中の幕切れ。

舞台の上のダンサーは一斉に膝をついて深くお辞儀。

暗転。


という、カッコいい春ちゃんの「ボレロ」である。

ラスト前四小節のクライマックスでダンサーと団員が歓声を上げるのは、春ちゃんの叔父さんの家にあったレコードを真似したんだとか。

そう、クラウディオ・アバドが一九八五年にロンドン交響楽団を指揮して録音したグラモフォンの「ボレロ」には、演奏中に感極まって自然と湧き起こったという、楽団員の歓声が入ってるんだよね。あえて、プロデューサーはこのバージョンをレコードにしたという。

それが「ムジカ・エクス・マキナ」と共に有名になって、「ムジカ・エクス・マキナ」が上演される時は、ラスト前四小節にダンサーと楽団員と一緒に観客も雄たけびを上げる、というのが定番になっていったのだから、面白い。

さすがに、今のあたしは指揮しながら踊るということもなくなった——はずだ。たぶん、ね。

まあ、春ちゃんの「ボレロ」の誕生に貢献できたのだから、よしとしよう。


全幕バレエの作曲家への道は、とっても遠い。

むろん、振付家のほうもそれは同じだ。全幕バレエは一幕ものとは桁違いの費用が掛かる。大変な労力と経費をかけても、当たるかどうかは分からない。一種のバクチといってもいいので、おいそれと任せてもらえない。ましてや、人気演目となり、幾度も再演され、スタンダードとして残るものがどれだけあるだろう。スタンダード――それは、世界各地で、さまざまなバレエ団がプログラムにその演目を選ぶようになる、ということだ。そこまでになる作品はめったにない。

古典と呼ばれる演目の振付の強度には、本当にいつ観ても驚かされる。多くのダンサーが踊って補強してきたからこそ、という部分も大きいのだろう。けれど、ゆるぎない、それ以外有り得ない、と思わせる、ピシリと空間にはめ込まれているような振付の完成度には、やはり驚嘆せずにはいられない。

そんなわけで、全幕バレエ『アサシン』を作らせてもらえるようになるまでには、それなりの実績が必要だった。あたしの他にも春ちゃんと組みたい作曲家はたくさんいたし、春ちゃんが組みたい作曲家もいろいろいたので、彼らとも競合しなければならない。

作曲家の仕事は、必ずしもオリジナルを作ることばかりではない、と思う。

人によっては、オリジナルしかやらないという人もいるが、あたしは既にある曲を舞台に掛けられるように構成したり、オーケストラで演奏できるように編曲したり、ということも引き受けていた。

あたしは学生時代からオーケストレーションが得意だったので、この能力はプロとなった時にけっこう役に立ったし、春ちゃんにあたしを使ってもらうメリットのひとつになったと思う。

そのきっかけとなった「メルヒェン」のことはよく覚えている。

「MIDNIGHT PASSENGER」が成功して、芸術監督やスタッフやダンサーたちに名前を覚えてもらい、「今度はオリジナルを」と言われていたけれど、まあ、それが半分お世辞みたいなものだ、ということは理解していた。

あれほどのバレエ団では、常に水面下で実現するかどうか分からない、さまざまな企画がひしめいている。まだ無名に近い作曲家のあたしが、いつまた呼んでもらえるかは、神のみぞ知る、だ。

当時はまだ春ちゃんもあたしもそんなに忙しいわけではなかったので、しばしば打ち合わせ以外に雑談をする機会が多かった。

ねー、今、こういうの考えててさー。

そんな作品があったら面白いと思わない？

最初に訪ねたスタジオや、カフェなんかでも、とめどなくそんな雑談をした。

今思えば、あれはとても貴重で贅沢な時間だった。とりとめのない雑談、何かを決めなくてもいい時間、というのが、トシを取って多忙になり偉くなってくると、確保するのがどんどん難しくなるからだ。

今度、またトリプル・ビルで新作をひとつやらせてもらえることになったんだよ。

ある時、春ちゃんがそう呟いた。

七瀬、曲、やらない？

そう言ってもらえたのは、既に「MIDNIGHT PASSENGER」から一年以上経っていた頃だと思う。

嬉しかったし、すぐに飛びつきたかったけれど、何かがあたしを押しとどめた。

春ちゃん、何やるか決めてるの？

うん、考えてるのはある。

春ちゃんはこくんと頷《うなず》いた。その無邪気な笑顔を見て、ああ、もう春ちゃんの中では固まってるんだな、と思った。

タイトルは「メルヒェン」。

「メルヘン」ではなく、あえて古めかしい感じのする呼び名のほうにしたとのこと。

「メルヒェン」は、ドイツでは昔話のことだ。「ファンタジー」は個人の創作だが、「メルヒェン」はその土地土地に言い伝えられている話のことを指す。たとえば、グリム童話はグリム兄弟が聞き書きして集めた昔話なので、メルヒェンだ。

タイトル、「赤ずきん」でも「ヘンゼルとグレーテル」でもなく、わざわざ「メルヒェン」なの？

あたしがそう尋ねると、春ちゃんは「そう」と頷いた。

「メルヒェン」って、可愛らしい言葉の響きに対して、ものすごくグロテスクな暴力性を内包してるじゃん？

彼はそう呟いた。

そうだね、とあたしも頷く。

昔話や童話というのは、とかく残酷だ。世間で流布している絵本やアニメではずいぶんマイルドなおとぎばなしになっているが、グリム童話の初版が残酷描写満載だったということはよく知られている。

だから、見た目は絵本っぽいんだけど、ひしひしと恐ろしくなる「メルヒェン」をやりたいの。

春ちゃんはそう言ってのけた。

ふんふん、面白そうだね。

あたしはそう相槌《あいづち》を打ちながらも、頭の中でめまぐるしくイメージを浮かべていた。

見た目は可愛らしくて、踊りはグロテスク。

だったら、その音楽は？

その時、パッと閃《ひらめ》いたのだ。

ねえ、春ちゃん、あたしのオリジナルでもいいんだけどさ。

あたしが身を乗り出すと、春ちゃんもつられたのか顔を寄せてきた。

この曲、使わない？

あたしは、スマホを検索して、ある曲を呼び出した。

二人で、その曲を聴く。一分半程度の、ピアノ曲。

いいね。可愛い曲。確かに「メルヒェン」だ。

春ちゃんは顔を輝かせた。

でしょ？「みじかいおはなし」って曲なの。

タイトルもぴったりだ、と彼も頷く。

なぜ、あの時せっかく「オリジナルで」と春ちゃんが言ってくれたのに、自分で作曲しようとせずに、あの曲を推薦したのかは謎だ。勘だったとしか言いようがない。

逆に、あの時、自分のオリジナルを提供していたら、それはそれでよかったのかもしれないけれど、今のような信用は得られていなかったような気がする。彼の踊り、彼のコンセプトにふさわしい最適な案を出してきたからこそ、『アサシン』に繋がったんじゃないかと今では思う。

「みじかいおはなし」は、カバレフスキーという人が作曲した、子供のためのピアノ曲だ。ピアノを習ったことのある人なら、かなりの人が知っているのではないかと思う。ピアノの練習曲というのも流行《はや》りがあるが、ブルグミュラーの練習曲などをやった人なら、一緒に覚えたのではなかろうか。

ドミトリー・カバレフスキーはソビエト時代のかの国の作曲家で、国内ではかなりの重鎮だったようである。子供のためのピアノ曲で有名で、あと日本で知られているのは、運動会の時に流れる、せわしない「道化師」のギャロップくらいか。

あたしはこの人の曲が大好きだった。シンプルだけれど、どれも素晴らしいメロディーの名曲ぞろい。特に「みじかいおはなし」はお気に入りで、よく弾いていたっけ。

大人になってからこの曲を聴くと、作曲のお手本のような、完璧な構成であることに感嘆させられる。起承転結がはっきりしていて、まさしくタイトル通り「みじかいおはなし」になっているのだ。とても覚えやすくて美しい曲だし、まさに春ちゃんのいう「メルヒェン」そのもの、ととっさに頭の中で結びついた。

春ちゃんはすぐに曲を覚えてしまい、鼻歌を歌いだした。

この曲を、あたしがオーケストラに編曲して、変奏曲にするよ。それでどう？

うん、いいね。スローモーションにしよう。

春ちゃんはどことなく上の空で呟いた。

え？

あたしが聞き返すと、春ちゃんは「みんながずっと同じテンポで、ゆっくりとスローモーションのように動いてる」と、じっと宙を見つめながら呟いた。そして、すぐに小さく首を振り、言い足した。「いや、ちょっと違うな。ゼンマイ仕掛けの人形が徐々にゆるんでくみたいな動きかな」

うわ、それって踊るのがすごく難しいのでは。

思わずそう口に出してしまった。

そうかもね。

春ちゃんは平気な顔だ。

ゆっくり踊る、というのはとても難しい。体幹がしっかりしていて、音楽を身体の中できちんとつかめて大きく踊れる人でないと、観られたものではない。春ちゃんの名作「KA・NON」はジャンプも回転もないスローな踊りで、一見技術的には簡単に見えるが、アマチュアが踊ると、ものすごくつまらない踊りになる。ゆったりした動きに間が持たず、ちっとも観客の目を惹《ひ》き付けておけないのだ。

まあ、あのバレエ団のことだから、みんななんのかんのいって踊ってしまうのだろうが、「きつい」と文句を言うダンサーの顔（特にハッサンとか。「おいコラ、HAL、てめえ、ふざけんな」）が浮かんで、ちょっとだけ同情を覚えた。

春ちゃんは、もはや頭の中で振付を始めているようで、向かい側に座っているあたしを通り越して、どこか遠いところで踊っているダンサーを見ていた。

手や足が少しずつ動いていて、動きを脳内でトレースしているのが分かる。

こういう時の春ちゃんの目は、鏡のようだ。目の前のものではない、何か別のもの、この世に存在しないものを映している鏡。

彼は踊りが「浮かぶ」時と「見える」時があると言う。

どう違うのか、と尋ねたら、「浮かぶ」というのは、自分の身体の中に踊りが湧いてきて、身体と重なって動きが表面に顕《あらわ》れるのだが、「見える」というのは、少し離れたところで、別のダンサーが踊っているところを目視できる、というのだ。

だから「浮かぶ」時にはイメージ上の踊りと並行で自分でも身体を動かしたり、トレースしたりするけれど、「見える」時にはその動きを目に焼き付けなくちゃ、と思うので、あまり身体は動かさないのだそうな。

ということは、今の「メルヒェン」の動きは微妙だったので、「見えて」いるほうなのかな、と思ったが、たぶん話しかけてもあたしの質問は聞こえないだろう。

彼の鏡のような目を見ていると、羨ましいというのと、置いていかれるという焦りとが込み上げてきて、なんとも複雑な気分になる。

とにかく、あたしもすぐに「みじかいおはなし」の編曲を始めなければならなかった。

オリジナルでないことの利点は、有名な曲だし、ネットに楽譜も上がっているので、春ちゃんの振付も、練習も、先行して始められることだ。

オリジナルの場合、こちらが曲を渡さなければ、どちらも始められないことが多い。

バレエの仕事をするようになって、バレエピアニストの役割の重要性と、彼らに要求されるものの多さに気付かされた。特に、新作の場合、ピアニストにもある程度の作曲のセンスが要求されるのだ。

曲は大体ぎりぎりのタイミングでスコアの形で届けられるから、ピアニストがスコアをピアノに落としこんで演奏する。すなわち、初見に強く、場合によってはスコアの間違いに気付けるような音楽的知識を持っていることが望ましい。名のあるバレエ団は、どこも舌を巻くようなテクニックと作曲家顔負けの知識を持っているバレエピアニストを抱えていて、作曲家も振付家も彼らに多くを助けられているのだ。

「メルヒェン」の大まかなシナリオは、最初に春ちゃんに聞かされていた。

「ヘンゼルとグレーテル」「赤ずきん」「ラプンツェル」「ブレーメンの音楽隊」といった、グリム童話の有名作品をオムニバスとして並べつつ、後半になるにつれ、それぞれの登場人物が入り混じり、より物語はグロテスクな展開になる。しまいには、「ハーメルンの笛吹き」まで現われて、皆をまるごと悪夢の世界に連れ去ってゆく、という結末になるそうだ。

「ハーメルンの笛吹き」はグリム童話ではないけれど、中世のドイツで実際に起きた事件の言い伝えらしい。伝説はこうだ。町に疫病が流行り、ネズミが増えて困っていたら、流れ者の笛吹きがやってきて、私ならネズミを始末できると言うので、人々は成功報酬を約束する。笛吹きは音楽と共にネズミを引き連れて川に入ってゆき、ネズミは川で溺れ死んでしまう。しかし、ネズミがいなくなったとたん、町の人たちは約束を反古《ほご》にして報酬を払おうとしない。笛吹きは腹を立て、再び笛を吹き始め、今度は町の子供たちを引き連れてどこかにいなくなってしまう。

実際に多数の子供たちが失踪したことは事実らしく、こんにちに至るも、事件の真相には諸説あるらしい。ヨーロッパでペストが流行った時期よりもずっと前の話なので、水害で子供を失ったとか、子供の間引きだったとか、よそに集団で養子に出したとか、別の出来事の暗喩ではないかとも言われている。まあ、要は昔話——これもまた「メルヒェン」なのだ。

「みじかいおはなし」は一分半程度の短い曲。これを約三十分の一幕ものに仕立てるには、かなりの数のバリエーションが必要ということになる。少しずつ、不協和音を混ぜていって、不穏で気持ちの悪いバリエーションにしてほしい、と春ちゃんには頼まれていた。

さすがに二十回も繰り返したら、聞いているほうもつらいだろうから、合間合間に、カバレフスキーの他の曲も挟むことにした。

やはりどこか懐かしい響きのある、シンプルなメロディーを、彼の子供のための小曲集から選ぶ。それぞれ特徴のある美しい曲——「小さい歌」「かなしい物語」「むかしのおどり」「小さな童話」「トッカティーナ」にした。

これらの曲を、オーケストラに編曲するのは、個人的にも楽しかった。

「みじかいおはなし」をはじめ、元々がシンプルで強度のあるメロディーなので、オーケストラにした時に素晴らしく感動的な曲になることは予想できたからである。

オーケストラのメンバーも、やはりカバレフスキーを「懐かしい」と言ってくれる人が多く、ノリノリで弾いてくれた。もっとも、その後、その美しいメロディーがどんどん転調して短調になり、更にガタガタの不協和音になっていくので「うわ、気持ち悪い」と顔をしかめるようになるのだが。

「メルヒェン」はなかなか面白い演目になった。

春ちゃんは、舞台セットも、衣装も、すべてモノクロにしたのである。

本当に、古い白黒映画を観ているみたいで、セットを目にしたみんなが「おー」と歓声を上げた。

むろんメイクもモノクロだが、ダンサーの瞳の色だけは変えることができないので、カラーコンタクトも検討したけれど、結局照明の色でなんとかしたらしい。

背景はつぎはぎになったモザイク模様。森の木も、塔も、お菓子の家も、明度の異なるモノクロのモザイクでできている。

世にも美しい「みじかいおはなし」のメロディーが朗々と流れる中、次々とグリム童話の登場人物が登場。無邪気な動きとは裏腹に、目の前に繰り広げられるのは、どこか異様な、皆が知っているのとは異なる物語である。

ヘンゼルとグレーテルは、道しるべに落としたパンくずを小鳥に食べられ、森に捨てられる。不気味なお菓子の家に辿り着いた彼らを魔女が迎え、檻《おり》に閉じ込める。おつかいに行った赤ずきんはオオカミに喰われる。生存のために戦う、目を血走らせ歯を剝いたブレーメンの音楽隊は、ラプンツェルの長い髪に噛み付き、彼女を塔の上から引きずりおろす。ラプンツェルは、大きなハサミで自分の髪を切って逃れ、オオカミの腹を切り裂き、中にいた赤ずきんも切り裂いてしまう。

メロディーは少しずつ、不気味に変容してゆく。

ネズミが大量に現われ、お菓子の家を食べつくし、魔女と子供たちをぐつぐつ煮える大鍋に追い落とす。ラプンツェルのいた塔も、雷が落ちて倒壊する。笛吹きが現われ、ネズミたちを自分の笛で踊らせる。やがては、誰もが笛吹きの笛に合わせて、虚ろな表情で一斉に踊りだす。ヘンゼルとグレーテルが、赤ずきんとオオカミが、ラプンツェルと魔女が、奇妙なパ・ド・ドゥを踊り、ネズミたちと複雑なリフトを繰り返す。そして、笛吹きの後ろについて踊りながら消えてゆく――

「メルヒェン」が成功を収め、カバレフスキーの編曲も評価されて、あたしはホッと一息ついた。これで、次の仕事に繋げられる、という感触があったのだ。

そして、実際、それから一年もしないうちに、もっと大きな仕事が舞い込むことになったのである。

プロコフィエフのオペラ、『三つのオレンジへの恋』を全幕のバレエにすることは、ずいぶん前から春ちゃんが温めていたアイデアだったそうだ。

最初はピンと来なかったし、あたしは、春ちゃんのこのアイデアを耳にするまで、オペラ版のほうは聴いたことがなかった。

『三つのオレンジへの恋』は、イタリア地方からスペイン地方にかけて伝わっている「メルヒェン」を基にカルロ・ゴッツィが書いた寓話劇をオペラにしたもの。台本も、プロコフィエフ自身が書いている。プロコフィエフは、自分の曲に絶対の自信があったので、後にオーケストラ用の組曲として発表し直した。現在演奏されるのは、このオーケストラ曲がほとんどで、オペラはめったに上演されない。

春ちゃんは何年も粘り強く提案を続け、実績をコツコツと積み上げた結果、ついにバレエ団からゴーサインが出た。そして、あたしのところに、二幕のバレエにするために、プロコフィエフのオペラ曲を改めてオーケストラ曲にしてほしい、という依頼が来たのだ。

一瞬、頭が真っ白になった。

こいつは大仕事だ。天才プロコフィエフ様の曲に手を加えるなんて、新人作曲家にはひじょうに荷が重い。けれど、この仕事が「メルヒェン」からの流れであたしのところに来たということは重々承知していた。あのカバレフスキーのアレンジとオーケストレーションが評価されたのだ、と。

ならば、受けて立たないわけにはいかない。

オペラをオーケストラ専用の曲にするということは、単純にいうと、歌手が歌っている部分を楽器演奏に置き換えるということだ。

実は、簡単なようで、これがけっこう難しい。

例えば、冒頭部分。『三つのオレンジへの恋』はコロス（ギリシャ劇で登場する、合唱隊の合唱。劇のテーマやあらすじを歌で説明することが多い）で幕を開けるのだが、合唱の声というのはそのままパート毎に譜面に移したからといって、楽器で演奏した時にオペラと同じように響くとは限らない。人間の声のハーモニーと、楽器のハーモニーとは曲に対する「乗っかり方」、あるいは「溶け込み方」が異なる。えてして、合唱を楽器に移すと重たくてうるさくなるので、プロコフィエフも、オーケストラ用にアレンジしたものでは、合唱パートはハーモニーをかなり省略し、シンプルなメロディーにしている。

つまり、ハーモニーの中の主旋律にメロディーを絞るわけだが、それだけだと物足りなくなったり、オペラで意図した響きが失われたりするので、なんらかの手段でそれを補う必要が出てくる。

この兼ね合いが難しいのだ。聴いた時の曲の厚みを減らさないようにするには、単に音を増やすだけでなく、楽器毎の音の強弱記号に相当な神経を遣うことが必要だった。

プロコフィエフが組曲として発表した部分は、彼が自らオーケストラ曲にしてくれているのだから、そっくりそのまま使えばいいや、と考えていたが、それはとんでもなく甘い考えだった。

いわば組曲はオペラの「濃縮総集編」で、元のオペラとは曲の長さもバリエーションも異なるので、せいぜいどんなふうに歌の部分をシンプルにするかという「参考」にしかならず、全面的にスコアを書き直さなければならなかった。

天才プロコフィエフ様の壁は高く、その天才ぶりに打ちのめされるのと同時に、これほどスコアを書くのに考え抜いたことはなかったので、ひじょうに勉強になったのは確かである。

『三つのオレンジへの恋』は、プロコフィエフがアメリカ時代に書いたものなので、ソ連時代のものよりも長い、没後七十年までの著作権だったのだが、ちょうどパブリック・ドメイン（著作権消滅）となっていたのもラッキーだった。曲の著作権とか、作曲家と楽譜出版社との関係とか、この辺りは未《いま》だに自分の商売なのに奇々怪々で、ケースバイケースでそれぞれ違い、面倒臭いことが多いのだ。

それはさておき、このオペラは四幕で上演時間約百分。二幕のバレエにするにはちょうどいい長さだった。

お話も、読んでみると可愛い。いかにも寓話的なタッチであり、『眠れる森の美女』の雰囲気に近い。

近年作られる新作バレエは、役にさまざまな解釈を必要とするドラマティックバレエが多い。そういうバレエとは異なり、この演目はあっけらかんとした祝祭的な楽しさが中心で、こういうバレエもやっぱりいいよね、と思ったものだ。

春ちゃんも、「メルヒェン」とは打って変わって、思い切りカラフルでちょっとレトロなイタリア風の衣装と、明るくポップな舞台美術にした。目にも楽しく、「おもちゃ箱を引っくり返したような」とは、まさにこのことだ。

さて、春ちゃんが、あたしが苦労してまとめたオーケストラ曲で、どんなバレエを作ったのかを説明しよう。

お話は、原作のオペラとは一部変更してある。

第一幕は、華やかなファンファーレと共に始まる。

舞台の上には十人の奇人。皆が一斉に踊りだす。この十人の奇人というのがどこから湧いてきていったいどういう素性なのかは分からないが、まあ、メルヒェンというのはそういうものだよね。とにかく、個性的なコスチュームに身を包んだ、キャラクターダンサー的な存在が十人、のっけから楽しく登場だ。

そこに、王子付きの道化師、トルファルディーノ登場。フルートの印象的なメロディーと共に、ダイナミックなソロを踊る。

だいたい、道化師とか吟遊詩人とか、狂言回し的な役というのは、ダンサーにとってはえてしておいしい役どころで、かなりのテクニシャンが演じることが多い。

と、そこに王様の伝令が登場。ラッパを吹いて、羊皮紙を広げる。

ここ数年、深刻なふさぎこむ病にとりつかれた王子を笑わせた者には褒美をとらす、宮殿の庭で開かれるお笑い大会に参加せよ、というお触れを出したのだ。

それを聞いて、十人の奇人たちは、顔を見合わせ頷きあい、道化師トルファルディーノの後に続いて宮殿に向かう。

宮殿では、国王が名医を集めて、しかめっつらの王子、すぐにベッドに潜りこみ、引きこもろうとする王子を診察させている。

三人の医者と、王子との踊り。陰鬱かつ、投げやりな王子と、彼を引っ張り出そうとする医者とのユーモラスなアンサンブル。

嘆く国王は、側近パンタローネに、「祭を催し王子を笑わせてくれ」と頼む。そして、道化師トルファルディーノを呼んで笑わせるよう頼む。

それを陰から見ている、国王の姪《めい》・王女クラリーチェと首相レアンドル。この二人は、王子に後継者不適格という烙印《らくいん》を押し、王位を乗っ取ろうと狙っているのだ。

場面は一転、宮殿近くの森の中。

奇人たちが通りかかったところ、魔術師チェリオと魔女ファタがトランプで勝負をしている。足を止め、二人の勝負に見入る奇人たち。

なにやらおどろおどろしい様子で、術を繰り出し、踊る二人。二人の操るトランプも、胸にダイヤやスペード等のマークをつけたダンサーたちが演じていて、怪しげな群舞が繰り広げられる。曲は「地獄の情景」。

結局、勝ったのは魔女ファタ。勝ち誇るファタに、引き下がる魔術師チェリオ。勝負を見ていた奇人たちも、チェリオと一緒にその場をすたこらと逃げ出す。

再び宮殿。その一室では、王女クラリーチェと首相レアンドルが、王子が笑う前に殺してしまおうと画策している。不穏で暴力的なものを予期させる踊り。

そこに、突如、テーブルの陰で盗み聞きをしていた召使頭、スメラルディーナが現われる。驚き、怒り、盗み聞きを非難する二人に、スメラルディーナは自分も加わらせろと提案。悪巧みをする三人のアンサンブルが、テーブルの上と下でアクロバティックに繰り広げられる。

続いて、場面は王子の寝室。

道化師、トルファルディーノがコミカルな踊りを踊り、王子を笑わせようとするが、王子はしかめっつらのまま。トルファルディーノは、王子の気持ちを盛り上げようと、必死に王子の腕を取り、一緒に踊ろうとする。しかし、王子の動きはぐにゃぐにゃ、支えを失えば倒れそう。コミカルで、ややドタバタ劇のような二人の踊り。それでも、なんとかトルファルディーノは王子を寝巻きからよそいきの服に着替えさせ、渋る彼を宮殿の庭に連れ出すことに成功する。

宮殿の庭では、集まった人々が芸を披露し、王子を笑わせようとあの手この手で踊っている。

ここは、典型的なディベルティスマン（本筋に関係のない、豪華な余興の踊り）の場面だ。十人の奇人たちをはじめ、次々とショーケースのように、楽しいダンスが繰り広げられる。どれもこれも難しくて、踊りこなす団員たちはさすがの一言だ。

そして、ここのディベルティスマンの目玉は、たぶん、『三つのオレンジへの恋』の中で最も有名な曲、「行進」である。明るく勇ましく、素晴らしくキャッチーなメロディーは、ブラスバンドの演奏曲としても人気があるので、どこかで耳にしたことがあるはずだ。

この春ちゃんが振付した「行進」、王子付きの近衛隊長を先頭に、近衛兵たちの一糸乱れぬ、超カッコイイ踊りに興奮させられること請け合いだ（初演で、フランツが金糸の豪華な刺繍《ししゅう》が入った真白《まっしろ》な制服姿で、羽根飾りのついた帽子を手に近衛隊長を踊った時は、客席の老若女子全員の目がハート形になっていたのを見た）。

「行進」のタイトル通り、みんなのザッ、ザッ、ザッという足音が実に小気味よい効果音になっている。

かように目の前で彼のために豪華な踊りが披露されているのに、いっかな皆の踊りに興味を示さず、どんよりした目でベンチにもたれかかっている王子の様子に気を揉んでいるトルファルディーノは、何事かと見物にやってきた魔女ファタとぶつかり、蹴ったの蹴らないのといさかいになる。もつれあい、ちぐはぐな踊りを踊る二人。が、途中で魔女ファタがすべって派手に転んでしまう。

と、これを見た王子は、何かがツボにはまったらしく、大受け、大笑い。弾《はじ》かれたように、笑って飛び回り、ジャンプと回転を繰り返す王子。これまでの陰鬱なあいつはどこに行ったのさ？　反動か？

あっけに取られる周囲。が、今度は魔女ファタが笑われたことに激怒し、狂乱のソロ。挙句の果てには「三つのオレンジに恋をしろ！」と王子に呪いを掛けて消え、宮殿の庭は大混乱に陥るのだった。

これにて、第一幕はおしまい。

第二幕は、打って変わって場面は一面の砂漠、というところから始まる。

イタリアにも砂漠があるのだろうか？　あの辺りの場合、砂漠というよりは岩場とか、荒野、という感じなんじゃないだろうか。

魔術師チェリオが、王子の行方を捜している。

そこに、三つのオレンジを探す旅に出た王子とトルファルディーノがやってくる。チェリオは、三つのオレンジは魔女クレオントの城にあると教え、そこにいる恐ろしい料理女に気をつけるよう忠告し、魔法のリボンを渡す。

魔女クレオントの城に侵入し、台所に潜り込んだ二人は、三つのオレンジを発見するものの、料理女に見つかってしまう。が、彼女は二人が投げ出した魔法のリボンに見とれ、リボンを手に一人踊りだす。ここはちょっと新体操みたいで、くるくると回る玉虫色のリボンが綺麗だ。その隙に、王子と道化師は三つのオレンジを手に城を逃げ出す。

再び砂漠に戻ってきて、へたりこむ二人。

と、二人が持ってきた三つのオレンジが、突然、巨大化する。

この場面の舞台美術は見ものだ。

小さな三つのオレンジに重なった映像がみるみるうちに膨らんでいく、と思いきや、膨らみきったサイズと同じ巨大なオレンジが舞台に出現するのである。

ふかふかの蛍光色のオレンジは、ちょっとずつ色が異なり、赤っぽいオレンジ、ピンクっぽいオレンジ、金色っぽいオレンジ、と目にも鮮やか。

三つのオレンジの中には、三人のお姫さまが入っている。

巨大なオレンジがぱっくりと二つに割れ、まろび出るように現われて王子と踊るお姫さま。

王子とお姫さまのパ・ド・ドゥが三つのヴァリエーションで繰り広げられることになるわけだ。

しかし、一人目のお姫さまは「おなかがすいたの」と倒れこみ、そのままどこかに消えてしまう。

二人目のお姫さまは「ああ、喉が渇いたわ」と倒れこみ、やはりふらふらと姿を消してしまう。

そして、三人目のお姫さまが現われた時（当然、この人が本命ね）、十人の奇人たちが水とお菓子を持って現われ、お姫さまに与えると、お姫さまは元気復活、ファイトいっぱつ、目の前の王子と恋に落ちる。

この場面の曲、「王子と王女」は、『ロミオとジュリエット』を書いたプロコフィエフらしい、とびきりロマンチックな曲である。もちろん、ここで二人はしっとりとした美しいパ・ド・ドゥを踊る。

王子は、国王に紹介しようとお姫さまを宮殿に連れ帰り、誰かお付きになる者を探してくるので、そのあいだ、椅子に座って待つように、とお姫さまに言い置いて立ち去る。

王子がいなくなったところを見計らって、魔女ファタと召使頭のスメラルディーナが現われ、お姫さまの頭に魔法のピンを刺して、彼女をネズミにしてしまう。

この魔法のピンというのがよく分からないのだけれど、イタリアに残っているお話では、ネズミではなく、鳩やツバメなど、鳥の姿に変えられてしまった、というバージョンも多いそうだ。

お姫さまと同じ衣装を身に着け、お姫さまの座っていた場所に座り、戻ってきた王子と側近に、「私がお姫さまだ」と言い張るスメラルディーナ。どう見ても別人だし、相当な無理がある主張だと思うけど、「私がずっとここに座っていた。服も同じでしょ」と言い張るわけである。

「陰謀だ」と混乱する王子に、「さあ、国王のところに連れていって紹介して」とスメラルディーナに迫られ、周りからレアンドルとクラリーチェが「そうだ、そうだ」と二人を王宮の広間へと追い立てる。

王宮の広間に一同が到着すると、王妃の席には大きなネズミが。

そこに駆けつけた魔術師チェリオと道化師、十人の奇人たち。

「魔法のピンを使っただろう」と陰から見ていた魔女ファタを告発。

チェリオが呪文を唱えて、近衛兵がネズミに発砲すると、ネズミの頭から魔法のピンが抜け、お姫さまは元の姿に戻り、王子も「彼女が本物だ」と二人駆け寄り、ひしと抱きあうのでありました。

王と王妃は、首相レアンドルとクラリーチェの陰謀に気付き、スメラルディーナと魔女ファタともども、絞首刑を宣告する。

泡を喰って逃げ出す三人は、魔女ファタと合流し、「逃亡」のカルテットを踊る。混乱し、大慌ての、スピーディな遁走《とんそう》の曲。皆があっけに取られて見送る四人は、地平線の果てに去ってゆく。

オペラはここで終わるわけなのだが、あたしとしては、このあとに楽しい結婚式の場面をどうしても入れたかったので、ラストに、プロコフィエフの作品25、「古典交響曲」の第四楽章（四分ちょっと）を付け足した。

この曲、なんとも軽やかでテンポが速く、明るくめでたい感じのする曲なので、結婚式の場面にはぴったりだ。

かくて、全員揃って、ノリノリの祝祭の踊り。めでたしめでたし。最後の音と共に、ピタリとそれぞれがキメのポーズを取って、華やかに幕を閉じる。

こうして、春ちゃんのバレエ版、初めて春ちゃんが手がけた全二幕の『三つのオレンジへの恋』が出来上がった。苦労した甲斐あって、大好評。要望が多かったので、翌年すぐに再演された。その後、美術セットや衣装も込みで、あちこちで踊られる人気演目になったのもありがたい。

そして何より、既成の曲であれ、彼と一緒に全幕ものを体験できたということが、とても大きな財産になったのだ。

次に、あたしと春ちゃんが取り組まなければならなかったのは、春ちゃんのバレエのために、あたしがオリジナルで曲を書く、というミッションだった。

既にある曲を使って踊りを作るのと、その踊りのために曲を作る、というのとでは全くニュアンスが異なる。

例えば、今度、春ちゃんの誕生日パーティがあるとする。彼の誕生日は四月四日（おひつじ座のO型だ）。

じゃあ、ケーキ、持ってくね。どんなのがいい？　とあたしと美潮ちゃんが尋ねる。

春ちゃん、「うーんとね」と、しばらく考えてから答える。

いかにも絵に描いたようなお誕生日ケーキ、ていうのがいいなあ。丸くて、生クリームてんこ盛りで、イチゴが王冠みたいにいっぱい載ってるやつ。

がってん承知、とあたしと美潮ちゃんは、それぞれ別行動に出る。

美潮ちゃんは一目散にデパ地下へ。高級洋菓子店で、条件にぴったりのエレガントなケーキを発見。よし、これにしよう、と美潮ちゃん。

いっぽうのあたし。いかにもな誕生日ケーキねえ、と妄想し、スケッチを描いてみる。スポンジケーキを焼いて、激甘が好きじゃない春ちゃんの好みに合わせ、あっさりめかつ柔らかめの生クリームをホイップ。絵本の中に出てくる王冠のように、立体的に生クリームを盛り付け、宝石のようにイチゴを円形に載せる。

パーティのテーブルには、美潮ちゃんが買ってきたケーキと、あたしのケーキが並ぶ。見た目はほとんど変わらないし、リクエスト通りという点でもおんなじだ。食べておいしければ結果オーライ。

だけど、やはり違うのだ。プレタポルテか、オートクチュールか。踊りを曲に寄せるか、曲を踊りに寄せるか。要は、春ちゃんのコンセプトやイメージに合わせて、いかに細かいところまでカスタマイズできるかどうか、なのだ。

もっとも、その辺りの匙《さじ》加《か》減《げん》は難しいところでもあって、あまりにカスタマイズしすぎても面白くないし、新味がない。テーマとイメージを顧客と共有し、顧客に寄り添いつつも予定調和からは外し、冒険する。わざわざオリジナルで曲を作る時に求められるのは、

そういうことだろう。

というわけで、初めて一から一緒に作った作品が、「アネクメネ」だ。

タイトルは「アネクメネ」、イメージも「アネクメネ」、三、四十分程度の一幕もの。

最初に春ちゃんから聞かされたのはたったのそれだけで、正直面喰らった。

そもそも、聞いたこともない単語だった。「アネクメネ」ってなんなのさ？ 「アリアドネ」みたいな人名か？ ギリシャ神話関係？ それとも「アネクドート」とか「アンデパンダン」とか、ちょっと皮肉なニュアンスのある単語なのだろうか？

しかし、その意味するところは、「非居住地域」という味も素っ気もないものだった。

地球上の、過酷な自然環境のため、人間が住んでいない地域のことを指す地理学用語なのだそうな。具体的には、砂漠とか、岩だらけの荒野とか、高山とかがそれに当たる。対して「エクメネ」が、人間が居住できる、居住している地域を指すそうだ。

春ちゃんが自然大好き、というか、子供の頃から森羅万象を踊りで表現したいという強い欲求を持っていることは知っていた。

だから、『三つのオレンジへの恋』など、ストーリー性の高いものを作ると、その反動であるかのように——あるいは、本来の彼のテーマに立ち戻るかのように、自然をテーマにしたものを作るのだ。

今はそういう春ちゃんのパターンを理解している。けれど、当時はこの「アネクメネ」というお題に、ひたすら途方に暮れた。

いくらなんでも、もうちょっと具体的な情報を貰《もら》わないとさあ。

そうお願いしたあたしの困惑した表情に気付いたのか、春ちゃんは「うーん」と腕を組んだ。

抽象的な題材だけど、けっこう具体的な踊りなんだ。

だからさ、どう具体的なのよ？

春ちゃんは、時々、あまりに説明がざっくりすぎて意味が分からないことがある。

あたしが睨《にら》むと、春ちゃんは肩をすくめた。

例えばね、氷河がちょっとずつ海に押し出されて崩れていくところとか、風紋ができては壊れ、できては壊れ、を繰り返しつつ砂丘が移動していくさまとか、昼と夜の激しい寒暖差で、水が凍って岩が割れたり砕けたり、っていうのを踊る。

ふんふん、それならまだイメージできるわ。

あたしはメモを取った。

ただ、イメージしやすくなるということは、罠《わな》でもあって、別の問題が生じる。

どうなんだろう——メロディーがあったほうがいいのかな？　それとも、無機質なミニマル系？　人間が存在しない場所の音楽なら、ミニマル・ミュージックかしらん。

あたしはモゴモゴと口の中で言葉を呑み込んだ。

メロディーがあると、そこに踊りが固定されてしまう。踊るほうも、観るほうも、踊りがメロディーにタグ付けられることを知らず知らずのうちに期待してしまうのだ。

それは必ずしも悪いことではないのだが、コンテンポラリーというジャンルにおいて、あたしはメロディーに踊りが規定されることをとても警戒していたのである。特に、初め

てオリジナル曲を春ちゃんに提供するにあたって、特徴的なメロディー、覚えやすいメロディーは、春ちゃんの踊りを誘導し、限定してしまうのではないか、不遜にも振付師の領域を侵食してしまうのではないか、といたくナーバスになっていた。

恐らく、「MIDNIGHT PASSENGER」での体験のせいもあっただろう。あんな身の程知らずなことは二度とはするまい、春ちゃんの振付の邪魔はしない、と肝に銘じたことがどこかに残っていたのだ。

春ちゃんも、あたしが危惧していることに気付いていた。

メロディー、全然オッケーだよ。というのは、全体を貫くような存在として、クロノスが出てくることを考えてるから。

クロノス。時間を司る神。こちらは、ホントにギリシャ神話に登場する神々の一人だ。時間の神にはクロノスとカイロスというのがいて、クロノスが過去から未来へと流れる時間を司るのに対して、カイロスは「チャンス」や「タイミング」など、人間の運命を変えるような意味のある瞬間を司ると言われている。

春ちゃんは静かに言った。

アネクメネ――人のいない世界で、かの地を支配しているのは時間でしょ。支配者たるクロノスが登場する時には、メロディーがあったほうがいいんじゃないかな。

なるほど、プロレスラーが登場する時のテーマソングみたいなやつね。

あたしはほんの少しだけ、気が楽になった。テーマソングならば、キャッチーなメロディーでも構わないだろう。

春ちゃんは、真顔でほんの少し身を乗り出した。

それにさあ、七瀬。きっと、七瀬が思ってるほど、俺らの役割はきっちり分けられないと思うな。

いつもニコニコしているのであまりそういう印象がないけれど、春ちゃんが真顔になると、実はとても目が大きいということに気付かされる。

七瀬が、俺の踊りに音楽が聴こえると言ってくれたように、俺も七瀬の音楽に踊りが見える。オリジナルでコンビを組むってことは、俺もある時は音楽を作らなきゃならないし、七瀬も頭の中で踊る必要があるだろう。互いに不可分の領域が相当あると思う。文字通りの共同作業。だから、遠慮とか僭越《せんえつ》とかいうの、ナシね。俺も、この曲違うとか、うるさいとか感じたら、正直に言うから、七瀬も「こんなふうに踊ってほしい」って、確信犯的なメロディーを書いてくれて構わない。

春ちゃんはコツコツとテーブルを叩いた。

とにかく、俺は、今はひとつでも俺のバレエの語彙を増やしたいの。語彙を増やすきっかけになるものならなんでも欲しい。だから、七瀬もガンガンに攻めて、俺のインスピレーションを刺激する音楽、作ってほしいな。むしろ、俺のことなんか無視して、七瀬が「これだ」と思うような「アネクメネ」出してきてよ。

バレエの語彙。

それは、ダンサーにとっても、振付家にとっても非常に重要なものだ。語彙が増えれば増えるほど、より繊細に、より複雑な物語を語れる。血肉となったその豊富な語彙から、いかに自分らしい言葉を選び、自分らしく語るか。それがダンサーとしての大きさ、振付家としての大きさに繋がる。

もっとも、語彙が多ければいい、というわけでもない。聞き慣れた常套句《じょうとうく》、使い古した表現、「スタイル」という名の自己模倣。それらしい美麗な文章を綴《つづ》ることに満足しているうちに、ひとつひとつの言葉が軽く、浅くなってゆく。立つこと、回ること、美しい笑顔、素晴らしいプロポーションを誇示する完璧なアラベスク、ただそれだけになってしまう。

ダンサーや振付家だけではない、それはすべてのクリエイターが陥る罠だ。曲を聴いて誰のものか分かる。踊りを見て、誰の振付か分かる。それは、オリジナリティがあるという賞賛でもあるが、一歩間違えれば「見覚えがある」ということでもあるのだから。

オリジナリティを保ち続けるには、進化しなければならないし、深化しなければならない。変わらないために変わり続ける、というのはあらゆる分野に通じる真実だと思う。

春ちゃんの中では、いつもめまぐるしく何かが動いていて、凄い勢いで流れている。常に新鮮で生々しい、精神活動（いや、生命活動か？）としか呼びようもないものが、どくどくと脈打っている。

どちらかといえばおっとりして、淡白な性格なのに、彼の中のクリエイティビティは獰《どう》猛《もう》で、貪欲《どんよく》で、果てしがない。これこそが真のクリエイターなのだろう。

今ならば分かるが、あたしは怖かったのだ。

あたしはどこかで尻ごみしていた。おのれのオリジナリティの限界を春ちゃんに思い知らされること、春ちゃんの才能に圧倒されることを予想して、春ちゃんとがっぷり組むのが恐ろしかったのだ。

だけど、春ちゃんにそう言われて、覚悟を決めた。

じゃあ、あたし、振付もしちゃう。このメロディーはこう踊るってイメージで書く。

あたしがそう言うと、春ちゃんはニヤリと笑った。

いいね、後で答え合わせしよ。


「アネクメネ」の制作が始まった。

クロノスのテーマはとりあえず後回しにして、まずは主要な三つの場面の音楽から作ることになった。

氷河の場面、高山の岩場の場面、砂漠の場面、の三つである。

まずは氷河の場面だ。

春ちゃんは、あたしの曲作りと同時に、振付を始めていた。

「アネクメネ」の振付の特徴は、群舞が通常のものとは異なり、文字通りの「塊」となっているところだ。

たとえば、氷河。氷を演じるダンサーたちが、ぎっしりと密集して「塊」となり、じわじわと岸壁に押し出されてゆく。

音もなくゆっくり時間を掛けて海に滑り落ちていく氷が、割れて砕けて水面に姿を消していくさまが、青の衣装を着けたダンサーたちの、震えるようなぎくしゃくした硬質な動きと、海の上に身体を投げ出し、全身をくねらせ、腕をしならせ、散っていく動きで表現される。

この場面に、あたしは鐘を使うことにした。

さまざまな音の出る、たくさんの大小の鐘を鳴らしてメロディーにしたのだ。

鐘の金属的な響きが、氷河にぴしっとヒビが入るところを連想させるので、鐘の音の高低とダンサーの動きを連動させて、海になだれおちる氷を表現した。

冷たい響きと、硬く直線的な氷河の動きとが重なりあい、なかなか面白い効果が出たと思う。

続いて、高山の岩場の場面。

こちらでは、これまた「岩」の塊となった灰色や茶の衣装を着けたダンサーたちが絡みあい、あちこちに立っている。彼らが昼夜の激しい気温差にさらされ、熱と寒気に打ちのめされ、ある者は耐え、ある者は破壊されるさまを、押し合いへし合いしてうねるような群舞で表現するのである。

この場面は、マリンバという木琴の一種と、板ささらという楽器を使った曲を作った。

板ささらと言われて、とっさに頭に浮かぶ人はなかなかいないと思うが、古くから伝わる、日本の伝統楽器である。薄い板を百枚ほど並べた、U字形のしなる棒状のものを丸めたり伸ばしたりして演奏する。「こきりこ節」という富山県の民謡を知っている人なら、あの曲で合いの手を入れている楽器、と言えば分かるかもしれない。大道芸人が使う、独特の語りで知られる南京玉すだれにちょっと似ている。

しゃっ、しゃっ、という独特な、特徴ある響きを持っており、あれが、気温が急激に下がった時に聞こえる家鳴りや、山の中にいる時に聞こえる音に近いと感じていたので、曲の中にランダムに入れてみたのだ。問題は、ヨーロッパでは板ささらがなく、似た楽器も見つからず、日本から取り寄せなければならなかったことだ。演奏自体はそんなに難しくなくて、打楽器奏者が面白がって練習してくれたのはありがたかった。

最後の、砂漠の場面。

こちらは、ダンサーたちが群舞で風と砂をダイナミックに表現するのだから、もうこれは、風といえば尺八とフルートしかないだろうし、砂はあのバラバラバラッという散らばる音のイメージから小太鼓しかないでしょう、と即決。

張り切って尺八を指定したのだが、こちらもまたヨーロッパではなかなか楽器が手に入らない上に、吹ける人が限られるので（演奏に習熟するのが難しい楽器のため、プロの管楽器奏者でもすぐには吹けない）、今回はやむなくオーボエとクラリネットに尺八の代わりを吹いてもらった。

手を繋いだ二列のダンサーが風を演じ、別の二列のダンサーが砂を演じる。つまり、舞台上には多数のダンサーが入り乱れるのだ。大勢のダンサーがきっちり計算された動きを正確になぞり、かつ位置取りするのが大変で、稽古中はしばしば大混乱が起きて、それこそ「人間雪崩《なだれ》」状態になってたいへんだった。

最初のうち、あたしはへっぴり腰だった。どの場面の曲も、腰が引けていて、こわごわ作り始めたのだが、鐘、マリンバ、小太鼓とあたしの好きな打楽器を中心に据えたこともあって、だんだん曲を作るのが楽しくなってきた。

更に、作曲と同時並行で春ちゃんが振付をしているのを見ているうちに、「踊ってくれ！」とばかりにいろいろなリズムを思いつきでじゃんじゃん入れていくようになった。すると、勢いというのは恐ろしいもので、春ちゃんとダンサーも乗ってきて、みるみる踊りが出来上がっていくではないか。それが快感になり、推進力になる。

春ちゃんのほうも、振付しながら「こう来たらいいな」と思っていたリズムやメロディーが「来た！」ことが何回もあったそうで、とても興奮していた。

不思議なことに、車の両輪のように、音楽が出来る過程と振付が出来る過程とが同じ速さで並走していたとしか言いようがなく、今となっては、どんなふうにやりとりしていたのか、うまくその過程を説明することができない。次々と踊りが出てくるのを、まるで「生き物みたいだ」と他人事のように感じていたのを覚えているばかりだ。

そして、最後にそれらの場面に絡んでくる、全体を貫くキャラクターであるクロノスのテーマを考えた。

テーマを演奏する楽器はやはり、王の到着を告げるファンファーレから連想してトランペットで決まり。そしてもうひとつ、かつては世界共通で時刻《とき》を告げていた、大砲や銅鑼《どら》の代わりのティンパニだ。

アネクメネを支配する時の王、クロノス。クロノスのみが、沈黙の氷河も、鋭い山の頂も、死の砂漠も超越し、すべてを俯瞰《ふかん》する。

クロノスは、初演は春ちゃん自身が演じた。

人知れず、殺伐とした大地で繰り広げられる、厳しい自然のドラマ。

ラストシーンは、それまでぎっしり舞台を埋めていた群舞は消え、残るのは崩れ落ち、欠片《かけら》となった氷と岩。そして、世界をさまよう風と砂だ。もはや、巨大な塊から離れて、小さく一人ぼっちとなったものたち。

クロノスはどこか優しく、静かに彼らを見下ろし、祝福を与える。

彼らは散りぢりに彼方へと去ってゆき、目に見えぬ存在となって、世界を流転する。

そして、沈黙の中、クロノスだけが残る——


曲も振付もさんざん手直ししたし、春ちゃんと嫌になるほど細部でやりあった。

その甲斐あって、なんとか作品としてまとまり、上演できた時には心の底からホッとした。あまりにも安堵《あんど》し、疲れ切っていたせいか、それこそ世間の反響も、皆の祝福も、残念なことに一切記憶にない。


「アネクメネ」の成功で、またひとつ実績は作ったものの、まだ先は長い。

あたしが思うに、個人的な偏見かもしれないが、コンテンポラリーは、オリジナル曲との相性がいいので、比較的新人作曲家が参入しやすいのだ。

だが、物語性の高い作品となると、別のものが要求される。

「アネクメネ」を作る時、あたしがメロディーによって踊りが限定されることを恐れていた、という話をした。

逆にいうと、物語性の高いもの、クラシックバレエの手法で作る作品には、ある程度のキャッチーなメロディーが求められるのだ。

『白鳥の湖』、『ロミオとジュリエット』、「ペトルーシュカ」。どれも、観客とダンサーの脳裏には、もはや踊りと分かちがたい美しいメロディー、強烈でポピュラーなメロディーが焼き付けられている。

どの演目も、ストーリーラインとメロディーが一体となっていることを否定する人はいないだろう。だからこそ、近年の新作でも、物語性の高いものは、クラシック曲が組み合わされていることが多い。

つまり、ストーリーと親和性の高い、強いメロディーが要求されるのである。したがって、全幕バレエへの道では、あたしが物語性のある、強いメロディーを作れることを証明しなくてはならなかった。

春ちゃんは春ちゃんで、着々と実績を重ね続けていた。

ムソルグスキーのオーケストラ曲に忠実に「展覧会の絵」を作り、原作者マヌエル・プイグと同じ、アルゼンチン出身のバンドネオン奏者で作曲家のアストール・ピアソラの曲で『蜘蛛女のキス』を作った。

『蜘蛛女のキス』の、全編に流れるアストール・ピアソラのアレンジは、ホントはあたしがやりたかったのだけれど、他の仕事とバッティングしてできなかったのだ。今でもちょっと悔しい。

春ちゃんは売れっ子になりつつあり、あたしもバレエ以外の仕事や他の振付家に指名される機会が少しずつ増えていて、この頃は互いに芸域を広げようとがむしゃらに働いていた。何かアイデアを思い付いたらスマホにメール。とんでもない時間に、暗号みたいなメールを送っていて、後で自分の送ったメールを見て、これ、何のことだっけ？　と意味不明な時もあった。

当然、めっきり顔を合わせなくなっていたけれど、次はあたしのオリジナル曲で、物語性の高いバレエを作る、という目標は一致していた。

何がいいかな、という話はしていた。できれば、世界中の誰もが知っているお話。皆があらすじを知っていて、イメージをしやすいもの。となると、やはり児童文学や童話、絵本や戯曲が題材にしやすい。

　春ちゃんもあたしも、普段からバレエの題材になりそうなものを常に探しているのだが、特にあたしは「オリジナル曲を作る」という前提で「おはなし」を探すのは初めてで、気合を入れていろいろ漁《あさ》った。

　ドイツのバレエ団だし、最初はドイツもので考えてみた。

　世界的に知られている作家ということで、ケストナーはどうだろう？　『飛ぶ教室』、『ふたりのロッテ』辺りがメジャーだが、「子供向け」という印象を持たれないように、ちょっとずらして『五月三十五日』とか。『五月三十五日』は内容がちょっと寓話《ぐうわ》っぽく風刺めいているので、オトナの「おはなし」にできそうな気がする。

　ノヴァーリスの『青い花』？　未完の小説だけど、ロマンチックなイメージがあって『ラ・シルフィード』みたいな雰囲気のバレエにできるかも。ヘルマン・ヘッセ――トーマス・マン――ちと、暗いか。

　やはり鉄板のグリム童話か？　でも、「メルヒェン」でいろいろ使っちゃったから、「またグリムか」と言われるのはどうもね。

『コッペリア』や『くるみ割り人形』の元ネタ、ホフマンはどうだ？　『コッペリア』はコメディだけど、実は陰惨な原作「砂男」を怖いバレエにしたら？　映画『サイコ』のバーナード・ハーマンみたく、ホラーっぽい曲をつけてみたいような、みたくないような。

　ブレヒトの『三文オペラ』？　いかん、あれは元々音楽劇だし、「マック・ザ・ナイフ」のイメージが強すぎて、オリジナルなんてつけいる隙ナシ。

　というわけで、ドイツものは早々とあきらめ、もうちょっと広い範囲で探すことにする。

童話や伝説もいいが、「パニュキス」みたいに、よく知られた詩を基にするのもいいかも、とより範囲を広げてみた。

人口に膾炙《かいしゃ》している、という点で、アンデルセンの童話はグリム童話と双璧《そうへき》だろう。「人魚姫」や「雪の女王」は何度もバレエ作品になっているし、「マッチ売りの少女」や「裸の王様」は誰でも知っている。アンデルセンって、なんか女性不信というか、ミソジニー的なものを感じるんだよね。人魚姫とか、マッチ売りの少女とか、痛い、寒い、つらい、報われない、と、いつもヒロインの扱いがひどすぎる。アンデルセンの童話には、「代償」をテーマにしたものが多いな、とも思う。

と、この時不意に、アンデルセン童話の中で、ひときわあたしにとってトラウマになっているお話を思い出したのだ。

「ある母親の物語」。

子供の頃にTVで再放送していたアニメで、この話を観て、あまりに暗いストーリーにショックを受けた。後で基になった原作を読んで、これまたひどく落ち込んだ。なにしろ、つらい、痛い、報われない、のアンデルセンの仕打ちが三拍子揃った悲惨なお話なのである。

あるところに、重い病気の子供と母親がいた。

ある日、一人の老人が家を訪ねてくるが、看病疲れで母親がうとうとした隙に、子供をさらわれてしまう。老人は、死神だったのだ。

母親は必死に死神の後を追う。

その母親が、行く先々で、死神の行方を教えてもらう代わりに、いろいろなものを要求されるのだ。道端にいた女には、「どの道を行ったか教えるから、いつも歌っている子守唄を歌って聞かせろ」と言われて歌い、イバラには「寒いので、おまえの胸で温めてくれ」と言われ、イバラに身体を押し付けて血まみれになる。

湖には、「向こう岸まで渡す代わりにおまえの美しい目をよこせ」と言われて目玉を差し出し、母親は目が見えなくなる。

死神の管理する温室に辿り着いた母親に、管理人の老婆は、ここの花は、それぞれの人間の寿命を表しており、花に耳を寄せれば、心臓の鼓動で、おまえの子供がどれか分かるはずだ、と告げる。死神から子供を救う方法を教える代わりに、「おまえの豊かな黒髪をよこせ」と言われ、承知した母親の髪は真っ白になってしまう。

とうとう対面した死神に、母親は、自分の子供の花と別の子の花とをつかみ「この温室の花を引っこ抜いてやる、そうされたくなければ、子供を返せ」と老婆に指示された方法で迫る。

死神は、「他の母親にも、おまえと同じ思いをさせるのか」と静かに諭し、湖から拾ってきた目を母親に返してやり、「そこの井戸を覗《のぞ》いてみろ」と促す。

井戸の中には、母親がつかんだふたつの花の子供の将来が見えた。とても幸福な人生ととても不幸な人生。しかし、どちらが自分の子供のものなのかは分からない。

母親は花から手を放し、「神のみこころのままに」とうなだれる。

そして、死神は母親の子供を冥府へと連れ去るのだった——

ねっ、ひどい話でしょ？　たぶん、根底にはキリスト教の宗教的なテーマが含まれているのだろうが、あたしは、アニメで観た、母親がイバラに胸を押し付けて血を流すシーンと、目が見えなくなって、手探りで崖っぷちの道をよろよろと歩いていくシーンがトラウマになってしまって、なんという恐ろしい話だと震え上がった。これ、ホントに童話なんだろうか？　アンデルセン、どういうつもりだ。少なくとも、子供に読ませる話じゃないよねえ。

そんなことを考えていたら、突然、ひとつのメロディーが閃いたのだ。

ハッとして、思わず身体が固まってしまった。

シンプルだけれど、どこか荘厳で、哀切感漂うメロディー。

そのメロディーの展開部分まで、ひと塊で降ってきた。

それを弦楽器が朗々と演奏するイメージが浮かぶ。

これは、「喪失のテーマ」だ。

そう悟った。母親が行く先々で、与えられる情報の代償に、身体の一部を失ってゆく。このメロディーは、その都度流れる、「喪失」のテーマなのだ。

塊で浮かんだメロディーを、慌てて五線紙に書きとめる。

何度もピアノで弾いて確認してから、春ちゃんに電話した。

「ある母親の物語」のあらすじを説明し、「これが喪失のテーマ」と、ピアノで弾いて聴かせる。

春ちゃんは、じっと電話の向こうで考え込んでいたが、「もう一度聴かせて」と言い、結局、四回繰り返し聴かせた。

やがて、春ちゃんはこう言った。

「七瀬、そのテーマを中心にして、一幕ぶん、曲作ってよ。今回、先に全部曲作ってもらってから、振付する」

あたしは思わずガッツポーズだ。

「ＯＫ。あたしのイメージする振付で、全部作っちゃう」

「いいよ」

一幕ぶん、約四十五分の曲は、三日でできた。

「喪失のテーマ」から派生して、あまりにもするすると他の曲が出てきたので、書き留めるのが追いつかないくらいだった。

春ちゃんも、電話で「喪失のテーマ」を四回繰り返し聴いているあいだに、その部分の踊りは頭の中でできていたという。全部の曲を渡してから、振付が出来上がるまでも早かった。

「ある母親の物語」の構想を話した時、女性のベテランプリンシパルが、皆、熱心にやりたがったそうだ。バレエの役では、「母」が主人公で、なおかつそのことがテーマになっているものは珍しい。踊り甲斐のあるテーマだし役だと、ダンサーたちにも認められたのだ、と嬉しかった。


幕が上がると、がらんとした舞台の中央にはベビーベッド。

照明は薄暗く、舞台にはうっすらとどこか不吉な雰囲気が漂う。

ベビーベッドの上に、長い髪をなびかせ、母親がかがみこんでいる。

ベビーベッドに手を置いたまま、そっと踊りだす母親。子供に対して惜しみなく注ぎこむ愛情と、子供の病気への胸をかきむしられるような不安とに、心が引き裂かれそうになっているさまを踊る。

やがて踊り疲れ、ベビーベッドの傍らで眠り込む母親。

そこに、一人の老人が静かに踊りつつ現われ、ベビーベッドの中の子供をゆっくりと抱きあげ、連れ出してゆく。

しばらくして、ハッと気がつく母親。からっぽのベビーベッドに、パニックに陥り、家から駆け出す。

道で、母親はカラスに出会う。

原作とは一部を変えて、母親が行く先々で出会うのは、人間ではなく、みな擬人化された自然や生き物、ということになっている。

カラスは、ひとしきりソロを踊ったあと、死神が通った道を教える代わりに子守唄を要求する。

母親は、聴かせるべき相手のいない優しい子守唄を悲痛に踊ってみせる。

カラスは母親とデュオを踊り、道を教える。

次に出会ったのは、四人のダンサーが演じる、行く手をふさぎ、踊るイバラたち。

温かな抱擁を要求するイバラたちと、母親は踊る。

四人のイバラと交代して踊るにつれ、袖が取れ、身ごろが取れ、スカートが取れて、真っ赤な衣装が現われる。イバラとの抱擁で、血まみれになった母親を表現しているのだ。

イバラは満足し、道を空ける。

行く手に現われたのは青い湖。

青い衣装を着けた、八人の湖が踊る。

母親は八人のダンサーと踊り、目玉を奪われる。青い布で目隠しをされ、ダンサーたちにリフトをされて、湖の向こう岸へと渡る。

そこは、色とりどりの花が咲き乱れる花園だ。

花を演じ、踊るダンサーたちのあいだに、目隠しされた母親が現われ、よろけ、手探りで困惑しつつさまよう。

そこに木が登場し、ひとしきり花たちと踊ってから、母親に囁《ささや》く。

母親と木は踊り、木は母親の黒髪を得る。母親の頭は、一瞬にして真っ白になる。

木と花は去り、母親の両手には、一輪ずつ、花が握られている。

ついに、探し求めていた死神が現われる。

母親は、両手に花を握りしめ、目隠しをされたまま、ひときわ激しい狂乱の踊り。死神をおどし、死神をののしり、死神に訴え、死神に懇願する。どんな手段を使ってでも、我が子を取り返さんと必死なのだ。

じっと母親の踊りを見ていた死神は、湖から拾ってきた目玉を取り出し、そっと母親に近付くと、目隠しを外す。彼女の目を返してくれたのだ。

死神が舞台の奥を指差すと、井戸に見立てた巨大な輪が天井から降りてくる。

巨大な輪の向こうで、二人の子供たちが踊る。

それぞれの将来、それぞれの人生。

死神が二人に近付き、やがて三人で踊り始める。更に、三人は母親に近付いてきて、四人で踊りだす。

混乱する母親。迷う母親。苦悩する母親。

他の三人が、淡々とした笑顔を絶やさないのとは対照的に、母親は複雑な苦悶の表情を浮かべている。

子供たちはいつしかいなくなり、母親は花を握りしめたまま、死神と二人で踊る。悲痛で残酷な、生と死の狭間《はざま》のパ・ド・ドゥ。

ここでは、ひときわ音量を上げた「喪失のテーマ」が演奏される。何度も繰り返し流されてきた「喪失のテーマ」は、もう観客の中に染み込んでいて、母親の最後の「喪失」が観客の心をかきたてる。

踊り終えた二人。

母親は、よろよろと舞台の中央に歩いてゆき、観客に向かってがっくりと膝をつく。

両手に握りしめていた花が、ぱたり、ぱたりと床に落ちる。

死神がそっと近付いてきて、片方の花を拾い上げ、くるりと背を向け、舞台の奥に遠ざかってゆく。

母親は、震える指をゆっくりと組み、虚脱の表情で祈りを捧げる――

幕。


「アネクメネ」の時とは違って、出来上がった作品を、あたしもただの一人の観客として観ることができたのは不思議だ。

春ちゃんの踊りとあたしの曲とが、ずっと昔からあったもののようにしっかり一体となっていて、目の前にあった。

母親を演じたプリンシパルは、本当に素晴らしかった。入魂の、鬼気迫る踊り。希望と絶望、愛情と憎悪、刹那刹那に変わる心情が見事に表現されていて、最後の、虚脱の表情が目に焼きついている。

予想以上に感動的な作品になっていて、周りのお客さんが、皆泣いていた。

そのせいではないだろうけれど、恥ずかしいというか、図々しいというか、正直に打ち明けると、自分の曲が他人が作った曲のようで、ラストの「喪失のテーマ」には、胸を打たれて、あたしもいつのまにか泣いてしまった。

泣いちゃったよ、とこっそり春ちゃんに言ったら、春ちゃんは「えへへ、実は俺も」と小さく笑っていたっけ。


モノを作る過程というのは、同じものはこの世にひとつとして存在しないし、いつも違っていて、いつも実に興味深い。

もっとも、「興味深い」なんてスカした言葉を使えるのはずっと後になってからで、渦中にいる時はそんな余裕をかましているヒマはなく、ひたすらがっぷり四つに組んでひいひい言いながら悪戦苦闘している。あたしが今作っているものはなんなのか？　何を作っているのか？　世界に受け入れられるのか？　後々どう評価されるのか？　そんな疑問が時たまフッと脳裏をかすめたりもするが、そんなことを考えていても仕方がないのは自明の理。常におのれの能力の限界と課題の大きさにいかに折り合いをつけるかに七転八倒しており、当然ながら折り合いのつかなかった仕事というのも往々にして存在するわけで、思い出すと「ぎゃっ」と叫び出したくなったり凹《へこ》んだりするが、もはや過去のことと割り切って、ひたすら前に進むのみ、と自分に言い聞かせるのに苦労する。

要は、何が言いたいかというと、終わった仕事はあまり振り返らない、ということだ。『アサシン』の成立過程について、後でいろんな人からさんざん聞かれたし、本に書いた人もいるのだが、これまで話してきたように一直線に出来上がったわけじゃないし、あちこち種を蒔《ま》いて徐々に下地が築かれてきた上に花開いたものなので、そうひと口に説明はできない。

春ちゃんもまた、あまりおのれの作品を残すということに執着しない人なので、『アサシン』、大変だったなー」くらいの認識しかなくて、取材した人たちは一様に面喰らっていたようだ。あたしも同じ言葉で済ませたい。『アサシン』、大変だった。

まあ、あたしたちの活動期間が既にデジタル時代になっていたことは非常にありがたいことだと思う。春ちゃんの作品のほとんどが映像で残っていて、制作過程もかなりの部分記録されているのは、個人的にもバレエ史的にも文明の進歩に大いに感謝したいところである。

もちろん、生の舞台を観る僥倖《ぎょうこう》、同じ空気を吸って今そこでその人が踊っているのを目撃する奇跡というのは、どんなに素晴らしい映像が残っていたとしても、決して代わりにならないのは重々承知している。

そう、あたしの中には『アサシン』の初演の初日の舞台が、未だに身体のどこかにそっくりそのまま冷凍保存されている。

ハッサンのこの世ならぬスペシャルな感じ。彼のビロードの肌が、照明の中で眩《まばゆ》く輝き、神話の中の生き物のように見え、鳥肌が立った。ヴァネッサの鬼気迫る妖艶な舞。観客を視線で焼き尽くさんばかりの、挑発的なエメラルドのまなざしに痺れた。

異様な獣じみた男性陣の群舞。手にした剣がキラリキラリとリズミカルに瞬《またた》き、それだけで先鋭的な音楽のようだった。絢爛豪華《けんらんごうか》に咲き誇る花園がそのまま生き腐れていくような、むせかえるような色香にまみれた女性陣の群舞。ラメの入った美しいベールが、乱れ飛ぶ蝶のように翻る。

舞台の中央で置き物のようにベンチにもたれかかるジャン・ジャメの、くいっとただ指を曲げるだけのかすかな動きが、いかに観客の注目を集め、その背筋をぞくりとさせたか。それは映像では分からない。舞台を目撃した、舞台を客席で体験した者の中にしか、決して残らないものなのだ。

振付家にとって、自分の作品はどんなふうに自分の中に残っているのだろうか。

そう疑問に思って、いつだったか、春ちゃんに聞いてみたことがあった。

春ちゃん、『アサシン』、振付けたの全部覚えてるの？　自分の作った踊りって、どのくらい残ってるの？

すると、彼は一瞬不思議そうな顔をして、あたしのことを見た。思いがけない質問だったらしく、質問の意味を改めて検討してみる、という表情になる。彼は言葉足らずのことはあっても、決しておざなりな返事はしない。常に正直で率直だ。

そして、ふわっと笑った。どきっとするほど美しく、全く邪気のない笑み。

かつてはただただ綺麗で魅了されるだけの笑みだったのだけれど、長いこと春ちゃんと一緒に仕事をするうちに、あたしはだんだん彼のあの微笑が恐ろしくなっていった。

彼があんなふうに笑うのは、自分がこれからする返事を相手が理解してくれないだろう、と予期している時なのだと気付いたからだ。だから、あたしもあの笑みを見る度に、いつも小さな哀しい予感をきゅっと胸の中で抱くようになった。ああ、次の返事で、春ちゃんはまた、ちょっとだけあたしから遠ざかるんだ。そう心の準備をしなければ、あの微笑はつらすぎる。

残らない。でも、覚えてる。

それが春ちゃんの返事だった。

パッケージングして舞台に掛けたら、それでおしまい。七瀬だって、「ある母親の物語」観て泣いたのは、自分の音楽だったからじゃなくて、一作品として観たからだろ？　作品になってしまえば、もう観客として観られるようになる。

春ちゃんは少しだけ首をかしげた。

舞台って、ディナーみたいなもんでしょ？　どれも一度きり。毎晩同じメニューでも、毎回違う。料理そのものは、食べてしまえばなくなってしまう。ああおいしかった、とっても素敵なディナーだったねって、お客の記憶に残るだけ。ただ、レシピは残るわけだよね。シェフは、自分の作ったレシピは覚えてる。レシピを見れば、他の人でも再現することはできる。でも、残らない。

今回の返事はけっこう理解できるほうで、あたしはホッとした。

春ちゃんは続ける。

でも、残り香みたいなもんはあるよね。たとえば、こんなふうに、かつて振付けたポーズをとった時に——

春ちゃんはすうっと肘《ひじ》に右手を添えて左手を伸ばした。それだけで、そこは舞台の上になる。やっぱバレエは腕だね、と思う。はて、どの場面だろう、と考えたけれど、とっさには思い出せなかった。春ちゃんは腕を下ろす。

当時の記憶が蘇《よみがえ》る。作った時の気持ちとか、イメージみたいなものがふうっと鼻先に香ることはある。七瀬はそういうことってない？

あるかも、とあたしは答えた。

当時のシチュエーションとか、食べてたジャンクフードの味とか、どうでもいいことを作った時の気持ちと一緒に思い出すことはある。

だろ？

春ちゃんは頷いた。

『アサシン』について、あたしが理解しているのは、他にもいろいろと全幕バレエのアイデアはあっただろうに、彼が最初のオリジナルの全幕バレエに『アサシン』を選んだのはたいへんな冒険だったのと同時に、確信犯的だったということだ。

あたしの記憶では、他の作品については、ずいぶん前からアイデアやテーマについて耳にしたことはあったけれど、オリジナルの全幕バレエについては聞いたことがなかった。

ただの全幕バレエ、にならたびたび言及していた——もちろん『三つのオレンジへの恋』がそうだし、やはりプロコフィエフのバレエ音楽はあるものの上演に恵まれない『石の花』も、きちんと全幕にしてやってみたい、と早くから話していた。

ブラッドベリやレムのSFや、ハーバートの『DUNE』はバレエになるんじゃないかとか、エドガー・アラン・ポーの短編集でゴシックホラーなバレエはどうだ、だったらピーター・グリーナウェイの映画はかなりバレエっぽいぞ、などとほとんど与太話《よたばなし》のノリでうだうだ話していたっけ。

そういえば、かつて深津さんが「やたら無生物をやらされた」と言っていたけど(「摩天楼の歴史と興亡」はその後も実現していない)、「アルゴリズムって、なんだかコンテになりそうなテーマじゃない?」なんて話もしていたな。「集積回路の載った基盤とか、スパコンの明滅とか、なんとなくリズミカルじゃん?」というのだ。その意見には、なんとなくあたしも同意できる。確かに、自然界の法則とか、コンピューター言語には音楽を感じることがあるし。

印象に残っているのは、ギリシャ神話のオルフェウスや、日本のよもつひらさかなど、世界中に共通する伝説で、冥界に行って配偶者を取り戻そうとするんだけど、「決して配偶者を見るな」と言われたタブーを破って失敗する話が伝わっているのは面白いから、それをテーマで一本作れるんじゃないか、とか、春ちゃんが民話やフォークロア的なものに興味を持っていたことだ。

一度、『遠野物語《とおのものがたり》』ってバレエになんないかな?」と話していたことがあって、「あんなのどうやってバレエにすんの?」と聞き返したことがあった。

「そもそも、誰が踊るのよ?」と尋ねると、「そりゃ、河童《かっぱ》とか、ざしきわらしとかだろ」という。あたしは思わず笑ってしまった。

「何それ、子供向け? あたし、子供向けだから着ぐるみ、みたいな発想、好きじゃないんだよねー」

すると、春ちゃんは驚いた顔になった。

「えっ、子供向けのつもりはないよ。着ぐるみとかヘンな擬人化はしない。『遠野物語』の精神世界をカタチにしたいだけだもの。ざしきわらしにしても、河童にしても、かの地の人たちに『見えてた』ものは、無意識に共有してた世界観がビジュアル化されたものなんじゃないかなー」

今度はあたしが驚いた顔をする番だった。

「ふうん、そういうふうに言われると、確かに春ちゃんっぽい題材かも」

「戦慄《せんりつ》せしめよ、だもんね」

戦慄せしめよ。それは、柳田國男《やなぎたくにお》が『遠野物語』に書いた有名な序文の一節で、山の民の精神世界の奥深さに里の民よ驚け、みたいなニュアンスだったはずだ。

精神性。それは、芸術家たち、モノを作る人間にとってはものすごく重い言葉で、それが存在するかしないかで、作る者も演じる者も奥行きが決定的に違ってきてしまう。おのれの精神性を信じられるクリエイターが果たしてどのくらいいるものなのだろうか。あるいは、それほど能天気なヤツは、何処《どこ》にいるのか？　考え始めると、そのはしくれとしては、なんとも暗い気分になってきてしまう。

とにかく、春ちゃんのテーマはいつもブレないし、変わらない。この世のカタチ、精神のカタチを踊りにする、というその点では。

だから、今なら春ちゃんが『アサシン』という題材をずっと温めていた、というのは分かるような気がする。

なぜなら、世界中の歴史に残る——あるいは残っていない——無数の「暗殺」という行

為は、人々の何らかの信義、信念という、ある意味人々の心のカタチの表出ともいえるのだから。

アサシン。すなわち暗殺者を指す言葉の語源には諸説あるが、ハシシ（大麻）だという説が根強く、聞いたことがある人もいるかもしれない。

春ちゃんは、特定の宗教ではなく、失われた古代文明の、絶対神を戴《いただ》く今は亡き古代宗教という設定で『アサシン』の世界をイメージした。

宗教は、信者の数がある程度の大きさになり組織化されると、教義も安定し発展する。しかし、更に信者の分母が巨大化し、教祖が亡くなるなどして信者の世代交代が進むと、教義に対する解釈の相違から対立が起き、さまざまな流派に分裂していく。この古代宗教も例外ではなく、幾つかの分裂が起きる過程で、どこにも属さない教団ができて、やがてどこからも異端と目《もく》されるようになった。

神の名の下《もと》に、おびただしい血が流される。袂《たもと》を分かった者どうしなだけに、近親憎悪は激しく、分裂した流派・教団間でも武力闘争はエスカレート。信者の少ない教団には、多数派のような組織だった軍隊は持てない。そこで選んだ戦術が、一撃必殺、敵対する陣営のリーダーや将軍格に当たる者をピンポイントで殺していく、という手段だった。

この殺し屋たちの冷酷ぶりに震え上がった人々は、彼らが死を恐れないのは、恐怖心を麻痺させる麻薬をふんだんに与えられているからだと考えた。

やがて、この教団には「息せぬ者」と呼ばれる謎の指導者がいて、殺し屋としてスカウトした若者を美女たちの待つ楽園に連れこんで骨抜きにした上で、クスリ漬けで暗殺を行わせるのだ、という噂が流布されていくようになる。

エロスとタナトスという、人間の根源的な部分での、表裏一体の欲望と恐怖。それが『アサシン』にはそのままカタチになっているのだ。

しかし、春ちゃんが惹かれたのはそこだけではないし、『アサシン』が内包するものはもっと大きいと思う。物語の暗い底には、宗教的寛容や不寛容——いや、宗教に限らず、あらゆる他者に対する寛容と不寛容というテーマが横たわっている。それをどう受け取るか、どう考えるかが問われているのだ。

だからこそ、春ちゃんの『アサシン』はとても美しくて、とても恐ろしい。教団にスカウトされた主人公の少年は、美女の楽園と厳しい戦闘との往復に明け暮れるうちに、何も考えない冷徹な殺人マシーンへと変貌してゆく。

彼の表情からは、かつて持っていた畏怖や憐憫《れんびん》、戸惑いや懐疑といった人間らしさが消え、快楽という報酬のために、すべての感情を捨てた木偶《でく》と化す。

そのことは彼の心を蝕《むしば》み、彼の精神世界を歪め、滅ぼさずにはいられない。血で贖《あがな》われる官能の先に続くのは、どこまでも不毛でひび割れた砂漠だけ。彼の行く手には、無人の焼け落ちた伽藍《がらん》しか聳《そび》えていないのだ。

あまりの救いのなさ、無残で阿鼻叫喚《あびきょうかん》のカタストロフィに、案の定、『アサシン』初演の時は賛否両論まっぷたつ。大騒ぎになり、春ちゃんのもとには取材が殺到した。

春ちゃん、いつものようにひょうひょうとした返事。賛否のどちらもあまり気にしていないように見えた。

あたしのところには春ちゃんほどの取材は来なかったけれど、春ちゃんにならって淡々と答える。

あたしは、彼の作る世界に音を付けただけ、彼の踊りから聴こえてくる音楽を描《か》きとめただけです。はい、そのことには成功したと思っています。

だけど、内心で、あたしは反響の大きさに舞台の成功を確信していた。

踊りが素晴らしかった。ダンサーに魅了された。非難する人も、そのことを否定する人はいないだろう。あの踊りを観たい、あの踊りを踊りたい。観客も、ダンサーもそう思ったのなら、舞台は成功だ。

春ちゃんが、オリジナルの全幕で『アサシン』を選んだことは、かなりの博打であったことは確かだが、彼の新たな道を切り拓いたことも間違いない。

もし、初のオリジナルにもっと穏当なもの――例えば、文学的なものであったり、伝記的なものであったり――を選んでいたら、行儀のよい、いわばスタンダードな振付家というカテゴリーに納められたかもしれなかったからだ。

それは幸運なことだった、とあたしは素直に思う。

春ちゃんはこうでなくちゃ。萬春として、萬春の道を驀進《ばくしん》していってくれなくちゃ。

安堵していたと言ってもいい。

そのいっぽうで、危惧もあったことは否めない。

春ちゃんにはバリバリ最前線で作って踊ってほしいけれど、あまり進化しすぎてほしくない。それが正直な感想だった。

進化の速いものは収束も速い。ジャズがそうだった。もしかすると、ビートルズというバンドもそうだったかもしれない。あまりにも進化するスピードが速くて、誰も追いつけなくなった。あるいは、行き着くところまで行ってしまって、飽和状態になってしまった。

残念ながら、そういう状態になることが、この世には多々ある——芸術の世界では、特に。

春ちゃん、置いていかないで。

あたしは、心の底では強くそう念じていた。これ以上、スピードを上げられたら、あたしは追いつくことができない。いつも限界いっぱい頑張っているけど、春ちゃんの壁はますます高くなる。

お願いだから、あの笑みをもう見せないで。あの哀しい予感できゅっとさせないで。

誰よりもあの微笑に魅了されつつも、あたしはあの笑顔を、『アサシン』を作りながらひたすら恐怖していたのだった。


「エロくなーい」

春ちゃんが『アサシン』の振付をしている時の、口癖となった台詞《せりふ》である。

むろん、それは「天国」パートの女性陣に対するもので、中でもトップを踊るヴァネッサに向けられた言葉でもあった。

「ヴァネッサさあ、考えてもみてよ。うら若き青少年が骨抜きにされて、人を殺してもいい、って思っちゃうくらいなんだぜ？　今の自分の踊りで、人、殺させるくらいの魅力があると思うわけ？」

春ちゃんがそうズケズケと言うのを聞いて、ヴァネッサがめちゃめちゃムッとしているのを見るのが、『アサシン』の稽古中のこれまた定番となった。内緒だけど、あたしは彼女がムッとしている顔を見るのは嫌いじゃない。だって、取り澄ました笑顔より、ムッとしている顔のほうが彼女らしくて可愛いんだもん。

「インドにある、ヒンドゥー教寺院ですごくエロいの、見たことない？『カーマ・スートラ』をレリーフにしたやつ。無色のレリーフなのに、眺めてるとそれぞれのレリーフが動き出して、吐息や喘ぎ声が聴こえてきそうなの。そこに立ってるだけで、クラクラしてきて、極彩色のパラダイスにいるみたいになる。君ら、生身の人間なのに、大昔の石仏にも負けてるぜ」

カジュラホにあるカンダーリヤ・マハーデーヴァ寺院ね。あたしは見たことがある。確かにあれは鼻血が出そうになるほどすごい。

「そんな『アサシン』の舞台から遥《はる》か彼方の亜大陸の、異教徒のレリーフを引き合いに出されても困るわ」

ヴァネッサは思い切り機嫌の悪い声を出した。

実は、「エロくない」という指摘は彼女の痛いところを衝《つ》いていた。彼女は強く凜々《りり》しく美しい女王様ではあるが、潔癖なところもあって、女の武器を使うことに抵抗があるタイプなのだ。高慢に命令することはできても、手練《てれん》手管《てくだ》で懐柔する、というのを潔しとしない。春ちゃんもそこのところはよく分かっていて、あえて要求しているのだ。

確かに、今の彼女の踊りは凄まじく美しく、圧倒はされても——鼻血は出ない。

あまりに何度も「エロくない」と言われて、ヴァネッサはキレた。

「分かんないわ。ＨＡＬ、お手本を見せてよっ」

他の女性陣も、反射的に彼女に同意したのが分かった。あたしは苦笑する。

手本をやってみせろ。たぶん、これって、振付家に対する禁句のひとつだよね。

「お手本?」

春ちゃんはそう呟き、「ふむ」と首をかしげた。

そして、するっとみんなの前に進み出ると、俯いて静かに構えた。

ゆっくりと両手を振り上げ、ふうっと顔を上げる。

みんながハッとした。

なんという、淫靡《いんび》な目だろう。文字通り、目の色が変わっていた。

うっすらと笑みを浮かべ、誰にともなく流し目を送る。

そこには圧倒的な官能性を持つ、とんでもないバケモノが立っていた。何気ない腕のひとふり、身体のゆらりとした反らし方、ちょっとしたすり足。動きのひとつひとつから目を離せず、息を呑んでしまう。

挑発的なのに、媚《こび》もある。小馬鹿にしているようで、同時に憐れみを請うようでもある。切なげでもあり、投げやりでもあり、刹那的でもあり、驕慢《きょうまん》でもある。

誰もが前のめりになり、吸い込まれそうな表情で彼を——いや、そこにいる性別を超えて蠱惑《こわく》的な生き物を見ていた。

ヴァネッサも、いつしか頬を上気させ、ぼうっとした顔で春ちゃんを見ていた。もちろん、他の女性陣も、スタッフも。はい、あたしも鼻血出そうになりました。

「——こんな感じ?」

ふと、春ちゃんは動きを止め、あっさり、いつもの春ちゃんに戻る。

皆が我に返り、赤らめた顔を見合わせ、決まり悪そうにソワソワした。

「悔しいっ。なんであんな、フワフワしたそよ風男が、あたしより——ううん、ここにいる誰よりも色っぽいのよっ」

後で、ヴァネッサがなぜかあたしのところに来てそう叫んだ。

『アサシン』の曲作りは、緻密《ちみつ》なパズルのようだった。

日々、春ちゃんの振付けた踊りを見ながら、楽譜に細かな修正を加えるので、あたしは稽古にも日参していた。毎日、稽古の後で、春ちゃんとの綿密な打ち合わせも欠かせなかった。もちろん以前から面識はあったが、この全幕オリジナルのおかげで、バレエ団の面々とも顔馴染である。なのですっかり気安くなり、稽古が終わると誰かしらやってきては声を掛けていく。

そよ風男。あまりに当たっていて、思わず噴き出してしまう。

が、ヴァネッサは仁王立ちであたしを睨みつけるのだった。

「ナナセ、あんた、HALのこと、子供の頃から知ってるんでしょ。あいつ、子供の頃からあんななの？」

あたしは素直に頷いた。

「うん、子供の頃からあんなだった」

ヴァネッサは左右を見回し、急に声を潜める。

「ねえ、HALってどういうタイプが好みなの？　そもそも、対象は男？　女？」

あたしは面喰らった。実は、あたしが春ちゃんと幼馴染だと知ると、いろいろな人が春ちゃんの好みのタイプや性的指向についてこっそり聞いてくるのには慣れっこになっていた。けれど、ヴァネッサにまで聞かれるとは、ちょっと意外だったのである。

あたしは肩をすくめた。

「春ちゃんは日本の地方都市の山の中の田舎町で生まれて、川べりでジャンプしてるところをスカウトされてバレエを始めました。十五歳でバレエ留学して、そのままバレエ団に入りました。ヴァネッサは、バレエ学校時代に十七歳でYAGP獲《と》ってます。さて、ここで問題です。この過酷なバレエの世界で、そこまで出世できるようなバレエ漬けの人生を送ってる人が、『私、あの人が好きなんです』、なんて友達と放課後にちんたら道草しながら恋バナしたり、日々誰かの姿を追って思い焦がれた挙句、週末どこかに呼び出して『おつきあいしましょう』って告白してるヒマなんかあると思いますか？」

「ないわね」

ヴァネッサが即答した。

「でしょ。だから知らない」

「そりゃそうだわ」

彼女は大きく頷いて、さっさと引き揚げていった。妙に納得した様子なのがおかしい。

春ちゃんが老若男女にもてるのは誰もが知っているし、彼に憧れている人は子供の頃から山ほどいたけれど、春ちゃんには全く浮いた噂がなかったし、彼とそういう話をしたことがないので、本当にあたしにも分からない。なんとなく、バイセクシュアルのような気がするし、もしかすると、一人で完結していて、誰にも性的な興味を抱かない指向なのではないか、という気もする。とにかく寝ても覚めてもバレエ、という人なので、バレエと結婚？　みたいな感じだ。だからこそ、彼は、男でも女でも、何者にもなれるのかもしれない。

「コワくなーい」

こちらは、春ちゃんの「地獄」パートに対する定番の台詞である。

当然、それは「地獄」パートを踊る男性陣、そしてトップのハッサンに向けた言葉でもある。

ハッサンもまた、そう言われる度にあのギョロ目を更に見開いて、いまいましげに春ちゃんを睨んだ。

「テメエ、テメエの作った踊りにケチつける気か」

「いや、踊りにケチはつけてない。さすがハッサン、振付は完璧。むしろ、俺が振付けた以上のものを踊ってる」

「じゃあ、どうして」

「でも、怖くない。やんちゃすぎ。いや、情感がありすぎなのか？」

春ちゃんは自分で言った言葉に首をかしげてから、ハッサンに向き直った。

「今のハッサンはさ、せいぜいマフィアの末端下部組織の一員だよ。街のチンピラのリーダー程度。余計な殺気を出しすぎなんだよ。本当に強いやつは余計な殺気なんか出さない。もっと静かで、もっと穏やかだ」

例によって、ズケズケいう春ちゃんに、ハッサンは目を剝いた。「チンピラ」の一言にカチンと来たようだ。

「悪うございましたね、チンピラで。なんせ、育ちが悪いもんで」

「そういうことを言ってるんじゃないんだよ。分かってる癖に」

両者、真正面から向き合い、互いに一歩も引かない。

「怖くない」

春ちゃんはもう一度繰り返し、不意に腰を落とし、かがみこんだ。

「第一、そんなに殺気をダダ漏れさせてちゃ、獲物に逃げられる」

低い声で呟き、春ちゃんは見えない剣を構えた。

不意に、刃が鈍くきらめいたような錯覚。

「そっと近づく。獲物に気付かれないように」

そうっと。


ハッサンも、周りの誰もが動けなくなった。

ピンと張り詰めた空気が、急に冷え込んできたような気がした。

春ちゃんは、上目遣いにひたとハッサンを見据えている。

底冷えのするような、冷たく無表情なその目。

春ちゃんは、すっと手を突き出す。

「一撃必殺。チャンスは一度だけ。相手は、自分が殺されたことにも気付かないくらい。暗殺って、そういうことだろ？」

その見えない剣は、ハッサンの喉元を狙っている。

ハッサンはたじろいだ。

確かに、彼にも鋭い刃が見えているのだ。

春ちゃんは、ハッサンから目を逸らさずに続けた。

「暗殺者たちの首領なんだ。半径十メートルしか見えていないチンピラとはわけが違う。彼は誰よりも静かで、誰よりも落ち着いていて、誰よりも視野が広く、誰よりも先を読んでいる」

春ちゃんは、不意に背筋を伸ばし、ふだんの表情に戻ると、「ね。そういうヤツを、ハッサンにやってほしいの」と呟いた。

手にした剣をひっくり返し、「はい」と柄をハッサンに向ける仕草。

思わず手を差し出したハッサンに剣を渡すマイムをして、春ちゃんはにっこり笑い、ハッサンはキツネにつままれたような顔になった。


「なんなんだ、あいつは」

今度は、ハッサンが混乱した顔であたしのところにやってきた。

「なんだってまた、あんなお花畑のチョーチョ野郎が、あんだけの凄味を出せるんだ？」

お花畑のチョーチョ野郎。

これまた、つきあいが長いだけあって、うまい比喩である。

「子供の頃からああだったよ」

あたしも、これまたそう答える。

「春ちゃんは、自然界をお手本にしていて、昔っからそれを踊りにすることを目標にしていたよ」

　ハッサンは、しばらくあたしの言葉の意味を考えていたが、やがて思い当たったように小さく頷いた。

「そっか。ニッポンは、自然災害が多い国だもんなあ」

「うん。自慢じゃないけど、ひととおりなんでもあるねえ。地震に台風、噴火に少子化」

「少子化っつうのは、自然災害なのか？」

「うーん、日本の場合、どちらかというと、人災かもねー」

「どうして？」

「産みやすく育てやすい社会を作ってこなかった」

「日本人って、どこかに諦観みたいなのがあるよな。ショギョームジョーってやつ？」

「あるかも」

「俺なんか、なんのかんのいってもシティーボーイだもんな。土のあるところで暮らしたことがない。おまえらの郷里、雪、いっぱい降るんだろ？」

「うちらの住んでいたところは盆地だから、そんなに降らない。でも、寒いから校庭に水撒《ま》いて、スケートができた」

「噂で聞いたんだが、昆虫、食べるってホントか？」

「うん。バッタの一種とか、蜂の子とか。どっちもおいしいよ。高タンパクだし」

　ハッサンは石でも呑み込んだような顔になった。

「ワイルドだな。しかたない、そのワイルドさに免じて許してやる」

　ハッサンの思考回路は、時々よく分からない。

春ちゃんがヴァネッサの前で「エロさ」を、ハッサンの前では「コワさ」を演じてみせてから、みんなの踊りがガラリと変わった。

正直言って、それまではどこかぬるい、ただの「振付」だったのが、生々しい「踊り」になったのである。

みんなの顔つきがギラギラしてきた。

ヴァネッサをはじめ、女性陣はそれまでのかしこまった行儀のよさをかなぐり捨てて、ギリギリの気品は保ちつつも、むせかえるようなエロさを爆発させた。

ヴァネッサも開き直ったというかなんというか、そもそも強烈な美しさと存在感が持ち味だった上に、凄まじい官能を開花させたのだから、もはや無敵。同性から見ても、「天国」パートはそれこそ、どこを切っても鼻血ものである。

いっぽうの、「地獄」パート。

ハッサンも、変わった。

それまでは野放図にエネルギーを発散していたのに、それらを注意深く抑制するようになったのだ。秘めたエネルギーを予感させる、全身に漲《みなぎ》る緊張感。それが彼の踊りに深い精神性と、肌が粟立つような不穏さを生み出していた。

静謐《せいひつ》と凄味。

春ちゃんが望んだ、暗殺者集団の首領としての踊りを、ハッサンは見事に体現できるようになっていたのだ。

「同じなんだよ」

稽古が進んでいくと、春ちゃんが皆にそう言った。

「実は、同じ踊りなんだ」

春ちゃんはそう繰り返す。

はじめのうち、観客は、天国パートと地獄パートを、全く異なる、対照的なパートとして受け止め、その落差に面喰らうかもしれない。けれど、舞台が進むにつれて、気付くはずだ。いや、皆の踊りで気付かせるんだ。実は、同じものを異なる方向から見せられているに過ぎない、と。天国も、地獄も、言葉が違うだけで同じものを指しているのだと。

同じ踊り。

確かに、あたしも舞台を見ているうちにそう思うようになった。我々は、表と裏の双方から同じものを見ている。

情欲のなかの戦慄を。

殺戮《さつりく》のなかの官能を。

それらを併せ持つのが人間の性《さが》なのだ、ということを。

だから、音楽も、踊りも、やがては混じりあい、カオスとなる。

そのことをダンサーたちが理解した時、ついに『アサシン』は完成へと突き進む。

オリジナル全幕作品の初日。
それがスタッフやダンサーにとって、どれほど緊張するものなのか、どれくらい恐ろし

いものなのか、想像できるだろうか。

もちろん、初日はいつだって緊張するし、生の舞台は千秋楽まで緊張感の連続だ。しかし、それでもあの『アサシン』初日の緊張感と恐怖は、今思い出しても足元が震えてくるほどだ。

こうしてみると、子供の頃にバレエで舞台に出ていた時は、なんて楽ちんだったんだろう。すべて誰かが準備とお膳立てをしてくれて、あたしは出るだけ。全く緊張したことがなかったし、いつでも自分が踊りたいように踊っていた。

それに比べて、もはやあたしができることは何もないのだが、作品に多大な責任を負っていて、目の前で観客の評価が下されるのを黙って待つしかないという状況は、判決を待つ被告の気分だ。頼むから、執行猶予付きにするくらいならひとおもいに殺してくれ、という感じ。これまでのオリジナルの初日とは桁外れの体験だった。トリプル・ビルならある程度責任も分散されるが、看板背負ったただひとつの演目で、作品としても興行的にも成功か否かが評価されるのだ。特に、『アサシン』は制作発表の段階から、このバレエ団が演じるべきテーマなのか、そもそもバレエにふさわしい題材なのか、と疑問視する声も多かったので、機関銃持って待ち構えている批評家や客が山ほどいる。プロデューサーを始め主要スタッフは多国籍とはいえ、今度ばかりは春ちゃんが日本人なのも疑問視される理由のひとつだった。

「春ちゃんは怖くないの？」

スタジオを離れて舞台稽古に入る日、顔を合わせた瞬間あたしはそう尋ねたが、春ちゃんはいつもどおりで「んー、そりゃ緊張はするけどね」と肩をすくめた。

「うっそー。その程度？」

もちろん、理解はしている。春ちゃんにかかるプレッシャーがあたしどころではないということ。彼が作品だけでなくバレエ団の看板も背負っていて、ＯＢや関係者からも厳しい目が注がれているということ。新たに就任した芸術監督の手がける初の新作ということで、そちらの手腕に対するプレッシャーも加算されていること。そんなもろもろ、想像しただけで、足がすくむ。

だが、春ちゃんは動じてなどいなかった。

バレエを作ったのはルイ十四世かもしれないけど、いつもバレエの間口を広げて進化させてきたのはエトランゼ（異邦人）たちだった。彼らは常に大国の周縁部から出てきて、異質なものをバレエに持ち込み、新たな息吹をバレエに吹き込んだ。成功か失敗か、どんな影響を与えたかなんていうのは、後世の人が決めること。俺は周縁も周縁、極東のエトランゼだもの。せいぜい顰蹙《ひんしゅく》買ったり、こんなのバレエじゃないと言われるエトランゼの定めを受け入れるまでさ、と淡々と話していたっけ。

「今緊張してんのは、舞台がうまく進行するかどうか、エロさとコワさがくっきり出るかどうか、だな。今回、俺は出てないから、それだけでもすっごい楽だよ」

この、お花畑のチョーチョ野郎め。内心そう罵りつつ、あたしは胃を押さえた。

「あたし、ダメ。逃げたい。スメラルディーナみたいに、地平線の彼方に遁走したい」

くくっ、と春ちゃんは笑った。

「なるほど、遁走と逃走の違いが分かったよ。逃走には冷静さと戦略があるけど、遁走っていうのは、すべてを投げ捨ててパニクって逃げるってことだな」

「ジーナ・ローランズが舞台初日に酒飲んじゃう気持ちが分かった」

「『オープニング・ナイト』ね」

かっこいいアメリカ姐御女優、ジーナ・ローランズが精神的に追い詰められてゆく舞台女優を演じる映画だ。彼女は初日のプレッシャーに耐えられず、泥酔してしまう。

「七瀬、遁走なんてしないで、ちゃんと隅々まで注意して、よく観て聴いててくれよ。実際にお客さんが入ってみないと、オケの音のバランスが今ひとつよく分からないところがあるし、振付だってもっと微調整しなきゃならない」

「分かってます」

そう釘を刺されて、急にしゃんとして冷静になる自分に気付いた。

確かにパニクってるヒマはない。現状、ちゃんと音が楽譜通りかつイメージ通りに鳴っているか、音と踊りが合ってきちんと狙った効果が出ているか、を確かめるのが先だ。

舞台は生き物だ。特に、オリジナル初演の場合、作品そのものが固まっておらず、まだ可塑性が高い状態にある。お客さんの反応や、実際の舞台を観て、修正すべきところはどんどん修正していかなければならない。多くのお客さんの目に晒《さら》されて、ようやく作品は完成するのだ。

スコアを広げていると、ザワザワという気配がした。

春ちゃんがハッとして「七瀬」とあたしを呼んだ。

振り向くと、今期新たに春ちゃんたちのバレエ団の芸術監督に就任したテレーズ・ルイサ・ガルシアと、前芸術監督で、今回「息せぬ者」を演じるジャン・ジャメその人がやってくるところだった。テレーズとはこれまでもさんざん話をしてきたが、ジャン・ジャメに会うのは初めてだ。思ったよりもずっと小柄だった。

「うわあ、本物だあ」

あたしは舞い上がり、弾かれたように立ち上がった。

「踊るなよ、七瀬」

春ちゃんが苦笑する。

テレーズと春ちゃんがジャン・ジャメにあたしを紹介してくれた。

ジャン・ジャメと目が合った瞬間、彼の視線に全身が射抜かれたような気がした。

本質のみを見透かす目。

彼は、なぜか一瞬、驚いたような表情になった。すぐに、にこっと温かな笑みを浮かべ、握手をしてくれたけど。

光栄です、と言ったあたしの声は完全に裏返っていた。たどたどしく子供の頃からファンだったことを伝える。

ジャンは「ナナセの曲は独創的で面白い。踊ってみると、もっと面白い」と言ってくれ、ますますあたしは舞い上がる。ひえーっ、ジャン・ジャメ様、お世辞でも嬉しいですっ。単純なあたしは、たちまち上機嫌になって舞台稽古に臨むことができた。

ダンサー陣も、極限まで緊張していた。

制作発表の時に話題になった『アサシン』のポスター。

暗がりに、上半身裸のハッサンの後姿。顔は見えない。その手に、鈍く光る剣が握られ、空に向かって振り上げられている。そこにタイトル『アサシン』の文字のみ。告知には時間を掛けた。

第二弾のポスターまで作った。こちらは、ハッサンのポスターとは対照的な、明るく色彩豊かな背景に立つ、正面から見た、ポーズを取るヴァネッサだ。彼女のエメラルドの目が、挑発するようにこちらを見据えている。

もちろん、主人公は、スカウトされてアサシンになる少年なのだが、実質的な主役はポスターの二人だ。主人公やファースト・ソリスト級の役はダブルキャストなのに対し、ハッサンとヴァネッサは基本出ずっぱりである。一応アンダー（代役）はいるものの、到底この二人の踊りに敵《かな》う者はおらず、もしどちらかに事故か怪我があったら「そん時は代わりに俺が踊る」と春ちゃんは言っていた。まあ、どちらの代わりもできるのは、確かに春ちゃんしかいない（それはそれで見てみたい気もする）。

「じゃあ、二人とも事故ったらどうするの？」と尋ねたら、「その時は中止だな。誰も踊れないもん」とあっさりしたものである。テレーズは隣でその会話を聞いていて、「ちょっと、冗談はやめてよ」と真っ青になっていたが。

ハッサンとヴァネッサの緊張ぶりも、初日が近づくにつれてひしひしと伝わってきた。実質、代役なし。オリジナル全幕作品、しかも物議を醸している作品のタイトルロール。日に日に二人はげっそりしてきた。「食べなきゃならないのに、食べられない」とヴァネッサがしばしば零《こぼ》していた。ハッサンもピリピリしていて、触れれば爆発しそうなくらいにテンパっている。いくら春ちゃんが、「二人ならできる」「二人にしかできない」と励ましても、耳を素通りしてしまい、目が暗くなっているのが分かる。主役級の二人の不安が、群舞のダンサーにも伝染する。ミスが増え、更に不安は募る。ダンサーの動揺は、舞台のスタッフにも広がる。あまりにも典型的な、それでいて最もどうしようもない、負のスパイラルだ。

それを払拭《ふっしょく》したのは、やはりジャン・ジャメだった。

舞台稽古が進み、リハーサルに現われたジャンは、皆が不安になって浮き足立っていることを一目で見てとった。

彼は、おもむろに舞台に上がり、斜面の上にある自分の持ち場のベンチのところに「老人」の動作でのろのろと歩いていくと、くるりと振り返り仁王立ちした。

そして、二人に向かって——いや、すべてのダンサーに向かって雷でも落とすような大声で一喝《いっかつ》したのだ。それも、「息せぬ者」として——恐怖の王として。

おのれ、おまえたちは不遜《ふそん》にも、わしが神に代わって与えた仕事に、すなわち神の望みに疑念を抱くというのか？　不遜？　いや、そんなものでは生ぬるいわ、反逆とみなしてくれよう。言うてみよ、我は神を疑っている、とな。どの口が言う？　美酒に酔い、娘たちに酔い、涙を流して誓いを立てたのはどの口だと？　たちまちその口は腐り、目は潰れ、喉はくびられ、呼吸すらできなくなり、永遠に呪われた肉体となるであろう。たわけものめ、神に疑念を抱くなど、千年早いわ。おまえたちは、我らの神の卑しきしもべ。持つべき意思などなく、ましてやくだらぬ感情なぞもってのほか。神に仕えることで、神の名の下に、神の寛大なる計らいでようよう生かされているに過ぎないのだ。木偶になりきれ！　おのれの、そして神の目的達成のみを考えよ！　天命に従うことに歓びを感じていない者は、即座にこの地を去れ！

高いところからの、ジャンの一喝は、凄まじいばかりに恐ろしく、皆が圧倒された。まさに「息せぬ者」からの託宣《たくせん》。

思わず、ダンサーたちが「ははーっ」と雪崩を打つように次々にひざまずいてしまったのは、それが「息せぬ者」からの声としか聴こえなかったからに違いない。

「ジャン――」

春ちゃんも、気圧《けお》されて青くなっていた。まさか、恩師がこんなふうに檄《げき》を飛ばしてくれるとは思っていなかったのだろう。そして、同時に気付いた。ジャンの檄には二重の意味が込められていると――ダンサーたちよ、作品を信じよ。振付家を信じよ。

「息せぬ者」の一喝は、効果てきめんだった。ダンサーたちのあいだから、まるで憑《つ》き物が落ちたかのように、もやもやと渦巻いていた不安な空気が消えたのだ。

「はいはい、俺らはジャンの殺人機械」

「あたしは接待担当」

「せいぜい下僕として働かせていただきましょう」

「ねっ」

ハッサンとヴァネッサにも、軽口を叩く余裕が戻ってきて、久しぶりにみんなのあいだに笑い声が響いた。

「ジャン、さっきは本当にありがとう。俺には、ああはできなかった――ハッサンたちの不安を取り除くことは、できなかった」

後で、春ちゃんがジャンにしがみついているのを見た。その目はかすかに赤くなっていて、さすがに春ちゃんもジャンには弱音を吐けるんだな、と思った。逆に、他の人にはやはり弱音は吐けなかったということだ。あたしはちょっと己を不甲斐なく思い、反省した。ずっとそばにいたのに、あたしは自分のことでいっぱいいっぱいだった。

「ごめんなさい、春ちゃん」

ずいぶん後になってから、あたしは謝った。

「何が？」

春ちゃんはきょとんとしていたが、あたしがいちばん春ちゃんのそばにいたのに、精神的な支えになるべきだったのに、そんな余裕が全くなかった、それどころか、当たったり甘えたりしてしまった、と打ち明けると、「なんだ」と笑った。

いいんだよ、七瀬は面白い曲作ることに集中してくれれば。それが何よりの支えだよ。

春ちゃんは予想通りの返事をしてくれたが、あたしには、まだ言うべきことがあった。

「それと、ありがとう、春ちゃん」

「なんで？　それこそ、お礼を言わなきゃならないのはこっちなのに」と春ちゃんは言った。

「『アサシン』を作ってくれて、ありがとう」あたしは言った。

春ちゃんは不思議そうな顔をする。「あ、あたしに作曲を頼んでくれてありがとうって意味じゃないよ」あたしは続けた。

あたしね、ずっと考えてたんだ。どうしてあたしたちはバレエを観るんだろ、バレエを観たいと思うんだろって。でね、『アサシン』を観ていて、初めて「ああ、あたしの代わりに踊ってくれてるんだなあ」って思ったんだ。ううん、あたしがバレエをやってたからじゃないの。ダンサーでなくても、どんな仕事や境遇の人でも、舞台の上のダンサーは、みんな観客の代わりに踊ってくれてるんだと思う。そもそも、舞台芸術全般がそうかもしれない。舞台の上で、役者や音楽家やダンサーは、観客の代わりに「生きてくれている」。誰もが、舞台の上で「生き直す」自分を観ている。舞台の上のアーティストと一緒に、人生を生き直す。

『アサシン』を観ていて、ハッサンとヴァネッサをはじめ、登場人物はみんな、確かにあたしの代わりに生きて、踊ってくれていると思ったよ。あたしが言えなかったことや、言いたかったことを、代わりに言ってくれた。そういう意味で、あたしは確かに舞台の上で彼らと一緒に踊ったよ。

ねえ、そういうことでしょ？　あたしたちは観客の代わりに踊っているんだよ。生きているんだよ。それがあたしたちの使命なんだよね、きっと――

春ちゃんは何も言わずに、怖いくらい真剣な目で、身動《みじろ》ぎもせずにじっとあたしの言うことを聞いていた。

ジャンの檄のおかげで、土壇場になってみんなが急にひとつにまとまり、落ち着いた。そのことを互いに自覚したせいで、ますます冷静になり、隅々まで注意が行き届くようになる。すると活発に建設的なダメ出しがダンサーからもスタッフからも出てきて、その後は実にスムーズにリハーサルが進んだ。「なんか怖いくらい順調」と、かえって不安になるほどだった。士気は上がり、やるだけのことはやったという静かな自信のようなものが劇場に生まれていた。

　そして、その日がやってくる。

『アサシン』初演、初日。

「さあ、みんな。観客の度肝を抜いてらっしゃい！」

ダンサーたちを前に、芸術監督と春ちゃんがハッパを掛けたそうだ（あたしは客席のほうにいたので、その様子は見られなかった）。

　おう、と皆の歓声が上がる。遠巻きにしているスタッフも、力強く頷いている。

「大丈夫、みんなにはそれができる。観客を思う存分ビビらせて、骨抜きにして、ノックアウトしてらっしゃい！」

　ますます大きくなる歓声。

「終演後に、観客の罵声《ばせい》と怒号が上がれば、俺たちの勝ちだ！」

　春ちゃんが叫び、皆がやんやの喝采《かっさい》を浴びせ、口笛を鳴らす。

——そのあと、ＨＡＬが何か日本語で叫んでいたのよね。

　後で、その模様を再現してくれていたテレーズが呟いた。

——ええと、「セン」なんとかかんとか。短い言葉だった。なんだったんだろ、あれ。

　戦慄せしめよ。

　そう言ったのだ、とピンと来た。

戦慄せしめよ。

『遠野物語』の序文で、柳田國男が述べた一節——

この書を外国に在る人々に呈す。

国内の山村にして遠野よりさらに物深き所にはまた無数の山神山人の伝説あるべし。願わくはこれを語りて平地人を戦慄せしめよ。


異なるカルチャー、異界の民の持ち込む新たなイメージ。

極東のエトランゼ。常に、周縁部からやってきてバレエに異質なものを吹き込む者たち。

確かにそれはあたしたちの役目で、萬春の使命でもある。

戦慄せしめよ。

あたしはずっと春ちゃんの存在に戦慄し続けている。そして、これからも彼の存在に震えおののき、その背中を追い続けるのだ。

Ⅳ　春になる

「ねえ、キスしてもいい？」

そう尋ねたら、フランツは例によってピクリとも表情を変えずに俺を見た。

「それは、何のキス？　おやすみのキスか？」

率直に聞かれて、一瞬言葉に詰まる。

「恋人のキス、かな」

「君は、僕のことが好きなのか？」

間髪《かんはつ》を容《い》れずに真顔で聞き返された。

「怒ってる？　迷惑？」

なんだかその表情に怒りがあるような気がしたので、そう聞いてみた。すると、フランツは意外そうな顔をした。

「いや、そんなことはない。むしろ、嬉しい」

「嬉しい」の部分に力が込められていたので、両想いなのではないかという俺の勘は当ってたな、とホッとした。

それにしても、知ってはいたが、とことん大真面目というか、なんというか。キスしたいからキスしたいと言っただけで、説明を求められるとは思っていなかった。少し考えてから口を開く。

「もちろん、フランツのことは好きだ。だけど、たぶん今の質問の意味では『好き』じゃない。フランツには、ずっと憧れてた。たぶん、ワークショップの時から。こんな完璧な王子がいるなら、俺はオーロラを踊りたい、と思った。フランツのノーブルで正統派なバレエも素晴らしいし、そのストイックなところもいいし、佇《たたず》まいというか、ダンサーとしての在り方に憧れてた。だから、こいつ、ホントに存在しているのかな？　っていうのを直《じか》に触れて確認したい。フランツの生身を実感したいし、生身のほうに恋してみたい」

「正直な説明をありがとう」

フランツは真面目腐った顔で答えた。

うーん、もうちょっと甘い雰囲気になるかと思ってたんだけど、やはり彼の性格からいってこういう反応になるか。

「君の言いたいことは分かるよ。僕も、君とオーロラを踊った時から君の存在はとても気になっていた。気に入っていた、と言ってもいいと思う。なるほどね、存在を確認したい、か。生身の存在に恋したい、か」

フランツは小さく頷《うなず》いている。

「じゃあ、ＹＥＳってことでいいのかな」

「どうぞ」

そこで、俺はフランツの首に右腕を回し、左手で彼の頰と耳の後ろに触れ、じっと彼の目を覗《のぞ》きこんだ。フランツは俺より十センチほど背が高い。オーロラを踊った時も、この角度だったっけ。フランツが俺の手を取った時のことを思い出す。目が合った時、彼は当然のように俺のところまで駆け寄ってきてくれた。あの時、何か通ずるものを感じた。あの時も、少し違う音で「カチッ」と鳴った。

「ドリアン・グレイ」を振付けている時も、なんとなくこの日が来ることを予感していたような気がする。あの時よりも、精悍《せいかん》さと凄味を増した、さえざえとしたアイスブルーの目がすぐそこにある。背中のどこかにぶるっと鳥肌が立った。この目が見ている世界の色と、俺の見ている世界の色は同じなんだろうか。

「なんつう綺麗な色の目をしてるんだ」

「そう?」

「HALの目は真っ黒だと思ってたけど、よく見るといろんな色が混ざってる」

「グレイ、ブラウン、グリーン。紫っぽい色も」

「知らなかった」

俺はうっとりとキスした。冷たい唇が、心地よかった。フランツが抱きしめてくれた。その腕は力強く、先に舌を入れてきたのはフランツのほうだった。

ははあ、やっぱりこいつは狩猟民族の末裔《まつえい》だな、と思った。森を駆け、追われる野生動物の恐怖の味がした。恐怖が発する獣の体臭と、それらの獣を長年食してきた民族の中に流れる血の味と、それらの血の臭《にお》いを掻き消してきた植民地のスパイスの香り。そんなことを感じたのと同時に、では、フランツは俺に農耕民族の匂いを感じているのだろうか、とも思った。

フランツはそっと唇を離し、ひと呼吸すると、囁《ささや》いた。

「僕の部屋に行こうか」

フランツ曰《いわ》く、俺は「ほのかに甘い、ポリッジやヨーグルトのような味がした」そうだ。なるほど、日本は発酵大国だもんね。

ジーンズを穿《は》きながら「ダンケ」とフランツに言うと、彼はいつかのように「ビッテ」と真顔で返した。

初めてフランツの家に誘われたのは、彼がプリンシパルになって一年ほど経ってからの冬で、ええとこの坊ちゃんという噂通りの豪邸だった。フランツのための、一面鏡張りのバーレッスン用の部屋まであった。滞在中は、ここで一緒に稽古をさせてもらった。彼の、何ひとつ端折《はしよ》ったりゆるがせにしたりしない、お手本のように完璧な基礎練習にはいつも感心したし、圧倒された。

「あなた、ゆうべ息子と寝た？」

フランツの部屋に行った翌朝、いきなり朝食の席で彼の母親に聞かれた時はぶっとんだ。さすがに返事に窮していると、フランツがコーヒーを飲みながら「ママ、お客様に不作法だよ」とたしなめた。

「失礼」

フランツの母親は、肩をすくめた。

彼女と対面した時はびっくりした。フランツにそっくり。ノーブルで、さえざえとした、見る者の中に胸騒ぎにも似た潮が満ちてくるような美貌。彼女がぜひ俺を家に連れてくるように、とフランツに「厳命」したという。

「この子はね、どうにも昔から融通の利かない面白くない性格で（父親に似たのね）、バレエもつまらないの。このままじゃプロになんてなれないんじゃないかって思って、あたしなりに心配して、いろいろ友達を呼んで手ほどきをしてもらったのに、今ひとつ進歩しないというか——」

「手ほどきって——」

俺は思わずフランツの顔を見たが、フランツはちらりと苦笑しただけだった。

「でも、今朝の息子は、どこか満足げで幸せそう。こんな彼は初めて。あなたのおかげでしょう?」

「母はね、僕が『ドリアン・グレイ』を踊った時に、初めて僕の踊りを誉めてくれたんだよ」

「はあ」

「あの時は驚いたわ。息子にこんな踊りを踊らせることができたのはいったいどこの誰なのかしら、ってずっと気になっていたわけ」

俺は、親子の会話についていけなかった。

「母はとにかく君に興味津々でね。最初からそのつもりだったみたいだから、悪いけど、君さえよかったら今夜は母にもつきあってやってくれないか。むろん、選択権は君にあるし、無理強《むりじ》いはしないけど。僕だって、本音を言えば——君を独占したいし」

フランツが、朝食後に新聞を手に取りながら、ちょっと悔しそうに顔を歪めて言った。

一瞬、話が呑み込めず、目をぱちくりさせたが、その意味するところに気付いて愕然《がくぜん》とした。俺、マジで親子両方と関係を持てっていわれたわけ?

しかし、俺は結局、フランツの母——ユーリエのところに行ってしまった。

彼女の、フランツと同じアイスブルーの目は、一瞥《いちべつ》しただけで俺を呑み込んだ。およそ俺なんかに太刀打ちできる相手ではなかった。同じような顔をしていても、フランツとは全く違う。気高く美しいところは共通なのに、なんとも放埒《ほうらつ》でいて貞淑、とっても獰猛《どうもう》なのに可憐、という矛盾したくるくる変わる表情に、完璧に骨抜きにされた。

『アサシン』の振付をしていて、ヴァネッサに「手本を見せろ」と迫られた時は、彼女のことを思い出してやってみた。ヴァネッサも、ユーリエと寝てみれば「骨抜き」の意味が分かるに違いない。

「また遊びに来てちょうだい」

彼女にニッコリ笑ってそう見送られた時は、なんだか鬼ヶ島から命からがら逃げてきたサバイバーのような気分になったものだ。

その後も長く関係は続いたけれども（親子どっちともだ）、結局のところ、惚れたのは確かだけれど、俺はフランツのことを本来の意味では「好き」にはならなかったように思う。それはフランツも同じで、そういうところで俺たちはよく似ていた。たぶん、俺もフランツも互いのことを同じ強さで「恋したい」と望み続けていたがゆえに続いたのだろう。

それを言うなら、僕がずっと恋しているのはバレエだよ。

フランツがそう呟いたことがあった。

僕の夢だ。プリンシパルにはなれたけれど、ちっとも夢を叶えられたという気がしない。バレエは僕の永遠の夢で、僕のたったひとつの恋だったのかもしれない。

そう、「恋」というのは叶わぬもので、決して成就しないものを指すと、広辞苑にも書

いてあったっけ。

フランツは、プリンシパルを引退したら、バレエの世界を離れて父親の事業を継ぐ、と早くから言っていた。しかるべき家柄の相手と結婚し、家を守っていくだろう、と。確かに、フランツは指導者向きではなかったし、引退後もバレエに関わっていきたい、というタイプではなかった。

フランツはあのとおりのポーカーフェイスで「郷里に婚約者がいる」と宣言していたし（事実だそうだ）、俺も普段は自分の「中性的」なイメージを前面に押し出していたので、俺たちの関係がバレることはなかった。お互い、バレエ団の中ではバレエに集中したかったというのもある。みんなが俺の性的指向についていろいろ噂しているのは知っていたけれど、わざわざ「なんでもあり」だとこちらから打ち明ける気はなかった。

君は、普段、わざと性的な気配を消しているだろう？

そう言われたのは、フランスの高級ブランドのCMを撮ったカメラマンからだった。

こういう微妙な質問には、何も言わずにニコッと笑ってみせるだけに限る。

ほら、それだよ。そのそよ風みたいな、何も言えなくなる笑顔。君はとても柔らかで、自分を押し付けてくるところがない。ところが、一見なんでも受け入れているようでいて、実は全くスキがない。

今度は、少しばかり冷ややかな目で微笑《ほほえ》んでみせた。

カメラマンは、俺がその話題に乗る気がないのを見て取り、かすかに肩をすくめた。この手の話題に加わるのは、相手の土俵に乗ることだ。そうしたら、次は肩に手を回してくるか、俺の尻をつかむかしてくるに決まっている。

立ち去る彼の背中に、スキを見せないのは、あんたみたいな奴が昔からいっぱいいたからだよ、と内心声を掛ける。

子供の頃からジロジロ見られたり、声を掛けられたりすることは多かった。「可愛いわねえ」「男の子？　女の子？」と無邪気に愛《め》でる視線がほとんどだったけれど、中には明らかに異質で邪《よこしま》なものもあった。特に、あの昏《くら》くて奥に嫌な熱を帯びた目には、本能的にヤバイものがあると気付いていた。その目の意味するところを理解した時は、あまりのおぞましさに吐きそうになった。だが、同時に、そこに世界の根源的な何か、避けがたい人間の本質的な何かがあることも直感していたので、せいぜい頭の中で俺を犯してろ、現実では絶対に指一本触れさせるもんかと決心し、余計なスキを見せたり、不用意な存在感を出すことには慎重になったのだ。

気配を消すのは昔から得意だった。俺は用心深いのだ。新たな環境に入る時、新しいことを始める時は、おのれの気配を消して、ひたすら周囲を観察する。知らない場所で、最初から下手に目立ったり、刺激したりするのは得策ではない。自分の置かれた状況を理解し、納得できるまで、動き出すことはしない。レッスンでも、ワークショップでも、俺はいつも後ろの中央に立つ。そこに立てば、ほぼ全員を観察できるからだ。前に出ろ、積極性を見せろ、とよく先生方に言われたけれど、そのアドバイスにだけは従わなかった。

永遠の夢でただひとつの恋、がフランツにとってのバレエなら、俺にとってのバレエは「すべて」だ。俺は、川べりで「回りすぎた」ところをつかさ先生に発見されてから——

いや、たぶんそれよりもずっと前から、バレエという宇宙を予期していて、既にその「中」にいたような気がする。バレエを通して、初めて俺は世界に触れることができる。バレエという言語で世界を理解するし、バレエという目から見たこの世界を愛している――いや、バレエを通してみるからこそ、俺はこの世界を、周囲のすべてのものを等しく愛せるのかもしれない。

ジャンはかつて俺に聞いた。「JUNはおまえのミューズなのか?」

あの時戸惑いを感じたのは、俺が深津《ふかつ》に感じていた感情が自分でもよく分からなかったからだ。当時の俺は深津の中にバレエの「良心」を見ていたような気がする。あの天性の明るさ、そこから生まれる甘く華やかな踊り。バレエの、日の当たる最良の一面が彼の中に凝縮されていた。今にしてみれば、彼は俺の初恋だったのだろう。

むろん、「良心」もあればそうでない「邪心」もあるわけで、それもまたバレエの真実であり、魅力でもある。この素晴らしくも残酷な世界は、明るく綺麗な色だけでは到底描《えが》き尽くせない。バレエの美と栄誉は、無数の人々の限りない憧憬《しょうけい》から産み出された嫉妬と怨嗟《えんさ》と挫折が沈む、量り切れない汗と涙でできた深い海に浮かぶ氷山だ。それすら大部分は水面下に隠れていて、キラキラした陽射しを浴びることができるのは、ほんの数パーセントのわずかな頂点に過ぎない。

バレエへの憧憬。そんな感傷的かつ叙情的な言葉では到底言い表せない、妄執や呪詛《じゅそ》、あるいは宿命や悲願と同義語めいた、狂おしいまでの憧れ。それは俺たち日本人がいちばんよく知っている。

明治の末に初めてバレエを目にした日本人が、よくもまあ、自分もやりたい、ああなりたい、あの美しさを手にしたいなどという、大それた望みを抱いたものだ、とあきれる。生活様式も、動作も違う。文化も風土も、歴史も違う。そして、何よりも残酷なまでに骨格が、体型が、圧倒的に違う。それなのに、彼らはそれを望んだ。今からみても、無茶で無謀としか言いようがない。なのに、彼らは決してあきらめなかった。信じられないくらい愚直に辛抱強く技術を身につけ、次世代へ、また次の世代へと夢を託した。数世代に亘《わた》る先人の凄まじい美への執念が、ついには肉体までも改造してしまう。世代交代のたびに、踊るにふさわしい身体、踊るにふさわしい容姿にじりじりと近付いていく。彼らは進んでバレエにおのれの身体を合わせ、果敢にその美を追い求めてきたのだ。その恩恵の上に、今の俺は立っている。

俺は、美しいと言われる。理想的な体型だとも言われる。当然だ、と思う。なぜなら、それは俺がバレエを踊るために与えられたものなのだから。ゆえに、俺はこの身体をとことんバレエに捧げなければならない。

こうしてみると、インスピレーションを与えてくれる存在はその時その時にいつもいた。深津、ハッサン、ヴァネッサ、フランツ、バレエ学校やバレエ団の卓越したダンサーたち。ダンサーたちはもちろんだが、たぶん、俺にとっていちばん「ミューズ」と呼ぶにふさわしいのは、文字通りミュージックでさまざまなインスピレーションを与えてくれた滝澤七《たきざわなな》瀬《せ》だろう。

七瀬は昔から不思議な雰囲気を身にまとう、ちょっと怖いところのある子だった。今でも、彼女がダンサーを続けていなかったことを残念に思うことがある。あのままダンサーを続けていたら、自分で曲を作り振付もする、という稀有な存在になっていたのではなかろうか。もっとも、プロの作曲家というのがあんなにハードなものだとは知らなかったので、両方続けていたらどっちつかずになっていた可能性もあるが。

ベストな状態の七瀬に、振付もしてみたかった。「嵐が丘」は残念だった——俺は彼女のベストな状態を念頭において振付けたが、もう俺の記憶の中の彼女のようには踊れなくなっていたからだ。

ジャン・ジャメが初めて七瀬に会った後、「彼女はおまえのきょうだいか？」と訊かれた。パッと見て、俺と彼女のあいだに、日本人で同郷というだけでない、同質なものを感じたという。確かに、俺も自分と似たような感覚を彼女の中に見ることは多かった。俺に妹がいたら、本当に七瀬みたいな子だったかもしれない。

フェミニンで、いかにもドラマティックなヒロインが似合いそうな美潮《みしお》に比べて、七瀬は天然でボーイッシュと言われることが多かったし（中折れ帽とトレンチコートがあれだけ似合う女の子は、宝塚の男役でもなければ、なかなかそうはいないだろう）、本人は全く意識していないようだったけれど、彼女にはどきっとするようなコケティッシュなところもあった。なにしろ耳がいいので、英・仏・独語も流暢《りゅうちょう》に話せ、当意即妙な受け答えもクレバーでチャーミングときている。だから、七瀬を気に入っているスタッフは多かったし、ハッサンが七瀬に格別な好意を持っていることにも気付いていたが、ハッサンには「気持ちは分かるが、あきらめろ」と言ってやりたい。俺が思うに、七瀬は十中八九、レズビアンで、パリで一緒に暮らしている女性は彼女のパートナーだ。

ジャン・ジャメは時々、「ＨＡＬ、『ＨＡＮＡ』を踊ってみせてくれ」と言う。

それは、大抵俺が何かに迷っているか、勘違いしているか、行き詰まっている時で、最初のうちはなぜ声を掛けられたのか分からなかったが、後のほうになると、「あ、今、俺、マズイ状態にあるのかな」と思うようになった。

ジャン・ジャメの振付作品はたくさんあるし、バレエ団の内外で何度も踊ってきたけれど、「ＨＡＮＡ」はジャンが俺のためだけに振付けてくれた作品だ。もっとも、一度を除いて、ジャンの前でしか踊ったことがない。

『ＤＯＵＢＴ』でプロデビューした後、ジャンはよく声を掛けてくれるようになった。

何かの時、俺がぽつんと一人で音楽を聴いていたら、「何を聴いているんだ？」と話し掛けられた。たまたま、その時聴いていたのは喜納昌吉《きなしょうきち》の「花」だった。沖縄出身の女性シンガーがアカペラで歌っているバージョンだ。

日本の「花」という曲です、ＨＡＮＡ、というのはFLOWERのことです、とジャンに聴かせたら、彼は衝撃を受けた様子で、何度も繰り返し聴き、俺にしつこく歌詞の意味を尋ねた。

そして、「ちょっと来い」と言ってジャンが使っている古いスタジオに連れていかれて、いきなり「花」に合わせて俺に振付を始めたのだ。

それはジャンらしい、ナチュラルでさりげない、まさに野の花が咲きほころんで、ふわりと風に吹かれているような、優しく、それでいてしんとした深い踊りだった。

当時は分からなかったけれど、今にしてみると、ジャンの「あて書き」の凄さがよく分かる。まだダンサーとして未熟だった俺のテクニックの成長まで見越して、なおかつ俺の踊りの個性を把握した上で振付をしてくれていたのだ、とその目の確かさに恐ろしくなる。

深津に「ヤヌス」の振付をしていた時に言われた、「ちゃんと彼にあてて振付できていれば、ＪＵＮは自分の中から出てきた踊りのように感じられるはずだ」というのは、ああいうことか、と痛感する。「ＨＡＮＡ」がまさにそうだった。俺の身体に馴染み、自分で作ったのではないかと思えるほど、身体から自然に踊りが流れ出すのだ。

そんな踊りなのに、精神的に参っている時は、どうしても踊れない作品でもあった。

俺は図太いし楽天的なほうだとは思うのだが、何かが気になると徹底的に考える癖があるので、考えに考えて煮詰まることも多く、それがジャンには分かるらしい。

俺がジャンの前で「ＨＡＮＡ」を踊ると、ジャンはじっと見たあとで、「大丈夫だ」と声を掛け、サッと立ち去るのだった。

自分としては出来の悪い不本意な踊りだったり、消化不良な踊りだったりして、たいがい踊り終わると落ち込んでいるのだが、ジャンは必ず飄々《ひょうひょう》とした顔で「大丈夫だ」と言ってくれた。

すると、なんとなく身体が軽くなり、自分が思いつめていたことに気付かされて、気持ちが楽になることが多かった。

時分《じぶん》の花、という言葉がある。まだ未熟で未完成なアーティストであっても、その若さでしか、その時にしか表現できない、刹那の輝き。散ることのない、「まことの花」とは異なる、一過性の、散ってしまう花。なんとなく、ジャンがしばしば俺に「ＨＡＮＡ」を踊らせたのはそういうものを自覚させたかったのかなと思う。

俺には、もちろん「踊りたい」という衝動は常にあったが、割と早くから自分の頭の中にある踊りを観たい、という衝動も強かった。こちらに留学してすぐに振付を始めたのも、早く踊りを観たい、と焦っていたのだろう。

　ジャンは、「今は踊れ」としばしば俺をたしなめた。ダンサーとして極めろ、と再三言った。ダンサーには成長過程でその時々の「時分の花」があるのだから、それをしかるべき時にちゃんと体験していないと決して成熟できないし、将来振付をする時に、他のダンサーの「時分の花」にも気付けないぞ、と。

「時分の花」は世阿弥《ぜあみ》の『風姿花伝』に出てくる言葉だが、ジャンの口から普通に出てきたのを聞いた時はびっくりした。

　ジャンには思想家の一面もあった。日本の能楽はヨーロッパの演劇人のあいだでも何度かブームがあった。二十世紀はじめにはアイルランドの詩人、ウイリアム・バトラー・イエイツの『鷹の井戸』が能になっているし、これを基にしたバレエも作られている。世阿弥の花伝書も、広く翻訳されているので、ジャンは舞踊家としての視点から世阿弥を読んでいたようだ。

　振り返ってみると、ジャンの凄さは、常に身体の中に複数の時間が保存されているところだ。

　少年の時間、青年の時間、壮年の時間、老年の時間。

　それこそ、彼の中には彼が踊ってきたその時々の「時分の花」が冷凍保存されているので、振付をする時には相手の時間に合わせて、それを解凍して瑞々《みずみず》しいまま取り出してみせることができるのだ。

「俺の先生」はつかさ先生とセルゲイだし、影響を受けたダンサーや振付家はたくさんいるけれど、「俺の師」と呼べるのはジャン・ジャメだけだ。

初めて会った時、圧倒されたのは、あの目だ。

その瞬間、以前読んだことのある、京舞の大家《たいか》の本の一節を思い出した。

代々襲名する舞の家の現当主が、先代と比べられた時の話だ。

「先代がすっと前を見はったら、千里先まで見えてはるなーと思うけど、あんたがすっと前見ても、見えてるのはせいぜい数メートル先やな」

ジャンがまさにそうだった。彼が何かを見ると、はるか彼方まで、この世のすべてを見通している、という印象を受けるのだ。

この人の前では、何ひとつごまかせない。この人の前に立ったら、過去から未来まで、一瞬にして見抜かれてしまうのだ。そんな、畏怖に似たものを感じた。

バレエ学校に入ると、全員ジャンの前で一人ずつ踊らされるのだが、あの時はとても恐ろしかった。

いったい何を見抜かれてしまうのか。俺の踊りはジャンの目にはどう見えるのか。

あれほど緊張したことは、後にも先にもなかなかない。

実は、このバレエ学校には都市伝説みたいなものがあった。わざわざ遠方から留学してきたのに、ジャンのお眼鏡に適《かな》わず、ジャンの前で踊ったあとに入学取り消しになってしまった生徒がいる、というのだ。どうやらそれはガセらしいが（入学直後に大ケガをして、一度も踊ることなく帰国してしまった生徒がいた、という一件がその出所らしい）、この、生徒とジャンとの初対面は、世界各地で生徒をスカウトしてきた教師にとっても、たいへん緊張する時間なんだそうである。

俺が踊り終わったあと、ジャンが独り言のようにぽつりと呟いた。

おまえは、何を求めてるんだ？

皆が「?」というようにジャンを見た。俺も、何か聞き間違えたのかと思い、ジャンを見たが、ジャンは「なんでもない」と手を振り、ニコッと笑ってみせた。

少なくとも、入学取り消しではなさそうだ、と俺は胸を撫でおろしたものだ。

ずいぶん後になって、あれはどういう意味だったのかとジャンに尋ねたら、「あの時、おまえはバレエの先に見ているものが人と違う気がした」という返事。

バレエの先。そんなことはちっとも考えていなかったので不思議に思ったが、ジャンのほうでも、俺の目が印象的だったということらしい。

入団オーディションの時も、俺が踊ったあとで、ジャンがまた呟いた。

今度は、はっきりした質問だった。

望みのものは、ここで手に入りそうか？

この時もまた、彼の質問の意味が分からず、俺はきょとんとしていた。

もっとも、ジャンも返事を求めていたわけではなさそうで、やはり手を振ってニコッと笑っただけだった。

要は、ジャンは最初から、俺が「この世のカタチ」を追い求めることがバレエを踊る目的だというのを見抜いていたというわけだ。

『ＤＯＵＢＴ』のジャンヌ・ダルク役の団内オーディションに応募したのは、思いつきだった。

募集するほうは女子を念頭に置いていたらしいが、オーディションの告知に男女が明記されていなかったのだ。

神の声を聴き、髪を切り、男装して戦場に出たジャンヌ・ダルク。

彼女が火刑になったのは、十九歳か二十歳くらいで、今の俺とほぼ同年代。

ふうん、俺ならできるじゃん、と閃《ひらめ》いたのだ。

案の定、俺以外の応募者は全員女性だったが、俺の応募は却下されなかった。というより、俺が応募したことで、ジャンもジャンヌ・ダルク役は男性でもできる、と気が付いたらしい。

団内オーディションの当日、俺は医療従事者の着る白衣をざっくり改造して作った、胸元と足元にスリットの入った、ストンとした白いワンピースを着ていった。

他の応募者は俺を見てびっくりしていたし、ジャンとスタッフ陣は、俺が衣装を着ていることにびっくりしていた。

些《いささ》か奇をてらった作戦ではあったが、皆の目が俺に釘付けになっていたので、効果はあったと思う。

オーディションが始まった。

ジャンが、既に幾つか出来上がっているジャンヌ・ダルクの振付を踊ってみせてくれるのを覚え、候補者が順番に踊っていく。

さすが、先輩方は完璧。みんな一発で踊れるのが凄い。俺も覚えるのは得意なので、正直、ここでは差が出そうになかった。

ジャンやスタッフは、技術よりも、役のイメージにあてはまるかどうかをチェックしているのだろう。

続いて、ジャンが指示を出した。

ジャンヌ・ダルクになったつもりで、神の啓示を受けた場面をやってみせてほしい。

皆が「えっ」と息を呑むのが分かった。

ジャンの前で、即興で創作して踊ってみせるなんて。

正直なところ、誰もが「参ったな」と、内心顔をしかめているのは間違いない。俺もそうだったし。

「啓示を受けた場面」を作るのに、三十分くれた。

皆、思い思いに動き出し、ポーズを取る。何事かぶつぶつ呟いている先輩もいる。

俺は、動けなかった。

棒立ちになっている俺を、スタッフ陣とジャンが気にしているのが分かる。

だが、俺の頭はフル回転していた。

啓示。

天から降ってきた神の啓示。

フランスの田舎で暮らしていた平凡な娘。農作業や羊の世話、小さな妹の面倒をみるのに明け暮れていた、なんの教養もない女の子――

そんな女の子が、ある日突然、啓示を受けるのだ。

王を助けよ。オルレアンへ行け。

どんなふうに声が聴こえたのだろう。フランス語として？　それとも、概念として頭に飛び込んできたのだろうか？　あるいは、鮮明なイメージが浮かんだのか？

その瞬間は、いったいどれほどの衝撃なのだろう？

凄まじいショックを受けたはずだ。自分に起きたことを理解できなかったはずだ。あまりの衝撃に、動けなかったはずだ。

きっと、その瞬間が、永遠にも感じられたはずだ。

そう考えた時、何かを思い出しそうになった。

その瞬間が、永遠にも感じられたはずだ――

イヨーッ、という掛け声が頭に響いた。ちょん、ちょん、ちょん、という「柝《キ》」を打つ激しい音も。

そうだ、あの時も同じことを考えた。歌舞伎の見得《みえ》。

舞台の上の役者を見ながら、必死に考えた。

あれは何なんだろう。あの動きは何なんだろう。あれは何を表しているのだろう。

そして突然、閃いたのだった。

自分が目にしているのが、引き延ばされた瞬間であるということを。

何かに衝撃を受けた時、その瞬間は永遠にも感じられたはずだ――

俺は無意識のうちに、両手の指を大きく広げていた。

パン、パン、パン、と手を叩く音がして、ハッと我に返った。

俺がボーッと突っ立っているあいだに、あっというまに三十分が過ぎ去ってしまっていたのだ。何もしないでいた俺を、スタッフが不思議そうに見ている。

「じゃあ、順番にやってもらおうか。はい、シルヴィアから」

ジャンが目をやる。

「手を叩いたら、それが啓示を受けた瞬間だ。それを合図に踊り始めるように」

俺は、先輩方の演技を見ているようで見ていなかった。

目にはしていたが、頭の中はまだ「永遠にも感じられた瞬間」のことを考え続けていたからだ。

両手で頭を抱え、身体をくねらせながらも回転を続ける――

激しくジャンプして、空中で足を打ちつける――

何度も片手を突き、足を高く振り上げる――

トウで立ち、迷走するようにトラベリングを続ける――

それぞれの「啓示の場面」が目の前を通り過ぎてゆく。

「さあ、ＨＡＬの番だよ」という声が俺の耳に飛び込んできた。

皆が俺を見ているのに気付く。

ようやく、背筋を伸ばし、その場に立ち直した。

しん、と静まり返るスタジオ。

俺は目を閉じ、俯《うつむ》いた。

パン、とジャンが手を叩く音。


啓示の瞬間、頭の中に、閃光が射し込む。

あまりにも眩《まばゆ》い閃光。あまりにも衝撃的なイメージ。

俺は目を見開き、大きく口を開けた。

両手の指をいっぱいに開き、ちょっとずつ両腕を振り上げてゆく。

引き延ばされた瞬間。永遠にも思える瞬間。

その刹那の時間、人は衝撃を動きで表す。

衝撃の大きさを、身振りで、のけぞる身体の角度で表す。

引き延ばされた瞬間。

動きはスローモーションに見える。飛んでくるボールがゆっくりと回りながら近付いてきて、縫い目まではっきり見えるように。

俺はゆっくりと腕をくねらす。衝撃を受けて倒れそうな身体を支えようと、なんとか踏みとどまろうとする。

この衝撃に耐えなければ。この衝撃を受け止めなければ。

全身をくねらせ、足を振り上げ、俺は必死にバランスを取る。

しかし、俺は衝撃を受け止め切れない。踏みとどまろうとする試みはとうとう失敗し、俺はゆっくりと倒れてゆく。悪あがきを続けながらも、最後にはがっくりと床に膝を突き、うなだれてしまう。

顔を上げると、ジャンとスタッフの呆然とした顔が目に入った。

見開かれた、あのジャンの目がまっすぐに俺の中に飛び込んでくる。

俺が立ち上がると、皆が拍手をしてくれた。

結局、オーディションの結果、俺はジャンヌ・ダルク役を勝ち取り、実際の啓示のシーンと衣装は、俺のアイデアが取り入れられることになったのだ。


振付けてみたい、と思うダンサーは、肉体そのものが雄弁で、そこにいるだけで身体が周囲に語りかけてくるようなタイプが多い。逆に、パッと見には目立たないのに、吸引力があっていつのまにか引き込まれてしまう、というダンサーにも惹《ひ》かれる。要は、そのたたずまいだけで場を作れて、間を持たせることのできるダンサーだ。

そういう特別な存在感を持つダンサーは、なんだかヒトというよりは、個別の不思議な生命体、という感じがする。彼らは普通の人間や並みのダンサーが載っけている汎用性《はんようせい》の高いOSとは異なる、もっと踊ることに特化した特殊なOSで動く生き物なのだ。

俺が思うに、ダンサーには、その魅力において幾つかのタイプがあると思う。

ひとつは、技術の高さや動きのキレで見せるタイプ。

ひとつは、個性的なムーブメントや雰囲気で見せるタイプ（これは一歩間違えると「癖のある」「アクの強い」と評されるものになってしまうので、そうならないギリギリのところで個性を出せるダンサーは、かなり特異だ）。

そしてもうひとつ、恵まれた美しい手足や筋肉のつき方それ自体で見せてしまうタイプ。むろん、それぞれのタイプは分かちがたく複雑に絡みあっていて、ダンサーによってその割合が違う。いくら恵まれた身体でも技術が伴わなければ恐ろしくつまらないし、ドヤ顔でテクニックばかり強調されても、そりゃ確かに上手だけど味も素っ気もないよね、と鼻白《はなじろ》む場合もある。それぞれを併《あわ》せ持つ混合型も多いし、すべてが揃っているのであれば、そのダンサーは間違いなくスターだ。

卓越した音楽家やダンサーとそうでない者の違いは、一音、一動作に込められた情報量の圧倒的な違いだ。彼らの音や動きには、単なる比喩でなくそのアーティストの内包する哲学や宇宙が凝縮されている。

バレエ学校でハッサンを初めて見た時に、「振付けたい」という強い衝動が込み上げてきたのはよく覚えている。いや、違う、正確に言うと「俺が想像したとおりに動いているところを見たい」という衝動か。

それほど、彼の身体は何もしていなくても躍動感があり、高い身体能力を確信させた。あの美しい筋肉はほとんど芸術作品で、型を取ってブロンズ像にしてもらいたいくらいである。何より、あの不思議な肌の色は唯一無二だ。ベルベット生地や甲虫の羽のように、光の当たる角度によって、異なる色彩が顕《あらわ》れ、いつまでも見飽きない。

「トルソ」シリーズを作っていた頃は、ハッサンをはじめ、ダンサーの身体をパズルのピースのように見立てて、それで空間に絵を描こうとしていた。

江戸時代の判じ絵や、エッシャーの版画「昼と夜」をダンサーでやってみようと無茶なポーズを取らせたこともある。さんざんみんなに文句を浴びせられたし、ハッサンからはやたらと「おいコラ、ＨＡＬ、てめえ」としばかれたが。

絵をバレエにしたい、との願望はずっとあって、長年、アンリ・マティスのコラージュ作品「ジャズ」をチャールズ・ミンガスかオーネット・コールマンの音楽で、ハッサン・深津・ヴァネッサ・フランツの四人に踊ってもらいたいと思っているのだが、未《いま》だにフランツとハッサンのソリが合わないのと、対外的な活動も増えたみんなのスケジュールを確保するのは至難の業《わざ》なのとで、実現するかどうかは分からない。


最初のうちはハッサンがやたら噛み付いてきたり、つっかかってくるのに面喰らったけれど、その出自を知るにつれ、彼の中では常に自信とコンプレックスが綱引きをしているのが分かってきた。それらのアンビバレンツな感情が複雑な内面を形作っていて、彼の踊りに陰影を与えているのだ。

「育ちが悪い」という引け目についても日によって受け止め方が違うらしい。卑下する、開き直る、いじける、反抗する、受容する、流す、など、どう対処するか書かれている円盤がぐるぐる回っていて、日々矢の指す箇所が異なるみたいに。それでも、彼の芯の部分には、何者にも汚されない、気高さと純粋さがあった。

いつからだろう、バレエ学校で一緒だったメンバーがプリンシパルに昇格する時には俺が振付する、みたいな習慣になったのは。

ハッサンには、あの身体での鋭角的なカクカクした動きを見てみたくって、「斧《おの》」を作った。ハッサンが斧そのもので、振り回されたり振り下ろされたり、ガンガン木を切ったり、ぶん投げられたりする、という踊りだ。

音楽は、セロニアス・モンクを選んだ。彼の曲には体温の低いユーモアがあって、ハッサンの中にあるシニカルなユーモアのセンスに通じるものを感じたからだ。「ミステリオーソ」は、「斧」の直線的な動きと連動して、目にリズミカルな心地よさを喚起させるにはピッタリだった。手足を鋭角的なポーズで固定したまま踊るのは、当然ながら、技術的にはものすごく難しい。「ペトルーシュカ」の人形どころではなく、これ、たぶんハッサンしか踊れないと思う。「斧」を振付けている時は、いつもの「おいコラ」が出なかったので、彼は意外とこの作品を気に入ってくれていたようだ。

ヴァネッサの第一印象は、「生まれながらの女王」だ。

なにしろあの見事な赤毛とエメラルドのようなグリーン・アイズという容姿だけでもインパクトがあるのに、十代とは思えない威厳があった。YAGPでグランプリを獲《と》るには、ただうまいだけでなく、特別な存在感が必要で、まさに彼女にはそれがある。

周囲に目もくれず我が道を行く、という感じなのに、実は他のダンサーもよく見ていて、ひじょうに勉強家だった。俺がちょこちょこ生徒を集めて振付をしているのも観察していたらしく、卒業公演での作品を作ってほしい、と言われた時にはびっくりした。

どんな作品を踊りたいか、どんなものが好きか、とリサーチしていたら、俺との思いがけない共通点を発見した。彼女は、幼い頃から馬に乗っていたのだ（むろん、彼女の場合は上流階級の「乗馬」で、俺みたいに鞍《くら》も着けずに牧場で好き勝手に乗り回していたのとはわけがちがう）。彼女のおじいさんもお父さんも馬術のオリンピック選手だったそうで、親戚一同、皆馬に親しんでいたという。

馬の話で、俺たちは一気に打ち解けた。かしこまっていると近寄りがたく高慢に見えるのに、話してみるとおきゃんでナイーヴな、どこにでもいる少女の顔が覗く。なんだかヴァネッサが俺の幼馴染で、一緒に牧場で馬に乗っていた時期があったような気がしてきた。小さい頃からきょうだいのように育ってきた女の子――

それで、ふと卒業公演の「パニュキス」が浮かんだのだ。

ものごころついた頃から無邪気に遊び、笑い合い、ほのかに互いに憧れていた幼年時代。二度と戻らない季節。ほんの数分の踊りの中に、数十年の歳月が移りゆく――

本格的な振付作品を作るのは、あれがほとんど初めてだったのに、するすると踊りが出てきたのは、相手がヴァネッサだったから、という部分が大きかったのだと思う。えてして女子のほうが男子よりもダンサーとして完成するのが早いが、彼女は特に完成度が高く、俺のしたいことを完璧に理解してピタリと形にしてくれるのには感激した。自分の想像通りのものが目の前に最良の姿で存在している、という快楽を最初に味わわせてくれたヴァネッサには、今も感謝しかない。

面白いことに、「馬に乗っている時のあの感じ」で通じるせいか、俺とヴァネッサのリフトは最初からタイミングがばっちり合った。プロになってからもいろいろなパートナーと踊ったけれど、最初からああもタイミングが合う相手はなかなかいない。

ＨＡＬ、約束して。あたしがダンサーを引退する時には、もう一度あたしと「パニュキス」を踊ってくれるって。

もちろんさ、と「幼馴染」と約束したせいか、どうしても彼女がソロで踊る作品は、「パニュキス」の幻の幼年時代をイメージして作ってしまう。

「エコー」の儚《はかな》げでやるせない美しさには、みんなも驚いていた。「パニュキス」の初演クレジットをバレエ団の先輩方に取られてしまったと悔し泣きしていた彼女が、ひとまわりもふたまわりも大きくなって、深い表現力を持つプリンシパルになったのは、俺にとってても嬉しいことだった。

もっとも、やはりヴァネッサの本領発揮は「生まれながらの女王」で、「アグニ」や『アサシン』なのだと言われるのは否定しない。でも、俺にとってのヴァネッサは、実は「幼馴染」のほうだったりする。

考えてみると、俺の振付デビューとなった「パニュキス」を踊ったヴァネッサの印象が強いのだが、プリンシパルに昇格するにあたって、記念に俺の作品を踊りたい、と言ったのはフランツが最初なのだ。

俺は当時ダンサーとしても振付家としてもまだ売り出し中で、あの段階で自分の踊る作品を作ってほしいと俺に言うのは相当な度胸がなければできないと思うのだけれど、「ＨＡＬ、フランツがソロ作品作ってほしいって言ってるよ」とエリックに言われた時は冗談かと思ったものだ。エリックですら、不思議そうな顔をしていたくらいだ。

半信半疑でフランツに会いに行ったら、「ヴァネッサの意外な一面を引き出したように、僕からも自分が気付いていないようなものを引き出してほしい」と、いきなり真顔で言われた。

実は、日本で王子とオーロラを踊って以来、こちらに俺が来てからはほとんど彼と話したことはなかった。なので、彼がバレエ学校の公演を観ていたと聞いて驚いたし、まだ実績のない俺に躊躇《ちゅうちょ》せず依頼してきたことにも、正直、かなりビビっていた。

「本当に俺でいいの?」

恐る恐る尋ねた俺に、フランツは「でなきゃ頼まない」と平然と答える。

「何か、踊りたいものとか、テーマとか、ある?」

そう訊くと、彼は左右に首を振った。

「任せる。君が僕に踊らせたいと思うものに決めてくれ」という、身も蓋もない返事。

彼がそのまま「じゃ」と席を立ちそうになったので、慌てて「ちょっと待った、いくらなんでも、それじゃ作れない。何かヒントがほしい。もう少し話を聞かせてよ」と引き止めた。

それまでも、フランツが出る公演は、観られる限りなるべく観ていた。

あの、ためらうことなくオーロラ姫たる俺の手を取った「ザ・王子」がどんな踊りを踊るのか、ひじょうに興味があったからだ。

とにかく舞台に出たとたん、彼がいるところにパッと目が引き寄せられてしまうため、群舞として使えないのは明らかで、もろもろすっ飛ばしてスピード昇進したのもむべなるかな、という感じだった。

すぐに主役級の役が与えられたが、はじめからそこにいたかのように、舞台の真ん中に馴染んでいた。完璧な容姿で完璧なテクニックだから、というだけでなく、存在自体がなんともドラマティックなのだ。

彼の演じる王子には、若さに似合わず、えも言われぬ凄味があった。おとぎばなしの中の記号的な存在のはずなのに、その地位の重さや責任といったものをリアルに感じさせ、まるで今の時代に実体化しているような、苦悩や悲壮感がひたひたと伝わってくるのだ。

普段はあんなに素っ気ないのに、舞台の上の彼の感情表現は素晴らしく、決して大袈裟ではないのに、見る者の胸を深くえぐる。

あの凄味はどこからくるんだろう、と思いながら根掘り葉掘り尋ねていると、ポツリポツリと言葉少なではあるが、いろいろ率直に話してくれた。

たいそう古い（世界史の教科書に出てくるような）家柄の一族の末裔であること、祖父母や親戚、そして父から家名への誇りを叩き込まれ、非常に厳格に育てられたこと、歳の離れた弟と妹がいること。

初めて母親に連れていってもらった劇場でバレエの虜《とりこ》になったこと、バレエダンサーこそが自分の人生の目標であると決心したこと、母親以外にはバレエを習うことに大反対されたこと、バレエを続けるために父親の出すあらゆる条件を呑むと誓ったこと。

学校の成績は常にトップを収めなければならず、父に命令されたら必ずお供として同行し、社交界にも顔を出さなければならない（彼が日本に来たのも、そのせいだ）。超人的な努力ですべての条件をクリアしてバレエ団に入ったこと、それでもなお、父の目には彼のダンサー人生は「モラトリアム」としか受け止められていないこと、ダンサーを引退したら父の事業を継ぐであろうこと――

話を聞いているうちに、俺は何も言えなくなった。

淡々と話す彼の人生それ自体に、凄味を感じてしまったからだ。

常にトップの成績を維持するには、勉強時間はある程度確保しなければならないが、レッスンの時間だけは譲れない。そのため、友人とのつきあいなどの無駄話は一切しないと決めた。その習慣が身体にしみついている。今も課題は山ほどあって、とりあえず経営学の修士号を取るべく大学の通信教育を受けているので、時間さえあれば勉強している――

「気難しいとか、無愛想だとか言われてるのは知ってるよ」

フランツは、そこで初めてかすかに笑った。

「でも、いいんだ。僕は舞台の上で、生きることができる。舞台の上でなら、思うさま感情を吐き出せるんだから」

その笑顔には、バレエダンサーとして生きられている、という抑えた充足感があって、腑に落ちた。舞台の上でフランツが演じる王子の重責は、彼の人生と二重写しになっているのだと。それでこそのあの苦悩、あのリアリティなのだ。

「参考になったかい？　じゃあ、頼んだよ。決まったら連絡して」

フランツは俺の返事も聞かずに立ち上がり、くるりと背を向けた。

彼のとても広く、美しい背中を、間近で目にするのは初めてだった。

その瞬間のことは、今でもよく覚えている。

突然、ジョン・コルトレーンの「マイ・フェイバリット・シングス」の前奏が流れてきて、その前奏に合わせて、闇の中でスポットライトを浴びて、後ろ向きのポーズを取っているフランツが見えたのだ。

しかも、二小節毎にスポットライトは点滅し、次々とフランツの取るポーズが変わっていく。

彼は、十九世紀ふうの衣装を身に着けていた。白いゆったりとしたシャツ、衿に巻いたクラバット、膝下ですぼまったパンツにロングブーツ。

「フランツ」

無意識のうちにそう声を掛けていた。不思議そうな顔で振り返るフランツに、俺は言った。

「ドリアン・グレイ」

「え？」

「ドリアン・グレイを踊ってもらう」

フランツは怪訝《けげん》そうな顔をし、それからかすかに息を呑むと、まじまじと俺を見て、ちょっとだけのけぞった。


直球勝負だねえ、とエリックをはじめ「ドリアン・グレイ」というタイトルを聞いた皆が苦笑していた。その一方で、俺はこれ以外有り得ない、という自信があったし、その点では誰もが同意見だったようだ。

稀代の美青年、という以外には、一見フランツとドリアン・グレイの共通点はないようにみえる。だが、俺は気付いてしまった――恐らくは、フランツも。

バレエをすべてに優先させるため、徹底した自己管理のもと、「家」に抑圧されてきたフランツ。普段は押し殺している感情を、舞台の上でのみ解放し、幾多の犠牲を払って獲得したバレエ人生を生きるフランツ。

　だが、その胸の底には、ドリアン・グレイと同様、気付かないふりをしてきた怒りが、焦りが、悲嘆が、孤独が、沈んでいる。

　若さを失うという恐れ、無為に過ぎていく時に対する焦り、おのれの運命への悲嘆、やり場のない怒り。

　フランツは気付いてしまった。ドリアン・グレイの恐れと悲嘆は、自らのうちにあると。

　不思議なことに、振付をしているあいだ、俺たちはあまり口をきかなかった。

　次々と踊りが出てくるのだけれど、フランツは全く戸惑うことなくついてきて、ちっとも振り移しをしているような気がしなかったからだ。まるで、彼は次にどんな振付が出てくるか、俺が踊る前から知っているみたいだった。

　振り移しをするそばから、あっというまに俺の振付はフランツの踊りになっていった。風船に息を吹き込むように、みるみるうちにフランツはドリアン・グレイの形になり、ドリアン・グレイとしてそこに立っていた。

　完成した踊りをリハーサルで観て、誰もが圧倒され、言葉を失った。振付した俺ですら、そうだった。あれはフランツの、ドリアン・グレイの踊りだ。

　新たな一面を引き出せたかな？

　俺があとでそう尋ねると、フランツは「そうだね」と小さく笑った。

　というより、僕って、本来はああいう人間だったんだな、って思ったよ。

　俺は、その返事を誉め言葉として受け取っておくことにした。

僕がいいな、って思うダンサーって、目元がちょっとけぶってるんだよね。

俺がプロになってしばらく経ち、何かの折に、稔叔父《みのる》さんがそう言ったことが印象に残っている。

けぶってるって――それ、どういう状態を指すの？

俺がそう尋ねると、「うん、文字通りの意味さ。この辺りに、もやもやっと霧みたいなものが立ち込めてるんだよね」と稔さんは自分の目元でひらひらと手を振ってみせた。

ふうん、俺はどう？

ちょっとどきどきしながらそう尋ねたことを覚えている。稔さんが「いいな」と思うダンサーに俺が含まれているのかどうか、というのはけっこう俺にとって重要だったからだ。

んー、小さい頃はそうだったね。

稔さんはあっさりと受け流した。

小さい頃は？

俺が怪訝そうな顔をしていると、稔さんは頷いた。

うん、春《はる》くんはずいぶん早くにその段階を過ぎたでしょ。

その段階？

あれって、ダンサーが踊りに淫《いん》している時の表情なんだよね、たぶん。

そう聞いた時に、「淫している」の漢字が思い浮かばなかった。

踊る快感に没入しちゃってる。恍惚としてる。それが伝わって、もちろん観てるこちらも快感を覚えるわけなんだけれども。

稔さんは宙を見上げた。

ある意味、あれだけ集中、没入されていると、観ているほうは置き去りにされている、ともいえる。ダンサーは、すっかり自分と踊りとの、いわば二人だけの世界に入りこんじゃってるんだから。それはそれで、ダンサーが未踏の境地に達しているのを目にしているわけで、感動するんだけど、観客としては、複雑なんだよね。ちょっと淋しいというか、切ないというか、恨めしいというか。その複雑な感情をもすべてひっくるめたのが、ダンサーを観る歓びなんだけど。

稔さんはちょっとだけ考える表情になった。

でも、「淫している」段階を超えると、ダンサーって、また変わるんだね。もはやダンサーが踊りと一致して、踊りそのものになっちゃってるから、彼らの世界はとっても開かれている。彼らは惜しみなくすべてを観客に与え、観客は、それを思う存分享受できる。

そこまでいってるダンサーは、表情ひとつとってみても、とってもクリア。もはや、けぶってない。春くんは、もうそうなってると思うよ。

俺のバレエの何パーセントかには、稔さんも入ってるよ。

そう本人に言ったことがあって、その時に叔父さんがとても嬉しそうな顔をしたのを覚えている。それが意外で、ナンダ、もっと正直に言えばよかった、と後悔したことも。

実は、あれは過少申告だった。俺の踊りに影響したかどうかなんて、稔さんにとってはきっと大したことじゃないんだろうな、と思って控えめに言ってみたのだが、本当のところ、稔さんは数パーセントどころではなく、俺の踊りの根幹のところにかなりの影響を与えている。

稔さんの家——つまりは母の実家なのだが、俺にとっては、あれは「おじいちゃんとおばあちゃんの家」ではなく「稔さんの家」だ。

あの家は、おもちゃ箱みたいな場所だった。本やレコードや、なんやかやがぎっしり詰め込まれていて、物知りでちょっと浮世離れした稔さんがいて、イナリがいた。

イナリのことを思い出すと、今でも泣ける。俺は犬に弱いのだ。二代目イナリをこっちで飼いたいと思っていたけれど、なにしろ留守が多いので、とてもじゃないけど犬の面倒なんて当分みられそうにない。もしかすると、イナリが「俺の代わりはいないぞ」とあの世から念を送っているのかもしれない。

あの家のあの場所がなかったら——そして、稔さんがいなかったら、俺の踊りは全く違ったものになっていただろう。「パニュキス」も、「ドリアン・グレイ」も、『蜘蛛女のキス』も生まれなかっただろうし、もし生まれたとしても、もっと薄っぺらいものになっていたはずだ。バレエのために逆算して身に着けた知識や教養ではなく、あの家で、子供の頃から、日常の暮らしの中で呼吸するように自然に入ってきた「カルチャー」が、俺の財産になっている。

世の中には、目利きとか見巧者《みごうしゃ》と呼ばれる人がいて、この人に認められれば一人前だ、間違いない、というのがある。

確かにそういう人たちは凄い。特に、こちらの観客には、市井《しせい》にもそんな目利きがゴロゴロしていて、ダンサーの技術の高さを真に理解し、個性を賞賛してくれる。

でも、そんな言わば「プロ観客」みたいな人たちと、俺自身が評価してほしいと思う人たちとは必ずしも一致しない。

これ、観てほしいな、これ、観たらなんて言うかな。

俺が真にそう思うのは、恐らく、ジャン・ジャメと稔さんだけなのだ。

もちろん、両親や、つかさ先生とセルゲイをはじめ、お世話になった先生方や、バレエ仲間や、大勢の観客にも観てもらいたい。でもそれは、純粋に喜んでもらいたい、楽しんでもらいたい、という職業意識みたいなものだ。

ジャンと稔さんは、それとは違う。とにかく、観ておいてくれればいい。二人の記憶に残してくれればいい。この二人が、俺の踊りを理解していれば、それでいい。

「理解してほしい」。これもまた、クリエイターにとっては厄介な欲求であり、問題だ。賞賛イコール理解ではない、という歴然たる真実に、数々のクリエイターが悩まされ、苦しんできた。厄介なのは、「理解している」と思うのも、「理解されている」と思うのも、あくまで当人の主観でしかない、ということだ。「理解されたい」というこの欲求はなんだろう？　単なるクリエイターの承認欲求なのか、ただのエゴなのか。

七瀬が『アサシン』を観て、「代わりに踊ってくれている」と言った時は、びっくりした。俺たちが観客の代わりに舞台に立っているのだ、と。

衝撃だった。俺は、舞台を観てそんなふうに思ったことは一度もなかったからだ。

舞台の上にいるのは、観客が仰ぎ見る唯一無二のアーティストであり、限りなく個であり孤高の存在だった。

もし、あれが観客の代わりであるならば——観客の想いの依代《よりしろ》であるならば、アーティストの「理解されたい」という欲求は、お門違いで行き場のないものになってしまうではないか。

そんな反論が、あの時俺の頭に浮かんだが、その癖、心のどこかで、七瀬の言っていることがある種の真実を突いている、と感じたのも事実。

なので、稔さんが「そこまでいってるダンサーはクリア」と言うのを聞いた時、目の前が晴れたような気がした。確かに、スーパースターと呼ばれる人たちは、すべてがクリアだ。「私のことを分かって」などという、うじうじした雑念なんてどこにもない。観客に無尽蔵に愛を与え、そのことでそれ以上の愛を観客から受け取っている。なるほど、スーパースターは完全に双方向だな、と腑に落ちた。

こんな何気ない感想に心が動かされる時、稔さんが昔から「萬《よろず》春のファン第一号」と自称してくれているのを誇らしく思うのだ。

日本に行った時の公演は、稔さんに欠かさず招待状を送っていたが、なかなか俺が作ったものの初演を観てもらうのは難しかったので、たまたま稔さんの大学のサバティカルの時期と一致して、『蜘蛛女のキス』の初演を観てもらえたのは嬉しかった。もちろん、あれも稔さんの蔵書からインスピレーションを得た作品だったからだ。

映画版や舞台版も観ていたし、俺にとっては念願の作品のひとつだった。大好きなピアソラの音楽をぞんぶんに使えたのも、ダメ元で声を掛けた、ずっとファンだったベルギーのデザイナーが衣装を引き受けてくれたのも嬉しかった。

登場するのは、テロリストの疑いを掛けられて投獄されているバレンティンと、獄中で彼に接近するゲイのモリーナ、モリーナが崇拝する大映画女優のオーロラ、そしてモリーナにバレンティンから情報を得るように指示を出す刑務所長。

この四人だけで話は進む。俺が全公演のモリーナを踊り、他の三人はダブルキャストだった。

モリーナは、ずっと密かにやってみたいと思っていた役で、デザイナーに作ってもらった、裾がアシンメトリーになった赤と黒のドレスも、踊りやすくてとても気に入った。『パルプ・フィクション』や『焼け石に水』といった、好きな映画の中の印象的なダンスシーンを引用できたし、オーロラとの華やかなパ・ド・ドゥ「ル・グラン・タンゴ」、バレンティンとの心理的駆け引き「追憶のタンゴ」、そしてクライマックスに四人で並んで踊る「リベルタンゴ」は最高だ。言わば俺の趣味全開、まさに趣味と実益（？）を兼ねた役を踊れて、とても満足できる作品になった——のだが。

観客が全員俺を見て、全員俺に欲情しているのは快感だ。一緒に踊るそういう役のダンサーから欲情されるのも。あくまで、舞台の上であれさえすれば。

しかし、困ったことに、バレンティンを演じる相手役が揃って俺に参ってしまったのである。

確かに、舞台の上では気合入れて迫ったのは認める（そういう役だし）。モリーナが魅力的かどうかでこの作品は決まるのだから、当然だろう。

実は、それとなく配役には気をつけていた。バレンティン役には、ストレートの、できればステディな彼女がいるダンサーを選んだつもりだった。

ところが、二人とも、俺と稽古で数日踊ると、たちまち宗旨替えをして、舞台を降りてからも俺に迫るようになってしまったのだ。

俺は、ほとほと弱り果ててしまった。どちらの相手も今いるパートナーとの関係がぎくしゃくした上に、俺とドロドロの三角関係みたいになってしまい、誰かに刺されたらどうしよう、と本気で不安になったくらいである。そのドロドロは、いつしか団員とスタッフの知るところとなったらしく、フランツから怒りのメールが送られてくる、というオマケがついた。

「君は、バレエ団ではバレエに集中するんじゃなかったのか？」

俺はバレエに集中してるってば。舞台をプライベートに持ち込んでるのは、俺じゃないってぇの。

そう反論のメールを送ったものの、「そうは思えない」とか、「嘘だ」とか、返ってくる短いメールに、フランツが相当腹を立てていることが伝わってきたので、俺は慌てて夜中に彼のアパートまでタクシーを飛ばす羽目になった。

この上なく冷ややかな、深津が「わんわん泣いて逃げる」と評する、一気に気温が氷点下に下がるような冷たい目に出迎えられた俺は、別に俺が悪いわけでもないのに、しどろもどろになって言い訳をしていた。

「あれはああいう役でああいう踊りなの！　俺の地はこっち！　分かってるだろ」

フランツは無表情のままじっと俺を見つめている。

「俺、なんにも言わないじゃん！　フランツが何を踊ろうが、公演期間中、舞台の上で誰と恋に落ちようが」

舞台の上の役の延長で、擬似恋愛関係になるのはよくあることだし、それくらいでないと演技に反映されない。

フランツが何も言わないので、俺は、ふと思いついた疑問をぶつけてみた。

「ひょっとして、バレンティン、踊りたかった？　あれはラテン系のダンサーのほうが合うし、フランツは『ラ・シルフィード』の予定があるから、最初からオファーは考えなかったんだけど」

すると、フランツは首を振った。

「いや。あれが僕向きの役じゃないことは分かってるし、踊りたいわけでもない」

俺は拍子抜けして、溜息混じりに言った。

「今はみんな役に入れ込んで勘違いしてるだけで、どうせ公演が終わるまでの話だよ。そう思うだろ？」

「そんな話をしてるんじゃない」

フランツは、キッと俺を睨《にら》みつける。

「じゃあ、なんの話だよ？」

彼の怒りの矛先がどこにあるのか分からなくなって、俺は混乱した。

「だって」

フランツは渋々、といった口調でようやく口を開いた。

「僕には、あんなふうにしてくれなかったじゃないか」

「え？」と聞き返すと、みるみるうちに彼は顔を紅潮させるではないか。

その顔を見て、俺はようやく気が付いた。

彼のいう「あんなふうに」というのが、モリーナがバレンティンに絡み、彼の耳を嚙むシーンだと思い当たったのだ。つまり、こいつは、バレンティンでもなく、バレンティン役のダンサーでもなく――

モリーナに嫉妬してるのか。

馬鹿馬鹿しくなって、俺は脱力してしまった。が、恋人の機嫌を損ねたままでいるのも不本意だし、ここは舞台の上ではないが、仕方がない。

「――分かったわ」

俺は、声色を変え、髪を搔き上げてみせた。

フランツがぎょっとしたように俺を見る。

「あなた、モリーナに愛してもらいたいんでしょ?」

俺はモリーナになりきり、ゆらっと両腕を差し出した。

「モリーナに耳を嚙んでもらいたいのね?」

「僕はっ」

モリーナの目で彼を見ると、彼がたじろいだ。

図星だ。もう少し、サービスしとくか。

「それとも、耳じゃないほうがいいのかしら? どこがいいの? 教えて」

俺がねっとりと肩に腕を回すと、フランツは複雑な目付きで俺を見た。

「君は、悪魔みたいな奴だな」

「その悪魔に、最初に近付いたのはそっちだろ」

フランツ、意外と面倒臭いやつだ。

『蜘蛛女のキス』は大反響で、希望が殺到したので、すぐに翌年の再演が決まった。

案の定、公演が終わってしまえば、ドロドロの三角関係も夢から醒めたかのように消滅し、二人のバレンティンはそれぞれのパートナーと元の鞘《さや》に収まったらしい（が、うち一組はのちに破綻した。俺のせいなのか、他の要因のせいなのかは定かではない）。

俺はモリーナ役をクビになった。というより、俺が自主的に封印したのだ（モリーナとして奉仕したのは逆効果だったらしく、フランツに「もうモリーナを踊らないでくれ」と懇願、いや厳命された。「今度また君がモリーナを踊るところを見たら、僕は君を殺してしまうかもしれない」と言われ、目がマジで怖かった）。スタッフは、残念がりつつも、内心ではホッとしていたようだ。

そんなわけで、稔さんに、「春くんのモリーナ、凄かったのに、もうやらないの？」と訊かれた時は、曖昧に返事をするしかなかった。

あれ以降、俺は『蜘蛛女のキス』は踊っていない。

『蜘蛛女のキス』にはそういう止《や》むに止まれぬ事情があったけれど、そもそも、俺はそんなに役には執着しないほうだ。

もっとあの役を踊ればいいのに、とか、そんなに簡単に他の人に踊らせちゃっていいの、とか言われることは多い。

もちろん、踊りたいものはいっぱいある。

いつも、踊りたいし、ずっと踊っていたい。

実際に、心の中ではいつも踊っている。俺の一部は、意識のどこかで、常に舞台の上にいて踊っているのだ。

以前、七瀬にも説明したように、踊りの種は常に俺の内側のどこかにあって、身体の表面に浮かぶ機会を窺《うかが》っている。それどころか、踊りの種は、街路樹の陰にも、雑踏の中にも、どこにでもある。

だから、踊りは俺の身体の中から現われる時もあれば、俺の身体の外の、ほんの少し離れたところで、ふっと花開くのが見える時とがあるのだ。

踊りたい、というのと、踊りを見たい、というのとはいつも天秤の両側に載っていて、ふるふると揺れている。次はどちらに傾くのか、俺にも分からない。俺にとって、その二つはあまり差がないのだろう。

ソロで踊ることにも、それほど興味はない。人のソロを振付けるのは面白いけれど、自分に振付けるのはあまり食指が動かず、いつも後回しになってしまう。

ただし——たったひとつの、あの曲を除いて。

自分の名前が入った言葉は目につくし、気になるものだ。

俺の名前は一般名詞。普通にあちこちに入っているので、子供の頃からいろんなものが気になった。本の題名、お菓子の名前、歌謡曲の歌詞、曲のタイトル。

特に、詩や和歌を読んでいると、言葉にニュアンスが込められているので、ちょっとどきどきする。

西行法師《さいぎょうほうし》の有名なあの歌。


願はくは花の下にて春死なむその如月《きさらぎ》の望月のころ

「春」と「死」の文字の並びがパッと目に飛び込んできて、ずしんと胸を衝《つ》かれた。

春は死の季節。そんなことをうっすらと考えるようになったのは、この歌のせいかもしれない。ジャンだったか、誰だったか。たぶん、複数の先達に言われた言葉が、頭の中で混ざりあっている。

歳を重ねて老年の境地に足を踏み入れるようになると、年々、春が恐ろしくなる。今年も冬を越せたという喜びよりも、生き延びて春を迎えるいたたまれなさのほうが勝るようになる。春の臆面もない明るさに、芽吹く生命の獰猛さに、気後れを覚えるようになる。さあ、年寄りども、道を空けろ、新しい生命に居場所を空けろ。そう糾弾されているような心地すらする——

美空《みそら》ひばりの歌う「りんご追分」で踊る、俺自身に振付けた「花の下にて」は、この歌にインスパイアされたものだ。

西行は望みどおり、どんぴしゃ、まさに「如月の望月のころ」に亡くなったという。

俺は、どう望むようになるのだろう。

やはり西行のように、花の下の季節に逝きたいだろうか？

バレエを始めた頃から、そのタイトルは身体の隅にあった。始めてからずっと、いつもどこかで意識していた。いつかそこに行くだろう、いつか目の前に立つであろうと、予感していた。

イーゴリ・ストラヴィンスキー作曲、「春の祭典」。

バレエの振付家として立つつもりであれば、避けては通れない曲というのが、この世には幾つか存在する。

「春の祭典」は、間違いなくそのひとつだろう。同じくストラヴィンスキーの「火の鳥」や、モーリス・ラヴェルの「ボレロ」もそうだが、自分の名前が入っている「春の祭典」は、昔から俺にとっては特別な曲だった。

本当は、「ボレロ」に対しても密かに闘志を燃やしていたのだが、七瀬のお陰であっさり出来てしまったので、拍子抜けしたほどだ。

七瀬のあの「踊る指揮」は、ホント傑作だった。思い出すと、今でもおかしい。というか、やっぱり七瀬はすごい。彼女の中では、踊りと音楽とが分かちがたく一体化している。あの時はマジで、舞台の上で七瀬の指揮棒を振り回したとたん、ほぼいっぺんに最後まで、振付が浮かんだのだ。あんな体験は、後にも先にも一度きりだ。

「ボレロ」が出来たのに勢いを得て、そんなに間を置かずに「火の鳥」も作った。

俺の「火の鳥」は、基になった民話のストーリーラインをバレエにするのではなく、ダンサー全員が火の鳥という設定で、全員同じ赤い衣装で踊る、群舞「火の鳥の舞」として作ってみた。

なにしろ、みんな不死鳥なんだから、不死鳥らしく思う存分飛んでもらいましょう、ということで、ジャンプとリフトを多用した、俺の作った中ではかなりアクロバティックなものになったのだが、深津に「俺たちを殺す気か！　これじゃあ、死なない不死鳥どころか舞い死ぬ舞死鳥《ぶしちょう》になっちまうよ！」と罵られてしまった。

舞死鳥、なかなかうまいネーミングじゃん、深津に座布団一枚、とウケていたら、みんなからも「これ、キツすぎる」「リフトの滞空時間長すぎ」「何考えてんのよ」と非難の集中砲火を浴びた。

鳥なのに、滞空時間に文句をつけられても困る。

それでも、不平不満を吐き出してしまえば、結局開幕までになんとか踊りこなしてしまうのが、彼らの凄いところだ。さすが、トッププロ。舞死鳥、もとい不死鳥を、俺の振付通りに訂正なしで踊ってくれて、ありがとう。

この二つの曲が、けっこうすんなり出来た（ダンサーたちにとっても「すんなり」かどうかは不明だが）のに比べて、「春の祭典」だけは、なかなか手を着けられず、「作る」とすらも長いこと口に出せなかった。それほど、俺にとっては大事な、高いところに掲げられた、ひとつの目標だったのだ。

ただ、この曲に対しては、ずっとひとつのイメージだけがあった。

俺が、たった一人で広い舞台の真ん中に立って、スポットライトを浴びて踊っているイメージ。

「春の祭典」といえば、圧倒的な群舞のイメージが強い。

共同体の全員が参加する原始宗教の儀式。そこで死ぬまで踊り続けて、生贄《いけにえ》となる乙女。そういう設定の作品なのだから、当然といえば当然だ。

だが、なぜか群舞中心の作品は思い浮かばなかった。

俺一人で踊るソロ作品、というイメージだけは最初から揺るがなかったのだ。

それでいて、ソロ作品ではあるが、踊っている俺の周りに大勢の人間の気配を感じる作品、というコンセプトも同時にあった。

それが果たしてどんな踊りで、どんな設定なのかが、分からなかったのだ。

邦題は「春の祭典」だが、原題は「祭典」というよりは「儀式」、更に俺の個人的な印象では「春の贄《にえ》」というのが、ニュアンス的に近いタイトルのような気がする。

「春の贄」――まさに、「春に死す」だ。

俺が「贄」となれるもの――それは、バレエに対する「贄」としか考えられないが、最終的にはそういう解釈に落ち着くものであっても、軸になる設定は必要だ。

その設定が、なかなか思い浮かばなかった。

それにしても、「春の祭典」というのは本当にすごい、とても不思議な曲だ。

初演時に物議を醸し、賛否両論まっぷたつだった話は有名だが、あの、打ち鳴らされる不協和音の連続は、何度聴いても衝撃的だ。演奏された瞬間からずっと、一世紀以上経った今もなお、前衛的であり続ける作品なんて、めったにない。

ストラヴィンスキーは「幻視」タイプの作曲家だったらしい。

「火の鳥」を書いている最中に、「春の祭典」の基となるイメージが浮かんだというエピソードはよく知られている。

本人が実際に「目にした」作品を作っているので、逆にいうと、彼の曲はイメージ喚起力がハンパない。なので、「火の鳥」や「ペトルーシュカ」のような、はっきりしたストーリーのある作品では、明快なイメージが浮かぶので、めりはりのついた、「分かりやすい」踊りを作りやすい。同じことは、プロコフィエフの作品にも言える。
『ロミオとジュリエット』をいろいろな版で観比べたことがあるが、あまりにも彼の曲のイメージ喚起力が強烈なので、主要なシーンではそれほど大きく違いが出にくいものだな、と思った。「モンタギュー家とキャピュレット家」の曲なんて、誰が振付してもあれ以外のステップは踏めないだろう。

七瀬が、コンテンポラリー用の曲を作るのに「メロディーラインがステップを限定する」のを警戒していたのは、ああいうのを避けるためだったのだ。

そういう点でも、「春の祭典」は、特異な曲だ。

設定だけがあって、ストーリーがないので、ストーリーラインを作ったクラシックバレエでも、抽象的なコンテンポラリーでも載せられる。

しかも、振付家の持つバレエの語彙を極限まで駆使することを要求されるので、誰が作っても傑作になってしまう。もしかすると、曲の強さで、どんな振付でも面白く見えてしまっているだけなのかもしれないが。

深津と舞台で踊ったことは、片手で数えられるくらいしかないのだが、彼と踊る度に、何かしらヒントというか、踊りのカケラみたいなものを貰《もら》う。

まだ見ぬ踊りを発展させるための触媒、みたいな感じ。

そういう意味では、彼もまた、因縁を感じる不思議な存在だ。

そもそも、いちばんはじめに俺が「振付」した相手でもあるし、あの時からしてそうだった。

「冬の木」を、「一緒に踊った」と言えるのかどうかは分からない。けれど、彼を木の幹に見立てて触れているあいだ、ちらっ、ちらっ、と何かの絵みたいなのが浮かんだのだ。踊るのに集中していて、あの時はそれを言語化できなかったけれど、あの絵みたいなものは意識の片隅に残っていた。


雪の中で子供たちがロウソクを手に手に集まっている――

舞台の上で、シルバーグレイの衣装を着けた深津らしきダンサーと、濃紺の衣装を着た俺が立っている――

俺と手を繋いでくるくる回りながら、大きく口を開けて笑っている少女――


そんな、八ミリフィルムの映像みたいな、ざらざらした絵が閃いた。

あれが、後に俺が作る踊りのカケラであったことは、「ヤヌス」の一件でも明らかだ。

他の仲間がプリンシパルに昇格した時にはソロの振付をしたのに、深津の「ヤヌス」を俺も踊ることにしたのは、新たなインスピレーションを無意識のうちに求めていたからかもしれない。

コツコツとバレエの語彙を増やし、ジャンに指導もしてもらって、自分では着々と振付家への道を歩んでいるつもりでいたが、あの頃、実はちょっと停滞していて、スランプじみたものに陥っていた。

　気が付くと似たような振付ばかり繰り返している。早くもマンネリ化か。先は長いのに、もう限界なのか。すなわち、ダンサーとしても俺は停滞しているのか。そんな疑念に苦しみ、焦っていた。

　だから、あんなにも頭でっかちな、深津から出てきたようには見えない踊りを作っていたのだ。深津の脳内イメージとのズレに違和感があったのも事実だが、実のところ、俺のスランプも影響していた。

　ジャンにアドバイスを貰って、むくむくと二人で踊るイメージが湧いてきた時は、本当にほっとした。俺はあれでスランプを脱することができたのだ。

　その後はスムーズに、これまでにない踊りが次々と出てきて、振付家の階段をひとつ上がれた、と実感できた。

　そして、深津とゲネプロで「ヤヌス」を踊った時は、初めて彼と踊った時のような、チラチラした絵が矢継ぎ早に浮かんだのだ。

　ああ、これはこの先俺が作る踊りのカケラなんだな、と直感した。

　それらがどんなカケラで、どんな作品になったのかは、うまく説明できないが、どれも俺にとって大事な作品だったことは確かだ。

「ヤヌス」以来、深津と踊ったのは、トリプル・ビル公演でのジャン・ジャメの作品、

「クインテット」だった。

文字通り、ブラームスのピアノ五重奏・作品34の第一楽章と第四楽章を丸々使ってバレエにしたもので、男性二人、女性三人で踊る、男女の「五角関係」をテーマにした作品だ。

当初、深津と組むのは俺ではない別の男性プリンシパルだったのだが、彼が開幕直前に怪我をして、急遽《きゅうきょ》、俺が組むことになった。

作品34は、いかにもブラームスらしいこぶしの利いた、ひじょうにドラマティックな曲なので、いきおい踊りもドラマティックになる。

2・2・1、2・3、1・4、5、と、五人の組み合わせがどんどん変わっていき、くっついたり、離れたり、みんな一緒に踊ったり、とめまぐるしくフォーメーションが変化していくのが面白い。

例えば2・3という組み合わせでも、男男・女女女、男女・女女男、女女・男男女、と三種類あるわけで、俺と深津が舞台の上で組むのは本当に久しぶりだった。

ジャンの、舞台の上で女性ダンサーを美しく見せる振付には定評があり、三人の女性たちは嬉々として踊っているし、俺と深津もせいぜい色男として彼女たちを引き立て、彼女たちと絡んで、オトナの恋愛関係を踊る。

深津はサポートが本当にうまい。ちょっとした位置取りの場所、身体の角度、手を離すタイミングなど、見ていてほれぼれするほどだ。

それは「ヤヌス」の時から知っていたことだったが、こうして久方ぶりに一緒に踊ってみると、更にそのうまさに磨きが掛かっていた。

さすがだな、深津は。

フランツやハッサンは俺の振付したソロ作品を、その後もあちこちで踊っているのに、深津になかなか「ヤヌス」の再演の機会がないのが俺のせいだと思うと、ちょっと申し訳なくなった。深津はどうしても「身内」感が強いので、ついつい俺のわがままを通してしまったのだ。

「クインテット」には、恋の高揚と幻滅、嫉妬と憎悪、悲哀と愛惜《あいせき》など、恋愛感情の悲喜こもごもがひととおりたっぷり詰まっていて、ジャンらしい皮肉やユーモアもある。

五人で絡み合って混沌としたリフトを繰り返したり、和やかに談笑しつつ揃って明るくゴーゴーを踊ったり。女性三人がにらみ合って緊迫したタンゴを踊っている脇で、男性二人が暢気《のんき》にチャールストンを踊っていたりする。

踊っているだけでもとても楽しい作品だが、深津と踊れたことも、「勝手知ったる」、という感じで、俺にはひときわ楽しく感じられた。

深津のほうでも、「この感じ、久しぶりだな」とでも言うように、ところどころで俺にニヤッと笑ってみせる。

終盤のあたりで、俺の右手と深津の左手を繋ぎ、引っ張り合ってバランスを取るところがあるのだが、そこで突然、ザラッとした絵が閃いた。

えっ。

それが、あまりにも鮮明だったので、ほんの一瞬、かすかにたじろいでしまったほどだ。バランスはちゃんと取れたままだったので、俺がたじろいだことは深津には伝わらなかったと思う。

が、その絵はこれまでになく、一瞬にして深く身体の奥に刻み込まれた。

そして、この時初めて、俺は深津と踊った時にだけ、こういうことが起こるのだ、と気が付いたのだ。

無我夢中で「クインテット」を踊り終え、カーテンコールに応えながらも、身体に焼きついた絵を、俺はどこかで静かに見つめていた。

この絵は。

この踊りのカケラは、いったいなんのカケラなのか？

幕が下り、俺たち五人は舞台の上で「イエイ」と手を合わせ、ハグしあった。

「オマエと踊んの、ひっさしぶりで、すげー楽しかったな」

深津がそう笑ったので、「俺も」と笑い返す。

「このまま、もう一回、俺とおまえの組み合わせで踊れるかな？」

「どうかなあ」

俺は首をかしげた。

「今日の俺は急な代役だったし——この次の回は、また誰か別の代役になるかもね」

「ちぇっ、どうせなら、このままこの組み合わせで通してほしいな」

二人で肩を組んで袖に引き揚げながらも、俺はやはりあの絵のことを考えていた。


ガランとした場所。人影はない。

辺りは薄暗く、しんとしている。

そして、古い机が何列も、整然と並んでいる。

俺の頭に閃いたのは、そんな絵だった。

あれは――あの場所は。

ふと、思い当たった。

教室。あれは、学校の教室だ。

そして、あの誰もいない教室で――

俺は、ぞくっ、と背中が震えるのを感じた。


そして、あの誰もいない教室で、俺は一人きりで、「春の祭典」を踊るのだ。


学校は、あまり好きじゃなかった。

いや、この表現は正しくない。

俺には、好き嫌いという単純な言葉では、俺が抱いていた学校に対する感情を、到底うまく言い表せない。


学校という場所の必然性や目的はそれなりに理解していたつもりだし、その目的に協力するのはやぶさかではなかった。ずっと皆勤賞だったし、波風を起こすこともなく、俺はすこぶる従順な生徒だった。

それでも、とうとうあの場所に馴染めなかったし、あの存在と自分とのあいだにどうし

ても折り合いをつけられなかった、というどんよりした後悔ばかりが残っている。

勉強には、世界の入口として興味を持った。この入口の先に、世界の仕組みや成り立ちといったものに近付ける深遠な世界が広がっている。そういう予感には、とてもわくわくさせられたものだ。

けれど、やがて学校での勉強というのは、予《あらかじ》め期待されている答えをためらいなく取り出せるよう習得することが主要な目的であると気付き、ひどくがっかりした。

つまり、「授業」は、本当の意味での「勉強」ではなかったのだ。あれなら、稔さんの家でイナリと過ごすほうが、よっぽど何かを学べる。

あの場所の持つ、異様なまでの管理への執着。この枠の中にいろ、みんなと同じでいろ、はみ出させはしない、目のとどかないところで何かするのは許さない、余計なことは考えるな、誰がおまえの主なのか思い知らせてやる、という圧迫感（いったい誰が「主」だったのだろう？　大人か？　教育者か？　それとも、世間とか権力者とかなのか？）。あれは、なんとも薄気味悪いものだった。

じっと目立たないようにしていたものの、それでも自分が本来ここにいるべきではない異物である、という疑念は拭い切れなかったし、それが周囲にバレるのではないかと怯《おび》えてもいた。

いや、周囲の子供たちは気付いていたと思う――子供というのは、異物に敏感なものだ。こいつはおかしい、どこか変だ、係わり合いにならないほうがいいぞ、と本能的に察しているのだ。

だから、俺は苛《いじ》められこそしなかったが、いつもポツンと一人でいた。周囲の子供たちも、俺の存在を、本能に従い無意識のうちに忌避し、ないものとしてスルーしていたような気がする。

大人たちには「おとなしい」「無口だ」と言われていたが、正直なところ、俺は誰かと遊びたいとか、みんなと一緒にどこかに行きたいとかいう望みを、一度も抱いたことがなかった。

実際、本当に小さい頃――幼稚園に入るか入らないかの頃は、俺の世界には、他者というものが存在していなかった。他の子供とか、大人ですらも、視界に認めていなかったのだ。親と呼ばれる人の大きな手が時々視界に入ってきて世話を焼いてくれたけれど、それすらも近しいものに思えなかった。

あの頃、俺は何を見ていたのだろう。

今、当時のことを思い出してみても、うまく説明できない。

ずっと目の前を、青や緑の風が吹き荒れていて、それを目視しようとひたすら目を凝らしていた、その必死な気持ちだけが残っている。

何か巨大なものを目に捉えよう、その何かを全身で感じ取ろう、と、五感を研ぎ澄ましていた意思だけが。

幼稚園に入ってからも、ようやく、自分が子供と呼ばれる存在で、それが俺だけでなく、他にもいっぱいいるのだ、と認識はしたものの、彼らはモノにしか見えなかった。

幼稚園の庭で遊ぶ彼らを見ていると、無数の塊が動いている、この庭という画面の中で、模様が動いている、としか思えなかった。ましてや、その模様のひとつひとつが、自分と同じように意思や感情を持っていて、自分と同じように、他者の考えていることは何ひとつ分からないのだ、と気付くまでには更に長い時間を要した。

まだバレエに出会う前は、子供心にも、何か異様な焦りみたいなものをずっと感じていたことを覚えている。

あれは、とても苦しかった。苦しい、という感覚を自覚していたわけではなかったが、もやもやした不安がいつも背中に張り付いていて、ここでこんなことをしているわけにはいかない、という焦りが波のように繰り返し押し寄せてくる。その苦しさに耐えるのにいつも必死で、俺は幼児の癖に、既にそのことに疲労困憊《こんぱい》していた。

バレエを始めてからは「いつもニコニコしてる」とか「地顔が笑顔」とか言われるようになったけれど、小さい頃は笑わない子だね、と言われていた。当時は、常にあの焦りと不安でいっぱいだったからだ。

だから、母に体操クラブに連れていってもらって、きちんと洗練された人間の動きとしての「カタチ」を目にしたインパクトは大きかった。

俺は、生まれて初めて何かを「見た」ような気がした。

人間という生き物が、ただ純粋に、動くという目的のため、美しい「カタチ」のためだけに奉仕する姿を。

あれを自分の身体で再現してみたい。

これまた、初体験の衝動に突き動かされ、俺はいつのまにか跳んでいた。

くるりと一回転した。

着地した刹那、胸の中心で、「カチッ」と何かが鳴った。

あの瞬間を、あの感覚を何と呼べばいいのだろう。

世界の扉が開かれた、とでもいうような。この世に存在することを許された、とでもいうような。

とにかく、全身で衝撃を受け止めたのだ。感激と、戦慄と、歓喜と、絶望がない交ぜになった衝撃を。

あの「カチッ」を、俺はずいぶん長いこと一人で繰り返し反芻《はんすう》していた。とっくに味のなくなったガムを、新しいガムを買ってもらえないので、しつこく未練がましく噛んでいるみたいに。

あちこちでぴょんと回転しては、あれを追体験しようとしていたものの、なかなか同じようにはならなかった。

初めて「鳴った」のは体操クラブでだったけれど、この先あの場所で同じように「鳴る」ことはないだろう、という直感だけはあった。

母は、体操クラブの帰りに、俺が「あれじゃない」と言ったことが強く印象に残ったと言うのだが、俺はそのことをあまり覚えていない。

なにしろ、「カチッ」というあの音だけがずっと俺の身体の中で鳴り続けていて、他に何も聞こえなかったからだ。

つかさ先生に、あの時あの場所で見つけてもらった僥倖《ぎょうこう》を思うと、今でも震え出しそうになるほどに、つくづくありがたい。

君、どこのバレエ教室で習ってるの?

あれが初めて「バレエ」という単語を耳にした瞬間だった。

あの、ドスの利いたちょっとおっかない、咎《とが》めるような声。

輪郭のはっきりした顔も、俺の中にすっと飛び込んできた。

当時はあまり人の顔を覚えていなかったが、つかさ先生の顔だけは、くっきりと脳裏に残った。

もし、つかさ先生に出会わず、宙ぶらりんのまま、焦りと不安を抱えて疲弊し、ひたすら学校という場所で息を潜めて暮らす生活が続いていたら。

あのなんとも言えない苦しみ。あの、虚無感すら漂う疲労感。

俺はいったいどうなっていたのだろう?

想像するだに、これまたゾッとして恐怖に震える。

なまじ、一度あの「カチッ」を体験してしまっていただけに、不安と焦りはより肥大化していた可能性が高い。

今でこそ、自分は本質的にはマイペースで楽観的な性格だ、と自覚できているが、当時の生真面目さと世界の狭さを思うと、いずれ精神の均衡を崩して、パニックに陥っていたかもしれない。

しかも、今ならこうして言語化できるけれども、当時の俺は自分が陥っているパニックについて、たぶん誰かにきちんと説明することはできなかっただろう。

つかさ先生の教室に行った時は、また別の意味で衝撃だった。

体操クラブでも思ったけれど、あれ以上に、ただただ「美」を表現するためだけの、人間の「カタチ」が厳格にピシリとすべて決められていて、そのことに誰もが真剣に取り組んでいることがショックだったのだ。

あの「カタチ」を、生涯をかけて追い求める人たちがいる。

そうするに値するものがこの世に存在している、というだけでも衝撃だったし、なによりそれらの「カタチ」はどれもこれも美しかった。

次々と目の前に現われる「カタチ」は、みんなピカピカしていて、全てを目に焼きつけたかったし、すぐにでも自分で再現してみたくなった。

気の遠くなるような時間を掛けて定められた「カタチ」の向こうに、人間の真理みたいなものが見える気がしたのだ。

そして、その厳格な「カタチ」の先に、明るく開けた、風通しのいい自由な場所がある。

そんな予感を覚えたことを、今でも鮮明に思い出す。

ここで生きていける。

そう確信した時の安堵《あんど》も、決して俺の中では色褪せることはない。

バレエを始めてからは、学校との精神的な距離を、それまでより多少はうまく取れるようになった。

不安と焦りも徐々に消えてゆき、気持ちが落ち着いた。

ただやり過ごせばいい、他におのれの居るべき場所を見つけたのだから、住み分けすればいい、居心地の悪さなど、押し殺せばいい。

そう思っていたが、やはり、自分が学校というシステムから弾《はじ》き出されたものだ、という負い目のようなものは消えなかった。

そう――学校、あれはまさにシステムそのもの。

そして、システムというマジョリティは、いつだってマイノリティの存在に敏感であり、それらを排除しようと動き、おのれの優位性と団結心を確認するために、生贄を必要とする。

俺はずっと、教室の中で吊るされる自分を感じていたのだと思う。

そいつは異物だ、俺たちとは違うものを見ている、けしからん、潰してしまえ、吊るしてしまえ、我らのシステムの神への供物《くもつ》にしてしまえ。

そういう、無数の声にならない声を、教室の中で長いこと聞いていたのだ。

俺は、恐れていた。

いつも緊張していた。

糾弾されること、排除されること、おのれの存在を葬り去られることを。

むろん、それが裏返しの優越感であることも分かっている。

俺は違う、おまえらとは違う、おれの神はバレエだ、俺の神はおまえらの神が束になってかかってきても敵《かな》わぬほどに美しい。

彼らは、俺のそんな裏返しの優越感にも気付いている。優越感を持たれていることに強い屈辱を感じ、嫉妬もしている。

だからこそ、俺はやはり、吊るされなければならぬ。

双方のねじ曲がった優越感を満足させるためにも、双方の相容《あいい》れぬ世界を共存させる落としどころとしても、俺は春の贄にならなければならないのだ。


カラッポの教室で踊る、「春の祭典」。

深津と踊ってヒントをもらい、その意味するところについてつらつら考えるようになってから、数週間が経った。

自分の中での整理がついたと思えたので、俺はジャンのところに行った。

ジャンは、芸術監督を引退してからも、まだバレエ団の中に小さな部屋を持ち、そこに来ては執筆をしたり、みんなから持ち込まれる相談に乗ったり、時にはダンサーの指導をしたりしていた。

俺が部屋に入るなり、「ジャン、今度『春の祭典』を作るよ」と言うと、ジャンは、「ほう。ついにその気になったか」と言った。

うん、やっとその気になった。

俺は、ジャンが書き物をしている机のところに行って、その隅っこに腰掛けた。

「で、どうするんだ？　踊るのか？」とジャンが聞いた。

うん、俺が踊る。

頷くと、「一人で？」と尋ねる。

うん、一人で。

そう答えると、「初志貫徹だな」とニヤリと笑った。

ジャンにだけは、いつか「春の祭典」を踊る時は、俺一人のソロ作品にする、と打ち明けていたのだ。

かつてそう打ち明けた時、ジャンは意外そうな顔になった。

どうしてだ？

そう聞かれて、俺は肩をすくめた。

だって、なにしろタイトルが「『俺の』祭典」だもの。「萬春まつり」。だったら、俺が踊るっきゃないでしょ。

俺の返事に、ジャンは一瞬ぽかんとしてから、やがてクックッ、と愉快そうに笑い出した。

そいつは楽しみだな、と晴れやかな笑顔を見せてくれたっけ。


ジャンが倒れたという連絡が入ったのは、スイスでの公演中だった。

みんなで病院に駆けつけた時には、もう意識はなく、小さくなったジャンが青ざめた顔で横たわっている姿を窓越しに見られただけだった。

誰もが息を詰め、目に涙を溜めて、じっとその姿を見守っているのみ。

「大丈夫だ」

その閉じたまぶたを見つめていると、繰り返しあの声が聞こえてくる。

「大丈夫だ」

ニコッと笑って頷いてみせる顔も。

「大丈夫だ」

嘘だろ？

「大丈夫だ」

ジャン、俺はちっとも大丈夫なんかじゃない。俺は、まだジャンに何度でも「大丈夫だ」と言ってもらわなきゃならない。まだ俺の「春の祭典」も見てもらってない。まだ、ちゃんと目を見て「これまでありがとう」も言えていないのに。


ジャンは一度も意識を取り戻すことなく、二日後の明け方に逝った。


俺は追悼公演で「ＨＡＮＡ」を踊った。

ジャンが俺に振付けてくれた、優しくて、しんとした深い踊り。

公の場で踊った、最初で最後の「花」。

踊り終えると皆が泣いていたけれども、それが「大丈夫」な踊りだったのかどうかは、誰もそう言ってくれないので、とうとう俺には分からなかった。

HAL、あんた、大丈夫?

芸術監督のテレーズに心配そうに聞かれて、え? うん、まあ、なんとか、と、俺は呆《ほう》けた声で答えた。

俺が実際のところ、バレエについてだけでなく、精神的に、かなりの部分をジャンに依存しているのを知っていたのは、彼女だけだった。

俺、今度「春の祭典」踊るよ、と俺は聞かれたついでに言った。

ああ、ジャンに頼まれてたわ。

えっ、と思わずテレーズの顔を見ると、彼女は小さく肩をすくめた。

言われてたの。HALがソロで「春の祭典」を踊るらしいから、バックアップしてやってくれ、って。

そうなんだ。

ジャンはそこまでしてくれていたのだと思うと、改めて、俺の「師」のありがたさが身に染みる。

でも、どこで踊ろうかなあ。シーズン公演で、ソロで四十分も取るの悪いしさ。

あら、いいじゃないの。HALのソロで、しかも「春の祭典」なら、話題になるしじゅうぶんお客も呼べるわ。

テレーズは苦笑した。

考えてみると、HALのことって、入った時から当たり前に、ずいぶん便利に使っちゃってたのよねえ。バレエ団に入る前から振付はしてるわ、どんなエキセントリックな役でも素晴らしく踊ってくれるわ、急な難役の代役でも完璧だわ、でさ。

テレーズは、決まりが悪そうに頭を掻いた。

思い出すわー、「あれ？　HALってまだプリンシパルじゃなかったっけ？」ってある時同時に、みんなで気付いたんだよね。さんざんプリンシパルの代役させてきたのに、だよ？　つまり、あんたってあたしたちからみると、なんとなくスタッフ側にいるような感じだったわけ。「おいおい、マズイじゃん」ってんで、慌てて昇格させたのよね。公演中の急な昇格だったんでなんのお祝いもできなかったし、ホントはあの時、なんかソロで踊ってもらうべきだったわ。

初めて聞いた打ち明け話に、俺は笑ってしまった。

そうだったのかあ。確かにあの時、ジャンが珍しく焦ったような顔で開幕前にそそくさと俺のところに来て、「昇格したから」って聞かされて「なんでこのタイミングで？　ずいぶん唐突だなあ」って思ったんだけど。

それはそういう訳よ、とテレーズは神妙な顔で頭を下げた。

俺は、いろいろな役を踊れて振付もできれば満足だったので、プリンシパルという地位にそれほど思い入れはなかった。むしろ、プリンシパルになると踊れる役柄が限定されてしまうので、いろいろなものを踊れるポジションのほうがありがたいくらいだった。

もちろん、対外的にはプリンシパルという地位は箔が付くし、どこに行っても大事にしてもらえて要求が通りやすくなるので、さんざん利用させてもらったけれど。

「春の祭典」を踊ると決めたのはいいけれど、この時は他にもいろいろなプロジェクトが進行中だったので、現実的には、なかなか作る時間が取れなかった。

俺は次の全幕バレエ、『ルネッサンス』を準備していた。

神聖ローマ帝国が成立する西暦一〇〇〇年くらいから大航海時代前夜、ヴァスコ・ダ・ガマがインド航路を発見する一五〇〇年くらいまでのヨーロッパの五百年を、歴史絵巻のようにスピーディーに俯瞰《ふかん》する、というテーマの演目だ。登場人物の数が膨大なので、ダンサーたちは一人で何役もこなさなければならない。次々と登場する歴史上の人物たちはコスチューム・プレイ的なクラシックバレエを踊るが、全体の印象としてはコンテンポラリー寄りの作品になる予定だ。クラシック音楽と現代音楽をタペストリーのように組み合わせ、踊りと連動させたいともくろんでいた。

そのいっぽうで、この頃になると、通常、振付家として認められるうちにそんな機会はなくなるものなのに、俺個人にダンサーとして振付したい、という外部からの声も途切れなかった。

「踊りたい」ほうの俺は、ありがたくその申し出も受けた。オファーされた役は、オーランドーとか阿修羅像とかメフィストフェレスとか。やっぱり、俺のイメージっていうのは、そういういろんな意味での越境ジャンルモノらしい。

日本のバレエ団とも、泉鏡花《いずみきょうか》の『草迷宮』や三島由紀夫《みしまゆきお》の『サド侯爵夫人』、木下順二《きのしたじゅんじ》の『子午線《しごせん》の祀《まつ》り』をバレエ作品にする計画が進んでいた。

日本の古典をバレエにするアプローチについては、海外に出てからもずっと考えていたが、クラシックバレエよりはコンテンポラリーのほうが向いている、というのが俺の出した結論だった。日本の文芸作品には、能楽や日本舞踊といった動きの、日本人の身体性が分かちがたく内包されているので、クラシックバレエの動きでは、目にした時に違和感がある。むしろ、先鋭的なコンテンポラリーのほうが親和性があるように思うのだ。

同時進行は以前から慣れっこだったが、スケジュールのやりくりはジグソー・パズルを埋めるようにギッチギチで、文字通り、ロクに席の暖まるヒマもなかった。

だから、気付かなかった——いや、どこかで違和感を覚えていたけれど、それをゆっくり考える余裕がなかったのだ。


ユーリエとは、一、二ヶ月に一度くらい、彼女の家か彼女のひいきにしているホテルで会っていた。

彼女に夢中で、会いたくてたまらない時期もあったけれど、一年ほどつきあって、なんとなくそのペースに落ち着いたのだ。

彼女の夫は、会社の近くに所有するアパートメントに住んでいて、めったに家には帰ってこなかった。実質、別居状態だ。フランツの双子の弟と妹は、早くからスイスの寄宿学校に入っているので、ユーリエはほとんど一人暮らしのようなものだった。

ユーリエも、実に厳しいプロ観客の一人だった。フランツの素晴らしい踊りを「つまらない」と評していたことからも、その厳しさが窺えるというものだ。

彼女は俺とフランツが出ている公演は欠かさず観に来てくれていたし、観終わると的確な感想をいつも送ってくれていた。彼女のシビアな感想を読んで、フランツと「厳しいなー」と苦笑するのもしょっちゅうだった。

俺がめちゃめちゃ忙しくなって、なかなかユーリエとスケジュールが合わず、もう四ヶ月も会えていなかった。

ふと、公演の感想のメールも来ていないことに気付いた。

つまり、彼女は公演を観ていないのだ。

何か、おかしい。

不安になってユーリエにメールを送ると、「母の具合が悪いので、ここ数ヶ月実家に戻っている」という返事が来た。ホッとしたものの、違和感は消えなかった。

更に数ヶ月が経ち、次の公演が終わっても、ユーリエからの感想が送られてこない。

メールをしても、返事が来ない。

不安に駆られていると、フランツからメールが来た。

「今度の週末、うちに来て母に会ってやってくれないか」

どういうことだよ、とフランツに慌てて電話を掛ける。

彼は、電話の向こうでつかのま沈黙していたが、低い声を出した。

「うちに帰ってきてるんだ——病院はもうイヤだ、と言って」

ガツン、と頭を殴られたような気がした。

彼の声がかすかに震える。

「家で——と」

彼が省略した言葉が「死にたい」であるのは明らかだった。

「教えないで、って言ったのに」

それが久しぶりに会ったユーリエの第一声だった。

フランツは彼女の寝ている電動のベッドを起こし、看護師と一緒に無言で部屋を出ていった。

俺は絶句して、棒立ちになってしまった。

彼女は、痩せ細っていた。

頭にはターバンを巻いている。美しい金髪は影も形もない。

けれど、初めて会った時に俺をひと呑みした、あの強烈なまなざしは変わらなかった。

「なんでだよ」

俺は枕元に腰掛け、彼女の手を取った。

骨ばった指の感触と、そのあまりの冷たさにゾッとする。

「なんで教えてくれなかったんだよ」

俺がなじると、彼女は「ホラ、そんなふうに心配するでしょ」と渋い顔をした。

フランツですら、ユーリエの病状を知らされたのは最近らしい。

「バレエに集中してもらいたいのよ」

ユーリエは溜息混じりに呟いた。

「だからってそんな」

俺は言葉を続けられなくて、ユーリエの手に口づけした。氷のように冷たくてカサカサした手を、少しでも温めたくて、そっとさする。

「覚えてるわ——初めてフランツがあなたをうちに連れてきた時の、あの得意そうな顔といったら——あたし、あまりにもあの子が羨ましくって、妬ましくって、一瞬、殺意を抱いちゃったのよね」

ユーリエは、サバサバした声でそう言った。

やっぱり、ユーリエはユーリエだ。

俺はなんとなく安堵し、クスッと笑った。

「俺の大事な恋人、殺さないでよ」

ユーリエがちらっと俺を睨んだ。

「あら、彼が大事な恋人なら、あたしは何？」

「ポジション的に言って、愛人じゃないの？　大事な愛人」

今度はユーリエがクッ、と笑った。

「あなたって、時々すごく残酷よね――でも、そういうところも好きよ」

彼女が俺を見る目が柔らかくなる。

これまで見せたことのない、やるせなく切ない目。

その目に俺はゾッとした。

こんな目をするユーリエは、ユーリエじゃない。

「大事な恋人――ね。でも、あなたたちの関係もちょっと不思議よね。恋人どうしなんだろうけど、反目しあっているようなところもあって――緊張感っていうのかしら？　そんな空気を感じる時もある」

彼女がいつもの理知的な、考える目つきになったので、俺はちょっとだけホッとした。

「それはね、俺たちは代替品だからだよ」

俺は、ユーリエの頭のそばで頬杖を突いた。

「どういう意味？」

彼女は怪訝そうに俺を見たが、首を動かすのもつらいらしく、かすかに眉を顰《ひそ》める。

動揺を押し隠しつつ、俺は口を開いた。

「つまりね、俺たちが恋い焦がれてる対象はたった一人。それはバレエの神なの。どんな姿をしてるのかは知らないけど、もうね、俺もフランツも子供の頃からあなた様ひとすじ、とにかく熱烈に恋い焦がれてる。毎日、あなた様をお慕い申し上げています、って必死に神様を口説いてるわけ」

「ふんふん」

「でも、神様は、とってもセクシーなのにとってもつれないの。ヤらせてくれるどころか、なかなか振り向いてもくれない。そうすると、もしかしてこのままずっと、ヤらせてもらえないんじゃないかって疑心暗鬼になる時があるんだな」

「すごい喩《たと》えね。分かりやすいけど」

「でさ、俺はフランツを見て、こいつならバレエの神とヤれるんじゃないかって思ったわけ。たぶん、フランツのほうも、俺を見てそう思ったんだね。で、バレエの神とヤれそうなこいつとなら、もし俺がヤれなくても、間接的に神とヤれるじゃないかって考えたんだと思う」

ユーリエはくすくすと笑った。

「だから、俺たちは神をめぐるライバルでもあり、ファンどうしでもあるわけ。現状、ファンどうし、気持ちが分かるから傷を舐めあってるようなものかも。だから、代替品」

「なるほどね」

ユーリエは溜息をついた。

「バレエの神が相手じゃ、勝ち目はないわね」

静かに前を向き、遠くに目をやる。

視線の先にある壁を通り越した、どこかとても遠いところに。

その遠い目が恐ろしかった。

「フランツを頼むわ」

ユーリエは前を見つめたまま、ポツリと呟いた。

「ああみえて、意外と母親思いの子なの」

「知ってる」

俺は、声が震えるのを必死にこらえた。

「あなたを独占させるのはちょっと悔しいけどね」

不意に、彼女はじきにこの世を去るのだ、という恐怖を覚えた。

いなくなる。姿を消す。存在しなくなる。

思わず彼女の手を握りしめた。

この手がなくなる。この感触も消えてしまう。

「痛いわ、ＨＡＬ」

ユーリエが顔をしかめたので、慌てて手を離した。

このしかめ顔も、彼女の痛みも、じきに存在しなくなる。

俺の恐怖が伝わったのか、彼女はハッとした。

ゆっくりと俺に顔を向け、キッと俺を見た。

かつて、俺をひと呑みしたあのまなざしで。

「キスして、ＨＡＬ」

燃え上がる青い炎を、瞳の奥に見たような気がした。

「おやすみのキスは嫌。あたしたちのいつものキス」

俺はそうした。

貪《むさぼ》りあい、互いを喰らいあうような、かつて俺たちが彼女の部屋で交わしていた、獰猛なキスを。

けれど、彼女の唇はもはや俺のキスに応えられず、苦い死の味しかしなかった。


葬儀のあいだ、フランツはずっと無言だった。

虚脱状態で、どこか一点を見つめたまま、ただぼんやりと立ち尽くしている。

俺は、フランツの友人枠で（見たところ、この枠にいるのは俺一人だけだった）、数列離れたところで彼を見守っていた。

初めて見る彼の父親は、長身なところは同じだが、顔は全く彼に似ていなかった。

まだ学生だという、双子の弟と妹の顔は父親似で、やけに幼い印象だった。二人して、ぐすぐすとずっと泣きじゃくっている。

フランツは、父親にもきょうだいにも全く目を向けない。

この時初めて知ったのだが、弟と妹はフランツの腹違いのきょうだいだった。フランツ

が十四歳の時に、父親が愛人に産ませた子で、母親が出産時に命を落としたため、家に双子を連れてきて、ユーリエに育てさせたというのだ。

フランツの父親に対する距離感は、それも一因だったのだろう。

彼は母親を失っただけでなく、親族内での唯一の理解者であり支援者である存在を失ったのだ。

ユーリエの孤独と、フランツの孤独。

葬儀のあいだ、俺はそのことばかり考えていた。

俺は愛人を失い、シビアな批評家を失った。

そう、俺とフランツは確かにバレエの神を崇《あが》めていたけれど、現実での女神はユーリエだった。俺たちは、この日、俺たちの女神を失ったのだ。


「春ちゃん、あたし、またフラれちゃった」

七瀬が突然うちを訪ねてくるのは、パートナーに愛想をつかされて、出て行かれた時である。

最初は、『アサシン』の後だった。

いきなりうちにやってきて、肩を落としてポロポロ涙を流しているところがあまりにも可愛かったので、慰めるという名目で襲っちゃおうか、という邪な考えが一瞬頭をかすめたのだが、すぐにわんわん大声で泣き出し、涙と鼻水とヨダレでぐっちゃぐちゃになった顔を見て、その気が失せた。七瀬、その顔じゃ百年の恋も冷めるし、今どき、小学生でもそんな泣き方はしないぞ。

「はいはい、洟《はな》かんで」とティッシュを鼻に押し付けてやると、「うっ、うっ、春ちゃん、お母さんみたい」としゃくりあげるので、俺は七瀬のお母さんかよ、といよいよそんな気はなくなった。

　周知のとおり、七瀬は筋金入りの音楽バカで、作曲を始めると文字通り寝食を忘れ、凄まじい集中力を発揮する。一週間家を出なかった、気がつくと、三日食事をとってなかった、という話も聞いたことがある。曲のアイデアが浮かぶと何も見えなくなり、ひたすら音の世界の住人となる。となると、当然パートナーは放置されている、大事に思われてない、と不満を募らせる。

　特に、大曲を委嘱されるとそんな日がひと月以上続いたりするし、『アサシン』の場合、ほとんどドイツ（というかうちのバレエ団）に住み込み状態で曲を作っていたのだから、仕方がない。パリに帰ってみたら、アパルトマンはもぬけの殻で、彼女が引き払っていたらしいのだ。

　それでも、七瀬はモテるらしく、すぐに次のパートナーが見つかる。

　もはや、パートナーが同性であることを隠さなくなっていたが（いや、元々本人は隠しているつもりはなかったのかもしれない）、今回は、念願のオペラ（作曲家にとってオペラというのは特別なものらしい）を委嘱されて、メチャメチャ張り切っていたから、パートナーに対する放置プレイもこれまで以上だったに違いない。

「で、オペラはできたの？」

「うっ、うっ、できたよ、やっとできた」

例によって涙と鼻水でごっちゃになった顔にティッシュを差し出すと、受け取って洟をかみつつ、七瀬は頷いた。

「ちなみに、何作ってたの？」

制作発表があるまでは秘密、と言っていたので聞かなかったのだが、曲を完成させたのならば、じき発表だろう。

「『1984年』」

「えっ、ジョージ・オーウェルの？」

「そう。まだずっと『ビッグ・ブラザーがあなたを見ている〜』ってフレーズが頭の中でループしてるよ」

「面白そう。英語版？」

「うん。イギリス初演」

音楽の話になると、もう泣き止んでいる。

こりゃパートナーも気の毒に、と見も知らぬ相手に同情心を抱く。

七瀬が必死にパートナーの機嫌を取ろうと宥《なだ》めているところに、電話が掛かってくる。仕事の話だ。たちまち七瀬は電話に夢中になり、目の前の相手のことなど忘れてしまう。パートナーは青ざめ、歯を食いしばり、くるりと背を向けて、自分の部屋に飛び込んで荷造りを始める――

そんな場面まで目に浮かんでしまった。

「でさ、『ルネッサンス』なんだけど」

そう言い出した七瀬の顔は、完全に仕事モードになっている。

俺たちは『ルネッサンス』でも組むことにしていたし、ざっくりした構想は話してあった。オペラが終わって、ようやく『ルネッサンス』に取り掛かれる、というわけだ。

七瀬にとっては、オペラと恋の終焉の報告と、仕事についての打ち合わせを兼ねられるので、うちに来たのは一石二鳥だ。

「三部構成。全三幕。これは決定だよね？」

「うん」

「えーと、第一部が神聖ローマ帝国成立、東西教会の分裂、初期十字軍。第二部が、十字軍後期、百年戦争、ペスト、暗黒の中世って感じ？　そして第三部がルネッサンスと大航海時代の幕開け。すっごい大雑把だけどこういう構成でいいかな？」

「だいたいのイメージは」

「春ちゃん、その時代の音楽を使いたいって言ってたけど、ちゃんとした、後世に名が残るような作曲家が登場するのは、実はもっとあとなんだよね。バッハだって、十八世紀の人だもん」

「そうなんだ」

「うん。だから、イメージでやるしかないと思う。第一部は、グレゴリオ聖歌がいいんじゃないかな。グレゴリオ聖歌自体は、成立が十一世紀前後だから、その時代の音楽と言えなくもない。第二部はバッハのオルガン。中世っぽい感じ？　おっかない雰囲気も出せると思うし。第三部は、バロック音楽だね。ヴィヴァルディとか、なんとなくルネッサンスぽいでしょ」

「うんうん」

「でも、実際には時代がずれてるわけだから、どうせ現代音楽と組み合わせるのなら、あたしがクラシック風の曲も作っちゃおうかなと思って。グレゴリオ聖歌風、バッハ風、ヴィヴァルディ風。だったら、自作の曲にもはめ込みやすい」

「なるほどね」

「現代音楽といってもいろいろあるけど、春ちゃんはどういうイメージなの?」

「なんとなくだけど、現代音楽というよりは、タイトルの『ルネッサンス』通り、ちょっと前の音楽を『復興』して使ってみたいんだよね。舞台の前で踊る歴史上の人物はクラシック、後ろの群舞はコンテ。七瀬の今の提案だと、第一部は、前がグレゴリオ聖歌で後ろはモータウン、第二部はバッハとテクノ、第三部はヴィヴァルディとラップ、みたいな」

「うまく嚙み合うかなあ。モータウン――テクノ――ラップ」

七瀬は頭でそのさまを思い浮かべているようだ。

「ふむ。それぞれクラシックのアレンジだと考えればできないこともないか」

「フレッド・アステアの映画にさ――アステアって、ミュージカル映画でいろいろ特殊撮影を試してるでしょ――後ろでずっと同じ速さでバックダンサーたちが踊ってて、アステア一人だけ前で半テン(ポ)で踊っている、という場面があるの。どの映画だったかな。しかも、俺の脳内記憶では、途中で無音になってるの。音楽が消えて、サイレントで、アステアだけがスローモーション撮影になってて、それがすごくカッコよかったんだよね。アステアとバックダンサーが違うテンポで踊っている。あれを舞台の上でやってみたいと思ったのがそもそもの『ルネッサンス』のきっかけ」

「それのどこが『ルネッサンス』なの?」

七瀬は不思議そうな顔をした。

「さあね。歴史が動いていくのが目に見える気がしたからかな。とにかく、クライマックスの場面で、音楽が消えて、前の列では半テンで踊る人々、後ろでは速いテンポで踊る人々、というのを観たい」

「ふうん」

「五分くらい無音で踊って、突然、音楽が戻る」

「歴史が動いていく、ね」

「時の流れって、すごく残酷だったり、冷徹だったり、救いだったりする。それを目の当たりにしていると観客に実感させたい」

ふと、じっと遠くを見つめていたユーリエの横顔が浮かんだ。

あなたって、時々すごく残酷よね。

クッと笑い声を洩らしたユーリエ。

残酷なのは、こうして時間が過ぎていくことだ。もはや、この世に彼女の手も声も存在しないことだ。そして、彼女を覚えている俺も、やがて等しく時の流れに呑みこまれていくことだ。

「とにかく、べらぼうな人数になりそうだから、衣装もたいへんだね」

七瀬はもう一度大きく洟をかんで、ティッシュをゴミ箱に捨てた。

「『１９８４年』も、衣装で苦労してさ。モノトーンの制服風の衣装で統一する、って決めてるんだけど、ピッタリのイメージがないんだって。参考になるものはないかって、あちこち制服を探してるみたい。ダッサい制服だったら、あたしのいた中学のなんか、ピ

ッタリなんだけどな」

七瀬はくっ、と笑った。

「七瀬の中学の制服って、どんなんだった?」

「白のブラウスに、紺のジャンパースカートに、ジャケット。ジャンパースカートはボックスプリーツでメチャダサかったなあ。男子は学ラン」

「うちは学ランで、女子はヘンなセーラー服だった」

「あっ、学校で思い出したんだけどさ」

七瀬が急に目を見開いた。

「こないだ、久しぶりにうちのお母さんと話したんだけど、今度、春ちゃんの通ってた小学校、廃校になるらしいよ」

「え、ホントに」

俺は座り直した。

「どこかに統合されるらしい」

「いつ?」

「来年の春、とか言ってた」

廃校。俺は口の中で繰り返した。

つまり、使われなくなる机と椅子ができる、ということだ。


「決まりだね」

テレーズが頷いた。

「ちょうどいいじゃない、来年、六月に日本公演がある。二演目のうちのガラ公演で、『春の祭典』を踊れば」

「いいの？」

「いいわよ。誰も反対する人はいないでしょう。ねえねえ、これって、『故郷に錦を飾る』ってやつ？」

テレーズは日本語を熱心に勉強中で、時々びっくりするような慣用句を口にする。

俺は、真っ先につかさ先生に電話を掛けた。

日本公演で「春の祭典」を踊ること。舞台の大道具として、小学校の机を二十五台、使いたいこと。俺の母校が廃校になること。

「ははあ、それを使いたいのね」

つかさ先生は、すぐに用件を理解した。

俺の名前は、それなりに県下では知られていたので、割と話はスムーズに通ったようだった。うちの両親が、かつての俺の担任（先生はもう偉くなっていて、県の教育委員会に移っていらした）のほうにも連絡を取って、つかさ先生と一緒に、複数の方向から話を進めてくれたのだ。

俺の通っていた小学校は、廃校にはなるけれど、数年後に地域のコミュニティ・スペース及び宿泊施設として生まれ変わる予定とのことだった。なので、机と椅子はそのまま使うが、工事が始まるまでの期間なら、無償で貸し出してくれるという。むろん、運び出したり、戻したりというのは、すべてこちらがやる。

運送費や人件費等の実費についてはこれから考えなければならないが、とりあえず必要な机は確保できる目処《めど》が立った。

つかさ先生が、実際の机の動画を撮り、サイズも正確に測ってメールでデータを送ってくれた。

想像通りだ。一度俺が現地に行って、なるべくガタつかない、歪みの少ない机を選ばなければならないだろうけど。

二十五台の机。

そのイメージは、しっかりと俺の頭の中に棲みついた。深津と踊った時に浮かんだ、あの無人の教室が、今や俺の中には確固たる場所となって存在している。

そして、俺は待った。


「春の祭典」は、俺がこれまでに作った踊りとは、どれとも作り方が似ていなかった。

意識的に変えたわけではなく、なんとなく、そうすべきだと思ったのだ。

ひたすら、曲を聴き、スコアを眺め、また曲を聴き、スコアを眺め、また曲を聴き、それから待った。

俺の中にある、カラッポの薄暗い教室を眺め、じっと待っていた。

不思議な感覚だった。

その場所はいつもある。ちゃんとある。俺の中の、同じところにある。

静かで、暗くて、ちょっと湿っていて、どことなく不吉で、しかも荘厳な場所。

俺は、その教室を、少し離れたところで座って眺めている。

何かが現われるのを。誰かがやってくるのを。

どこからか、声がするのを。扉を揺らす風の音が聞こえてくるのを。

俺は待った。

『ルネッサンス』の打ち合わせをしながら。プリンシパルとして踊りながら。

散歩しながら。誰かと談笑しながら。映画を観ながら。食事をしながら。

それがいつなのかは分からない。

果たして、本当に現われるのかどうかも分からない。

やがて、俺は、少々待ちくたびれてしまった。暗がりにずっと座り続けていたので、尻が痛いし、目もショボショボする。

いてて、と腰を浮かせて、尻をさすっていたら、ふと、足元に何か温かいものを感じて目をやる。

闇の中から、ひとすじの流れが足元に寄せていた。

見ると、小さなピンク色の花びらが浮かんでいる。

俺はそっとその花びらを手に取った。

その瞬間、風を感じた。

柔らかな風が俺の頬を撫で、髪を揺らした。

俺は、風が吹いてきた教室の奥に目を凝らし、ゆっくりと立ち上がった。

奥から、誰かが歩いてくる。

俺のよく知っている誰か。かつてよく見知っていた誰か。

やれやれ、やっと来たか。俺は小さく溜息をついた。

白い影が、近付いてくる。上半身裸の、鍛え抜かれてはいるが、まだちょっと少年らしさを残した身体。

そこには、俺が立っていた。まだ中学生の、少しばかり緊張して強張《こわば》った、吊るされることに怯えていた俺が。

よう、久しぶり。

俺は声を掛けたが、聞こえていないらしく、当惑した目で、机を見回している。

こんなに小さかったんだ、と呟くのが聞こえたような気がした。

そうだな。机はこんなにも小さくて、教室はこんなにも狭くて、おまえはこんなにも一人ぼっちだったんだよな。

そう言ったけれど、やはり聞こえていないようで、もう一度辺りを見回し、そして天を見上げた。

俺も一緒に天を見上げる。

遠い、遥《はる》かな高いところに、小さな光が見える。

それは、本当に、芥子粒《けしつぶ》ほどの小さな光だった。ちょっとでも気を緩めれば見逃してしまいそうなほど、弱くほのかな光だった。

あれが見えるか？

そう尋ねると、がたんという音がして、俺は目をやった。

中学生の俺は、五×五列の中央の、ど真ん中の机の上に立っていた。

そして、天を見上げたまま、ゆっくりと両手を振り上げ——静かに踊り始めた。

今更、ＨＡＬのプリンシパル昇格祝い？

いったい何年前の話よ？

翌年の日本公演の内容が発表されると、みんながあきれたような声を上げた。が、テレーズが言ったとおり、誰も反対はしなかったし、すぐさま皆の関心は「京都行きたい」「富士山登りたい」「スシ」「ラーメン」云々と、「日本でやりたいこと」のほうに移ってしまった。

正式にプログラムが決定したことで、日本側にもアナウンスされ、俺がソロで「春の祭典」を踊ることに期待が集まっているのが、遠いドイツにいても、どことなくじわじわと伝わってきた。

いよいよ本腰を入れて作らなければならなくなったのだが、シーズン公演や客演など、他にもいろいろやることがあって、つい後回しになってしまい、細切れにしか時間を捻出できず、なかなか振付は進まなかった。


踊ることは、祈ることに似ている。

「春の祭典」を作っているあいだ、そんなことをずっとどこかで考えていた。

誰が誰に何を祈っているのかは分からない。俺が俺に祈っているのか、俺が見えない誰かに祈っているのか、踊る行為が祈りなのか、祈る行為が踊りとなって顕《あらわ》れているのか。

その辺りは混沌としていて、はっきりと分けられない。

今日も一日、踊り切れますように。
明日も、その次の日も、踊り続けられますように。

これまで大きな怪我をしないでこられたのは、ただの幸運だったとしか言いようがない。いつなんどき、どんな理由で踊れなくなるかは誰にも分からないのだ。

今日も霊感が訪れますように。

そう祈るしかないし、日々切実に祈っているという自覚はある。次の踊りが出てくるか。それが俺の踊りになっているかどうか。

「春の祭典」は、かつての俺との共同作業、という初めての体験で、やりやすいようでもあり、やりにくいようでもあり。深津と「ヤヌス」を作った時の戸惑いを思い出した。

確かに勝手知ったる自分のことのはずなのに、今の俺には理解できない部分もあるし、こんな奴だったのかという新鮮な発見もある。なかなかスリリングで面白い作業であるのと同時に、ひどく難しい作業でもあった。

こうしてみると、役を踊る、というのはある意味、楽だ。特徴あるキャラクターを作り、そこに自分を寄せていくのは、全く違う人間になれるのだから楽しいし、なりきってしまえばいい。

けれど、俺自身となると、どうだろう？

俺は、そんなに特徴あるキャラクターとは思えないし、波乱万丈な人生を送ってきたわけでもない。我が強いほうでもなく、どちらかといえばなすがまま、他者に決定を委ねるようなところもある。

改めて考えてみて気付いたのは、人生というのは、綺麗に連続しているわけではない、ということだ。人格だって、必ずしもきちんと筋が通っているとは限らない。人間は多面体の生き物だし、相手によって見せる顔が異なり、齟齬《そご》と矛盾がそこここにある。

中学生の俺と、今の俺とは、しばしば考えていることや行動に折り合いがつかず、互いに譲らず一歩も動けなくなってしまう瞬間があった。

何より、俺自身を踊る、というのはこれまでにない体験で、自分の踊りを客観的に見られているのかどうかがよく分からなかったのだ。

奇妙なことに、作っていると、常に視線を感じた。

教室の中で踊る俺たちを取り囲み、じっと見つめるたくさんの目。そいつらが息を呑んで、暗がりの中で俺たちの踊りが出来上がるのを待っている。そんな気がした。

これまでも、常に視線は感じていた。

踊っている時、振付を考えている時は、観客の視線を感じなければならないし、どう見えるか、見てどう感じるかを常に意識していなければならない。

しかし、それはあくまでも、俺自身の視線だ。俺が観客になって、客観的に、踊る俺、踊るダンサーを見ている。

だが、今回、俺を見ているのは、純然たる「他者」なのだった。

俺の知らない、俺を知らない、むきだしの視線で俺を見ている「他者」。彼らの視線を、ずっと痛いほどに感じ続けていたのだ。

光が必要だ。

ある時、そう気付いた。

この作品のラストシーンには、俺を天に導いてくれる、物理的な光が必要なのだ。

俺は舞台監督に相談した。

『スター・ウォーズ』のデス・スターみたいな、中に莫大なエネルギーを秘めていて、隙間から四方八方に鋭く光を放つ、小さなミラーボールが欲しい。

長いこと、俺のいう無理難題につきあってきてくれている舞台監督は、目をぱちくりさせたが、今回は天を仰ぎはしなかった。

それどころか、本番では日本の母校の小学校で使われていた机を並べて踊る、と言ったら、「どんな机なんだ?」と聞いてきて、つかさ先生の動画とデータを見せると「ふーん」と呟き、まるで魔法のように、二十五台の同じサイズの机を作ってくれたのだ。

実は、俺は机のセットを頼むことに躊躇していた。既製品の木箱か何かを机の代わりに調達してもらって、それで稽古をしようか、と考えていたのだ。

年明け、ちょっと来い、と呼ばれて、整然と並んだ二十五台の机を目にした俺は、感激のあまり絶句してしまった。

ほとんどが舞台装置の再利用だし、またバラして使うから、費用はほとんど掛かってないよ。

監督はなんでもないことのように、ぶっきらぼうに言った。

日本の机みたいにスチール製じゃないから、重さが違って本番とは感覚が違うだろうが、当たりをつけるくらいなら役に立つだろう。

再三、しつこいくらいにお礼を言ったが、また『ルネッサンス』では大いに罵られるんだろうなあ、という予感があったので、速度を変えられる二列の巨大なベルトコンベアーをセットしてほしいというそっちの演出プランはまだしばらく黙っていよう、と思った。


実際に、目の前に机があると、それを使って動けるので、具体的なイメージが次々と湧いてきて、ようやく振付がスムーズに進み始めた。

三月、三学期が終わって春休みを迎えた日本に俺は急ぎで帰省し、役目を終えた小学校を訪ねた。

久しぶりに訪れた小学校は、気抜けするくらいとても小さく感じられた。

高学年用の机から二十五台を選んで印を付けていったのだが、教室自体がやけに狭く思え、ドールハウスの中に入り込んだような心地になった。

選んだ机は、給食室に運んで保管することにした。搬出する時に、トラックをすぐ外に寄せられるからだ。

公演の際は引越し業者に運搬を頼むことにし、その費用はバレエ団が持ってくれることになった。

あとは——作品を完成させるだけだ。

ようやく、かつての俺と今の俺との共同作業が実を結びつつあった。

互いの齟齬や矛盾にさんざん戸惑い、困惑し、苛立ち、辟易《へきえき》したが、やっとおずおずと歩み寄り、理解しあい、協力できるようになったのだ。

俺の中にかつての俺がいて、ぴったりと重なって一緒に踊っているという実感を得た瞬間は、とてもびっくりしたし、初めて経験する感覚だった。

かつての俺の中の、もっと小さな俺も感じた。

真面目で、不器用で、神経質で、不安でたまらなかった俺。

そんな子供の俺も、俺の中の深いところに、今一緒にいる。

いっぽうで、「本当に、俺は俺自身を踊っているのか?」という疑問も湧いた。

結局、これが舞台作品である以上、俺は俺という役を踊っているに過ぎない、とも思うのだ。

俺を春の贄に見立てた、「春の祭典」という作品の役を。

まあ、それでも構わない。どちらにしろ、俺がバレエの神への贄であることに変わりはないのだから。

俺は、バレエの神にこの身を捧げる。喜んで、供物になる。望んで貢物になる。そのことを、この作品で証明したいだけだ。

やはり、踊ることは祈ることに似ている。

いや――「春の祭典」は、俺の祈りそのものなのだ。

日本公演のゲネプロの日がやってきた。

なにしろソロ演目だし、それまで細切れに一人で隙間時間に作ってきたせいもあって、なかなか先生方にも観てもらえず、通しでバレエ団のみんなに観てもらうのは、実はこの日がほとんど初めてだった。

みんながゾロゾロと、興味津々で客席にやってきた。

お客よりも、バレエ団のみんなに初めて観られるほうが緊張する。

俺はふうっ、と深呼吸をした。

二十五台の机と、舞台でたった一人きり。

けれど、幕が上がれば――俺はただ、踊るだけだ。


親しいみんなの反応は、それぞれだった。


ヴァネッサが泣きそうな顔で駆け寄ってきて、俺の首にしがみついた時は、「パニュキス」初演のことを思い出した。

彼女の髪は、いつも太陽と干し草の匂いがする、ということも。

何、感動した？

彼女の身体を抱きとめつつ、俺は聞いた。

違うわ、とにべもない返事。

じゃあ、俺に惚れ直した？

違うわよ、と怒ったような声。

そこまできっぱり否定しなくたっていいじゃん、と思ったら、彼女の腕に込められた力がぎゅっと強くなった。

でも――でもね、見ていて、すごく胸が痛くなったの。

それって、最高の誉め言葉だな。

俺は、「幼馴染」の懐かしい髪の匂いを吸い込んだ。


ハッサンはハッサンで、えらくパニクったような顔で飛んできて、俺の両肩をがっちりとつかんだ。

てめえ、大丈夫か？

あのギョロ目に、怯えたような色が浮かんでいるのに面喰らう。

何が？

てめえ、あのまんま向こう側に落っこちちまって、二度と戻ってこないかと思ったよ。

向こう側ってどこさ？　机の向こう？

分からん。とにかく、真っ暗で底なしのところだよ。あー、怖かった。

ハッサンは大きく溜息をついた。


ジャンに見せたかったなあ。

深津の反応は、これまた深津らしかった。

つーか、ジャンが見てたような気がする。いや、絶対見てた。な？　おまえもそう思うだろ？


そして、フランツは。

彼は、ゆっくりと歩いて俺のところにやって来た。こんなふうに、彼がバレエ団にいる時に直接俺のところに来るのは、とても珍しいことだった。

君は、一人でずいぶんと遠くまで行くんだな。

これまで聞いた中で、いちばん静かな声だった。

その声を聞いて、直感した。いつかフランツがバレエ団を退団したら、俺たちは二度と会わないだろうと。彼が退団後に、公演を観に来ることも、俺が踊るのを観ることもないのだろうと。

その時、そう確信したのだ。恐らくは、フランツも。

ああ、俺は行くよ。

そう答えると、彼はかすかに微笑んだ。

幸運を祈る。

彼はくるりと背を向け、かつて日本でオーロラ姫たる俺と踊ったあとのように、スタスタとためらうことなく歩み去っていった。

上野公園の中の大ホールの、俺たちのバレエ団の公演ポスターには、「完売御礼」のシールが貼ってあった。

ガラ公演はたったの三回。俺が「春の祭典」を踊るのもたったの三回だ。

テレーズが、「あんたの『春の祭典』を観るために、わざわざ来日してるお客がけっこういるみたいよ」と教えてくれた。

「だから言ったでしょ、あんたの『春の祭典』なら話題になるし、チケットも売れるって。やっぱり、シーズン公演でもやりましょう。実は、なんで本拠地の公演でやらないんだって苦情が殺到してるの」

「いいけど、机、どうしよう？　日本の机は借り物だから返さなきゃ」

「改めて、セットで作ってもらえば？　それか、ドイツの小学校で使ってるのを払い下げてもらうのね」

「そうか、それぞれ現地の小学校のものを使えばいいのか」

「そう考えると、世界中どこでもできるわね」

テレーズは、既にあちこちで俺に「春の祭典」を踊らせるつもりのようだ。

ホールに運び込んだ小学校の机は、やはりリハーサルで使ったものとは勝手が違って、慣れるのに少々苦労した。

けれど、長い歳月にわたり使われてきた古い机は、それぞれに個別の迫力と存在感があり、それに拮抗《きっこう》しようとする俺の踊りに、新たな活力を与えてくれた。

リハーサルの合間に、日本のメディアの取材も受けた。これでもかなり数を絞ったらしいが、次から次へと取材を受けて、踊るよりもたいへんで、変なところが疲れてへとへとになった。

そんなわけで、スケジュールがぎっしりで、初日に招待した家族やみんなに会えるのは、終演後にようやく、ということになりそうだった。


ガラ公演、初日。

何回やっても、初日というのは独特の緊張感がある。

決して慣れることはないし、いつもザワザワするし、ワクワクする。

プログラムは三部構成で、俺の「春の祭典」が第三部だ。

俺は緊張してアガることはないけれど、この出番を待つ時間というのはけっこうしんどい。

トリの出番に向けて集中力を高めてゆき、そのてっぺんを本番のタイミングに合わせるのには、それなりにコツが要る。

ジンクスも気にしないけれど、ジャンが亡くなってからは、舞台の袖で目を閉じ、ジャンの「大丈夫だ」という声を思い出してから舞台に出るようになった。

そして今、俺は目を閉じてジャンの声を聞き、舞台の上にいる。

もはや慣れ親しんだ相棒になった、二十五台の古い机と共に。

幕の向こうに、さざめく観客のはちきれんばかりの期待を感じる。

一人。たった一人。

しんと会場が静まり返った。

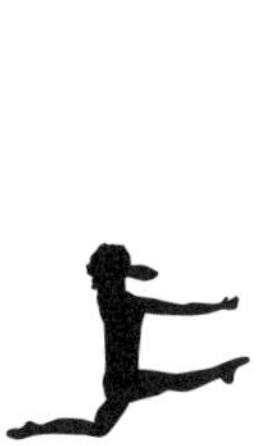

そして、幕が、するすると音もなく上がる。

厳《おごそ》かなファゴットの、長閑《のどか》な、フォークソングめいたメロディー。

俺は、机の前の真ん中で、膝を抱えてうずくまっている。

流れてきたメロディーに気付き、のろのろと顔を上げる。

ひとすじの流れ。浮かんでいた花びら。頬を撫でる柔らかな風。

そっと周囲を見回す。薄暗い、未知の世界に気付いて、おずおずと身体を起こし、用心深く観察する。

ふと、背中に机が当たり、背後にひっそりと並んでいるその存在に気付く。見た目よりも巨大な、その存在に。

手探りで机に触れ、二十五台の机の周りを一回り。

押してみたり、撫でてみたり。頬を寄せたり、こんこんと叩いてみたり。

やがて、机のあいだの隙間に気付き、そこに入り込む。初めて遭遇する世界の探検。世界との接触。このような空間があるのだ、という初めての認識。

机を相手にバーレッスンをするように、机のあいだでひととき戯れるように、おっかなびっくり自分との距離を測り、ぶきっちょな手付きで何度も感触を確かめる。

が、再び懐かしいファゴットのメロディーを聴き、俺は何かの気配にびくっとして、中央の机に慌てて飛び乗った。

強烈な不協和音が打ち鳴らされる。

ぞっとするような不協和音。不吉な者どもの、あるいは異形の群れの行進のような、心を不穏にざわめかせる響き。

俺は、呆然と机の上に棒立ちになり、身体を縮め、怯えた表情で周囲を見回す。

俺には見える。俺だけでなく、観客にも見えるはずだ。

乱暴に足を踏み鳴らし、俺を糾弾する人々の群れが。

不協和音が、彼らの獰猛な足踏みが、俺を包む。

時折混ざる、鋭い管楽器の音は、俺に向けられ、放たれた石つぶてだ。

俺は困惑する、恐怖する、なぜこのような目に遭うのか？　世界は俺を愛してくれているのではなかったのか？

俺は非難されているらしい。あいつは誰だと、見たことのない異分子だとみなされているらしい。生贄にすべしと指差されているらしい。

ひしひしと感じる悪意に、ぶつけられる憎しみに、俺は頭をかばい、哀れっぽく石つぶてをよけ、精一杯自分を守ろうと、舌足らずに弁明する。

待ってくれ。猶予をくれ。俺にはまだその準備はできていない。正しい贄になるにはまだふさわしくない。猶予を。時間を。ちっぽけな子供に憐れみを。

俺は、手探りで遠回りの試行錯誤を続けながら、世界の表層を、この世を支配する規律を学ぶ。しばしの慈悲を、周囲にひたすらに乞いながら。

机のあいだを、型にはめられた動きで行進する。画一的なアラベスク、杓子定規《しゃくしじょうぎ》なアチチュード、机を両腕で抱え、額を押し付けての卑屈なお辞儀を繰り返す。腕の角度も、お

辞儀する時間もどれもこれも規格通り。

どうです、一生懸命学んでいます、みんなと同じことができます、誰にも逆らったりしません。

返事はない。冷ややかな視線。俺の声は聞こえているのか？　俺は慌てる。

見てください、ちゃんと働きますとも！　期待されるように、誰よりも速く！

俺は必死に机の上で、無味乾燥な、教本のような踊りを踊る。

けれど、俺はある時、疑ってしまう。ふと、足を止めてしまう。足元の深いクレバスに気付いてしまう。

なんという深淵《しんえん》――絶望。

俺は落ちる――机のあいだの奈落に、いともあっけなく。「普通の」人々の知らないところに、常識と「当たり前」から落ちる。

そこは暗く、茫漠としていて、どんよりとした饐《す》えた空気の支配するおぞましい世界。

色彩もなく、希望もなく、底なしの虚無。

俺は這い上がろうとする。

机のあいだの奈落から、深淵から、光の当たる場所に出ようとする。

俺は、机のあいだを這いずり回る。

あちこちの机に指をかけ、時には肘まで腕をかけるが、あえなく沈みこむ。

なんとか机の上に上半身を乗り上げることに成功することもある。しかし、闇の引力は強く、這い上がれそうになったかと思うと、またしてもずるずると引きずり降ろされてしまう。

机の上に乗り上げ、沈む。机の上に乗り上げ、また沈む。俺は虚しい試みを繰り返す。果てることのない、苦行のように。

ようやく、奈落からの脱出に成功！

ああ、上がれた！　やっと戻ってこれた。

机の上で俺はあえぎ、よろりと立ち上がって体勢を整え、静かに駆け始める。徐々にスピードを上げ、腕を振り、一目散に、脱兎《だっと》のごとく駆ける。

終わりのない過酷な人生のトライアスロン。お次は、水泳。俺は必死に泳ぐ。溺れないために、生きるために。力いっぱい両手で水を掻き、水面を蹴って、ひたすら泳ぎ続ける。止まることは死だ。停滞は悪だ。泳ぎ続けなければならない。ああ、次はなんの種目だ？　何？　空を飛べと？　なんと、鳥へと進化せよというのか。

俺は必死にはばたく。

重力という凄まじいくびきを逃れ、多大なエネルギーを使い、ようよう離陸する。やっとのことで宙に浮かび、苦労して舞い上がる。時に風に乗りホバリングし、時に墜落すれすれの無様な滑空をしながらも、なんとか地面に落ちることを免れる。

ダメだ、今ここでイカロスのように堕ちるわけにはいかない。歯を食いしばれ。踏みとどまれ。肺の空気を搾り出せ。

しかし、限界だ。どこかでぷつん、という音を聞く。糸の切れた人形のように、俺は机の上にへたりこむ。

不気味な沈黙。

が、放免はされない。見逃してももらえない。今度は別のものを要求されていることに

気付く。野生動物が人間の生活と規律を覚えたら、次のフェーズは何か？

ほう、今度は、内省を？　動きだけではダメだと？　なるほど、情緒を、ときめきを、官能をお望みですか？　そんな抽象的なものを？　食べていく上では、何の役にも立たないのではありませんか？　はあ、ならば、ご期待にお応えしなければなりますまい。

俺は机の上に座り込み、ゆっくりと腕を差し出す。

そう、俺だって知っている。ほんのひとときの休息を、辺りを見回す余裕を与えられさえすれば。

目が合った瞬間のおののきを、初めてのキスの身震いを、強張った首すじをうっすらと覆う汗の冷たさを、肌を合わせた時の一体感を思い出し、指先で、反らした首で描いてみせる。

ふと、かつて踊った踊りが、残像のように指先に蘇《よみがえ》る。

これはパニュキス？　いや、ジャンヌ・ダルクか。リラの精、アルブレヒト、赤ずきんちゃんにモリーナ。

優しい瞬間が、愛しさが。それとも、慈悲か、献身か。

これぞ人間らしさと言えましょう。多少は進化しましたでしょうか？

問いかけに答える声を聞く間もなく、再び、激しいトゥッティに、俺は跳ね起きることを余儀なくされる。

いざ、進め。踊れ。次のフェーズへと。

もはや、身体は反射のみで動いている。

ゾーン、来た。

俺の中の冷静な部分が、そう確認する。

いつしか、何かがぎゅっと集まってくる。

俺の周りに、俺を包み込むように、俺にスローモーションでぶつかってくるように。

こんなにも大音響のストラヴィンスキーに包まれているのに、いっぽうで恐ろしく静かだった。存在することの静寂が、ひしひしと肌に迫ってくる。

身体はむしろ弛緩しているように感じているのに、意識は凄まじくクリアで痛いほどに緊張しているという、相反する奇妙な感覚。

俺は満たされつつも、カラッポだった。

まるで、全身が、皮一枚の器になったみたいだ。

俺の中心から何かが放射され、どこまでも広がっていくのと同時に、すべてが集中線のように集まってくるようにも感じている。

なんなのだ、ここにいるのは？　人間でもなく、動物でもなく、なんらかの、ただの生命体。エネルギー。物理的な運動。事象。現象。摂理。法則。

いる、ただ居る、空間を占めている。

もはや、何者でもなく、踊りそのものになっている。踊っているという自覚すらなく、俺という人体の輪郭だけがあって、エネルギーが細胞膜越しに内と外とを目にもとまらぬスピードでゴウゴウと自由に行き来し（これが完全な双方向ということか）、俺という意識も、俺の中にいるのと同時に、俺の外側の前後左右、広い世界に遍在している。

いつしか俺は仁王立ちになって咆哮《ほうこう》している。両手を振り上げ、何かを追い払い、何かを呼び込み、引きずり込み、何かを俺という場に降ろそうとしている。

俺は今、どんな顔をしているのだろう？

鬼神か？　傀儡《くぐつ》か？　ただの踊り続ける阿呆か？

「春の祭典」は、トランス状態の狂騒と、静かな瞑想部分とが交替で現われる。

この瞑想部分で呼吸を整えられるのはありがたい。というよりも、まさに生贄を活かさず殺さず、という絶妙な時間配分で、ストラヴィンスキー、あるいは長老たちよ、あんたたちはさすがだ、老獪《ろうかい》だ、狡猾だ、と笑いたくなる。

そうだ、日々を無我夢中で走り続けていても、気付かないうちに何かを失い、あきらめ、すり減らしている。胸をしめつけられる瞬間を、苦い痛みや、絶望や、やりきれなさを、見ないふりをしてやりすごしている。戻らない笑顔や、唇の感触を、ぼろぼろと剝がれ、零《こぼ》れ落ちていく感情を、目を逸らし振りほどいていることを自覚するのは、身を裂くような苦痛だ。

けれど、痛みも焦燥も、それは人生の一部だ。充実と成熟という果実を薄皮のように包む、人生の収穫の一部。

もうひとふんばり。おや、いったい誰が誰を励ましているのか？

生贄はハイスピードで進化を続けている。

立ち上がり、ふさわしい贄の完成を求めて疾走を始めなければ。

黒子が現われる。

机のあいだを素早く通り抜け、俺の踊る机の周りに集まり、同じ強さ、同じスピードで周りの八台の机を中央に向かって押してゆく。

机の周りには特殊なマジックテープが貼り付けてある。机はぴったりと密着し、ずれることはない。

九つの机。ひとまわり広くなったスペースで、俺は踊る。

更に、もうひとまわり。

黒子は、十六台の机を、再び粛々と同じスピードで押してゆく。

机が俺の周りに、俺を中心として集まり、二十五台の机が繋がり、ひとつの大きな舞台となる。

もはやクレバスは消え、憂いも、迷いも、俺を押しとどめるものは何もない。

俺は舞台いっぱいを使って、跳びはね、腕を振り回し、地面を叩き、足を蹴り出し、回る。ひざまずいて懇願し、嘲笑し、泣き喚《わめ》き、気まぐれに周囲を煽《あお》り、そそのかし、嫌悪させ、恐れさせ、魅了する。

疲労など感じない。疲労なんて言葉はない。疲労？　この辛気臭い字面はなんだ。

オーケストラの激しいトゥッティと、俺の鼓動と、世界のリズムが完全に一致している。

俺は足踏みをし、口の前で祈るように両手の指を組み、両肘をリズムに合わせて何度も何度も打ち合わせる。

不気味な打楽器の、ずん、ずん、ずん、ずん、という強烈な響きが、俺を、舞台を、世界を打ち鳴らしている。

ははは、カッコいいな、ストラヴィンスキー。あんたの書いたアクセントと休止符の位置は最高だ！　本当に痺れる！

俺は贄となる。祈りとなる。歓喜となる。

心臓が動きを止めるのはもうすぐだ。心臓の鼓動が止まった瞬間、俺は別のものへと姿を変える。

周囲を、泣き喚き、熱狂し、恍惚でトランス状態になった人々の顔が、声が、動きが取り囲んでいるのが分かる。あれほどの悪意が、今やそっくり陶酔と喜悦に変換されてしまっている。見ろ、この場を支配しているのは、生贄であるこの俺だ。

ざまあみろ、と快哉を叫ぶ気持ちと、おまえらはいつも安全地帯にいるだけで永遠にこのヒリヒリするような感覚を味わうことはないんだな、という痛いような憐れみと。それらが渾然一体《こんぜんいったい》となって俺の胸を突き刺す。

もうすぐだ。

俺は膝を突き、とりつかれたように両手で地面を叩き、次に天を両手で押し上げる動きを繰り返す。

天を仰ぎ、地に伏して、その名を呼ぶ。俺の焦がれる誰か、憎しみと錯覚するほどに、ひたすら追い求めてきた誰かの名を。

頭のてっぺんがチリリと何かに反応する。

遥かな高いところに、何かの存在の気配。

見上げると、まっすぐに、遠いところから光が降りてくる。

手を伸ばした先に、四方八方に鋭い光を放つ、不吉で冷徹な球体が降臨する。

もうすぐだ。

歓びが絶頂に達する。俺は弾けるような笑顔でそれをつかむ。

莫大なエネルギーを秘めた、デス・スター。天からの使いは、俺を捕えて、するすると上昇していく。

儀式は完成しつつある。俺は捧げられた。俺は文字通り昇天する。遠い光の中、遥かな天の高みに昇ってゆく。

眩《まぶ》しくて、目を開けていられない。

俺は溶ける、光の中に溶ける、この世のカタチも、意識も、世界も、何もかもが溶けて、眩《まばゆ》く白い光のなかに、ひとつになる。

カタチはあった。そして、なかった。同じものだった。見えるもので、同時に見えないものだった。俺はその一部だった。全部だった。

満たされた器は無に見える。光射す闇。死のなかの生。

どれも皆、等しく同じもの。

最後の音——幕。

再び幕が上がり、怒号にも似た大歓声と拍手が飛び込んできた舞台に俺は降り立った。悲鳴のようなブラボーの声と共に、波を打つように劇場を揺らして、次々と立ち上がる観客を感じる。

ジャンが、稔さんが、つかさ先生が、セルゲイが、両親が、ユーリエが、拍手をしてくれているのが見えるような気がした。

みんなが俺を呼ぶ声がする。

はる、ハル、春、春くん、春ちゃん、春さん、AL、HAL、HAL!

俺は世界を戦慄《せんりつ》せしめているか?

それはまだ分からない。

けれど、ひとつだけ確かなことがある。

幾多のまだ見ぬ季節に出会うために、俺はこれからも命の続く限り、どのような形であれ踊り続けるだろう。

不安はない。

俺はこの名に、一万もの春を持っているのだから。

ＰＲ誌「ちくま」二〇二〇年三月号〜二〇二三年六月号掲載

本作品はフィクションです。実在する人物、事件、団体、企業等とは一切関係がありません。

参考文献

・野崎正俊『詳解 オペラ名作127 普及版』ハンナ
・多田鏡子『オペラ鑑賞事典』実業之日本社
・ジョン・ウォラック、ユアン・ウエスト（編）／大崎滋生、西原稔（監訳）『オックスフォードオペラ大事典』平凡社
・井上八千代『京舞つれづれ』岩波書店
・亀井高孝、三上次男、林健太郎、堀米庸三（編）『世界史年表・地図』吉川弘文館
・ジョージ・オーウェル／高橋和久（訳）『新訳版 一九八四年』早川書房
・金澤正剛（監修）『新編 音楽小辞典』音楽之友社

SPECIAL THANKS

（敬称略）

金森穣　堀内元
上杉晴香　林しげる

斎藤友佳理　吉田都
田里光平　清水千奈美
生方隆之介　渡邊峻郁
南江祐生　米沢唯

小㞍健太　高田茜

井田勝大　石原悠子
有金愛佳　熊谷有梨

浜野文雄　羽喰涼子

鈴木成一　髙橋雅子
平林美咲　狩野素之

新潟トラットリア・バー Anfang 橋本雄　永田士郎
山本充

砂金有美

恩田 陸（おんだ・りく）
一九六四年、宮城県出身。小説家。九二年『六番目の小夜子』でデビュー。二〇〇五年『夜のピクニック』で第二六回吉川英治文学新人賞および第二回本屋大賞、〇六年『ユージニア』で第五九回日本推理作家協会賞、〇七年『中庭の出来事』で第二〇回山本周五郎賞、一七年『蜜蜂と遠雷』で第一五六回直木三十五賞、第一四回本屋大賞を受賞。ほかの著書に『愚かな薔薇』『灰の劇場』『薔薇のなかの蛇』『なんとかしなくちゃ。青雲編』『鈍色幻視行』『夜果つるところ』、エッセイ集『土曜日は灰色の馬』『日曜日は青い蜥蜴』『月曜日は水玉の犬』など多数。

spring《スプリング》

二〇二四年四月 四 日 初版第一刷発行
二〇二四年四月二十日 初版第三刷発行

著者 恩田 陸
発行者 喜入冬子
発行所 株式会社筑摩書房
東京都台東区蔵前二‐五‐三 〒一一一‐八七五五
電話番号 〇三‐五六八七‐二六〇一（代表）
印刷 三松堂印刷株式会社
製本 加藤製本株式会社

 ISBN978-4-480-80516-4 C0093